D0427921

Rumbo al
Hermoso Norte

DISCARD

SPANISH F URREA
Urrea, Luis Alberto.
Rumbo al hermoso Norte

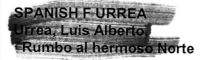

Rumbo al Hermoso Norte

Una Novela

LUIS ALBERTO URREA

Traducido del inglés por
Enrique Hubbard Urrea

BACK BAY BOOKS
BACK BAY BOOKS
Little, Brown and Company
Nueva York   Boston   Londres

Derechos del autor © 2009 por Luis Alberto Urrea

Derechos de la traducción al español © 2009 por Enrique Hubbard Urrea

Todos los derechos reservados. Ninguna parte de este libro será
reproducida de cualquier manera ni electrónica ni mecánica, incluyendo
cualquier sistema de recuperación de datos, sin el permiso escrito de
Little, Brown, excepto un crítico usando pasajes breves en una revista.

Back Bay Books / Little, Brown and Company
Hachette Book Group
237 Park Avenue, New York, NY 10017
Visite nuestro portal de Internet www.HachetteBookGroup.com
Primera edición en español: mayo 2009
Publicado en inglés en 2009 por Little, Brown and Company
bajo el título *Into the Beautiful North*

Library of Congress Cataloging-in-Publication Data
Urrea, Luis Alberto.
 [Into the beautiful North. Spanish]
 Rumbo al Hermoso Norte : una novela / Luis Alberto Urrea—1. ed. en español.
 p. cm.
 ISBN 978-0-316-05486-7
 1. Young women—Mexico—Fiction. 2. City and town life—Mexico—
Fiction. 3. Brigands and robbers—Mexico—Fiction. 4. Illegal aliens—
United States—Fiction. 5. Return migration—Mexico—Fiction.
6. Mexico—Emigration and immigration—Fiction. I. Title.
 PS3571.R74I5618 2009
 813'.54—dc22   2009000813

10 9 8 7 6 5 4 3 2 1

RRD-IN
Impreso en los Estados Unidos de América

para Megan

¡Ay amigos! He venido buscándolos,
atravesé floridos campos
y finalmente aquí los he encontrado.
Regocíjense.
Cuéntenme sus cuentos.
¡Ay amigos! Heme aquí.
— XAYACAMACH DE TIZATLÁN

Rumbo al
Hermoso Norte

Sur

Capítulo uno

Los bandidos llegaron al pueblo en el peor momento. Claro que nunca es buen momento para que lleguen los malosos, pero Tres Camarones estaba sin resguardo aquel día de verano en que tantas cosas cambiaron...y en que todo estaba a punto de cambiar para siempre.

A nadie en el pueblo le gustaba el cambio. Se había hecho necesario reunir grandes manifestaciones de apoyo para que se aceptara introducir la electricidad en el pueblo. Hasta 1936, el hielo llegaba en enormes camiones. La gente llevaba a sus hijos a ver los bloques transparentes deslizarse por aquellas grandes rampas. Fue un alcalde visionario, el primero de los García García, quien percibió el potencial de la energía eléctrica, pero tuvo que batallar durante dos años para que finalmente llegaran las líneas desde Villa Unión.

Aún así, a diez años de que en Tres Camarones empezara a brillar esa luz amarilla, todavía quedaban algunas casas sin ella. Ésas se alumbraban con velas, lámparas de petróleo, o prendían pequeñas fogatas en las calles. La lumbre, aunque festiva, entorpecía el paso de los camiones de cerveza y de carne, de modo que García García se vio obligado a prohibir las hogueras en las calles. Ello le valió ser tildado de emisario de Satanás y perder las siguientes elecciones.

Después fue reelegido, a pesar de que sus políticas eran demasiado modernistas para algunos. Los "trescamaronenses" se dieron cuenta de que elegir un nuevo presidente Municipal significaba cambio, y cambio era lo último que deseaban. Intuían que el progreso era inevitable, pero no por ello iban a dejarse.

Cierto que los ciclones arrasaban con la vegetación de aquellas tierras semitropicales y cambiaban la forma de las playas. La furia desatada de la naturaleza anegaba partes del Pueblo y se llevaba la tierra de las calles hasta el mar. Pero el reloj interno de Tres Camarones estaba ya adaptado a esos cataclismos; no constituían sorpresa, no se percibían como cambio.

Los viejos deseaban que cortaran la electricidad, pero las mujeres del Pueblo no iban a renunciar a su refrigerador, a su abanico o a su plancha. Era demasiado tarde para volver al pasado.

Luego el peso se devaluó y de repente se acabó el trabajo. Todo el camarón se mandaba al norte, las tortillas subieron mucho de precio y la gente empezó a pasar hambre. Los viejos sentenciaron: "¿No les dijimos que los cambios eran malos?".

La palabra "migración" significaba para los de Tres Camarones la temporada en que el atún y las ballenas pasaban rumbo al norte por la costa, o cuando las guacamayas llegaban del sur. No sabían de otro significado. Pero igual los hombres empezaron a irse "al norte". Nadie supo qué decir. Nadie supo qué hacer. La época moderna había llegado de alguna manera a Tres Camarones y esa tormenta había encontrado el modo de llevarse a los hombres lejos de sus camas, a una tierra muy lejana; hacia el siguiente siglo.

Los malosos llegaron al amanecer por el mismo camino que otrora trajera los camiones de hielo. Eran dos. Habían tenido que manejar desde Mazatlán, como una hora y cuarenta minutos al norte. Se desviaron de la carretera y tomaron la brecha hacia la costa. Viajaron entre la llamarada esmeralda de los pericos, las oleadas cromáticas de las mariposas y las chuparrosas, que avisaban de su llegada sin que los tipos se percataran.

Uno era agente de la Judicial, el cuerpo policíaco más temido de Sinaloa. Como policía ganaba $1.500 pesos al mes, pero los narcos le pagaban $2.500 mensuales como cuota "de asesoría". En diciembre le daban otros $15.000 de aguinaldo.

El otro era un narquillo de baja ralea, y sin embargo era jefe del policía. Pensaba éste que lo que realmente le hacía falta para ascender en su profesión era tener su propio territorio, pero el cártel tenía bien repartido el estado y ya no quedaba lugar para él ni en Baja California, Sonora o Chihuahua. Había llegado al tope y saberlo lo ponía muy de malas.

Le gustaba que le dijeran "el Caracortada". A pesar del terrible calor y la pegajosa humedad de las lagunas costeras, llevaba un saco sport blanco. Veía el mundo a través de lentes oscuros y chupaba un palillo sabor canela.

A ninguno de los dos le hacía gracia tener que adentrarse en las marismas, pero al de la chaqueta blanca le habían avisado por el celular que había gringos surfers acampando en la playa y que andaban procurando hierba. Meneó la cabeza mientras miraba las chingadas huertas de mangos. ¡Tanto relajo por una pinchi bolsa de marihuana!

"Bueno, es un jale", dijo el Caracortada. El Judicial nomás soltó un gruñido.

El Caracortada traía su .45 automática en una funda colgada del hombro. El calor del cuero le convertía la axila en un río de sudor que le bajaba por las costillas. Portar armas era ilegal pero a él le valía. El policía iba uniformado y cargaba una pesada Bulldog calibre .44 en una funda Sam Browne.

Al narquito le daba el olor a cuero de la funda. El rechinido de ésta era preferible al sonido del radio, que en esta zona sólo tocaba música ranchera en AM. Los ruidos que hacía el carro al pasar por los baches del camino lo ponían de mal humor.

"A mí me gusta Kanye West", dijo al tiempo que apagaba el radio.

El Judicial le contestó: "Pos a mí se me hace que Diddy es mejor".

"¿Diddy?", se asombró el Caracortada.

Discutieron el punto un rato, aburridos. Pronto volvieron a quedarse callados. El Judicial le subió al aire acondicionado. Su cinturón chirrió.

"¡Me cae de a madre que odio el pinchi campo!" maldijo el Caracortada.

Llevaban las ventanas cerradas pero aún así les llegaban los efluvios del lodo y los ostiones y los chiqueros y los renacuajos que se revolcaban en los verdosos charcos. Nomás arrugaban las narices.

"¿Qué es esa peste?", preguntó el policía, "huele como a mangos hervidos". Los dos menearon la cabeza tratando de escapar al ofensivo olor.

"Creo que son los excusados de pozo", se burló el Caracortada.

¡Increíble! Estos chingados pueblos estaban tan atrasados que no les sorprendería si de repente se apareciera el mismísimo Emiliano Zapata al frente de un grupo de revolucionarios. Los criminales eran de una generación que no conocía los excusados de pozo, se burlaban de los perros flacos y los absurdos gallos muertos de hambre que salían corriendo mientras el carro remolía las conchas de ostión del camino, entre plantíos de caña de azúcar y enredaderas de Maravilla.

Por lo visto estos cabrones rancheros de por aquí no habían oído hablar del asfalto. Eran puras brechas y empedrados. Cero turistas. Les dio gusto y hasta un poco de envidia ver que una de las casitas tenía antena parabólica.

Como en la mayoría de los pueblos tropicales, las casas empezaban a la orilla de la calle; las paredes eran onduladas y de una cuadra de largo, con varias puertas, cada una de las cuales era la entrada de un domicilio diferente. Las ventanas tenían grandes rejas de hierro y contra ventanas de madera.

Las buganvilias caían en colorida cascada desde los techos. Se observaba gran profusión de trompetillas. Los bandidos sabían que atrás de cada casa había un patio con un árbol en medio, una que otra iguana hacía su hogar en él, profusión de gallinas moraban a su sombra, un chingo de ropa yacía allí tendida al sol y al fondo se veía una cocina al aire libre. Del lado de la calle las paredes estaban pintadas en *Technicolor*, la de acá blanca, la de allá azul claro y la siguiente de un rojo brillante pero con la puerta púrpura. A veces, dos colores estaban divididos por el tubo verde de la canaleja o por una raya que hacía contrastar tanto los colores que te empezaban a bailar los ojos.

El carro de la policía, un larguísimo LTD, rodaba por las calles cual jaguar husmeando su presa. El vehículo surgió de un callejón al amplio espacio ocupado por la plazuela, con su kiosco oxidado y un montón de árboles con troncos blanqueados con cal. Al otro lado de la plaza vieron un restaurante llamado TAQUERÍA E INTERNET: LA MANO CAÍDA.

"¿La mano caída? ¿Pos qué nombre es ese?", preguntó el Judicial.

"También es café de Internet", le recordó el narquillo.

"¡En la madre! ¡Vámonos!", le dijo su compañero. "Quiero llegar al juego de béisbol en Mazatlán hoy en la *noshe*". Escupió su palillo.

"Vamos a comer", dijo el Judicial. Pararon el auto y antes de abrir las puertas ya se escuchaba la música proveniente de La Mano Caída.

Capítulo dos

————————

Ay venía la Nayeli, otra vez tarde, bailando por las calles del pueblo rumbo a La Mano Caída.

No es que quisiera bailar, es que siempre se andaba balanceando de un lado a otro y apenas podía contener las ansias de salir corriendo. Había sido centro delantero estrella del equipo de futbol femenil durante cuatro años y aunque hacía un año que había salido de la prepa, todavía tenía buena condición física.

Sus largas piernas estaban duras, musculosas, aún usaba la faldita del uniforme para que todos la admiraran. Además, la ropa no se daba en los árboles, había que aprovecharla.

La Nayeli iba soñando otra vez con irse del pueblo. Deseaba ver el mundo, ver todo. Ir allá donde las luces cambian de color, donde los aviones pasan sobre tu cabeza y las paredes de los edificios están cubiertas de pantallas de televisión, como en aquella película japonesa de Bill Murray que habían visto en el Cine Pedro Infante la semana pasada. Quería ver sinuosas filas de tráfico bajo la lluvia citadina. Ansiaba asistir a un concierto, viajar en tren, usar ropas sofisticadas y tomar exóticos cafés en un boulevard cubierto de nieve. Había visto elevadores en mil películas y soñaba con subirse a uno, pero no en el techo como Jackie Chan.

A veces, soñaba con ir a los Estados Unidos, "Los Yunaites", como los llamaba la gente del pueblo, a buscar a su padre, quien se largó para nunca volver. Había cambiado a su familia por un empleo y luego había dejado de escribir y mandar dinero. No le gustaba pensar en él. La gente le daba carrilla porque nunca dejaba de sonreír y eso la hacía verse coqueta, pero en cuanto pensaba en él se le borraba la sonrisa. Apuró el paso.

Venía de las oficinas de campaña de la tía Irma, ubicadas en la asfixiante cocina de la casa de la Madero. Irma, harta del anciano presidente Municipal de Tres Camarones (se quejaba frecuentemente de "¡ese viejo apestoso!"), andaba haciendo historia presentándose en la contienda para reemplazarlo en la ya próxima elección. Sería la primera vez que una mujer, ella, Irma García Cervantes, fuera presidente Municipal de Tres Camarones. Sonaba muy bien. Tenía experiencia en organizar y mandar, era campeona retirada de la liga femenil de boliche y estaba acostumbrada a las atenciones públicas y a ser una celebridad. Teorizaba que si el poder público no fuera su destino, entonces la Virgen misma habría sentenciado a México a deslizarse hacia el caos y la ruina.

Una de las tareas de la Nayeli era escribir con gis grueso por todo el Pueblo: "¡La tía Irma para presidente!". Como jefa de campaña ganaba veinte pesos a la semana, lo cual comprobaba que la tía Irma padecía de aquello que los sinaloenses detestaban, pero que era una epidemia: Era "codo duro", le costaba gran trabajo mover el codo cuando de dar dinero se trataba.

¡Veinte pesos! Ya ni para comprar tortillas alcanzaba con veinte pesos. Los pinchis gringos estaban comprando todo el maíz para usarlo como combustible y ninguno de los rancheros podía darse el lujo de destinarlo a la comida. El poco grano que se quedaba en el país estaba carísimo.

Y por ay iba la Nayeli bailando al caminar, rumbo a su otro trabajo que era servir tacos y refrescos en La Mano Caída.

Los malosos ya estaban impacientes esperando a los condenados surferos gringos que no aparecían. Traían un ladrillo de mota en la cajuela del carro y el tiempo estaba corriendo. Entraron a La Mano Caída.

El Judicial tocó en la barra. El Tacho, el taquero maestro de La Mano Caída le lanzó una mirada furiosa.

"¿Qué tienes de comer?", le preguntó el policía.

El Tacho estaba harto de esos canijos. Pinchis presumidos.

"Hay comida", les dijo.

El narquillo sonrió.

"¡Para ser joto eres bastante hocicón!"

El Tacho nomás se encogió de hombros.

"¿A poco es joto?", preguntó el policía.

"Pos anda bien maquillado", contestó el Caracortada.

"¡Jíjole! y yo que creí que era uno de esos chavalos emo que andan tan de moda", dijo el policía.

"¡Guácala con los emo!", masculló el Caracortada.

"A mí me gusta Diddy", le recordó el Judicial.

Ya habían hartado al Tacho, pero antes de que reaccionara, de pronto se abrió la puerta y entró la Nayeli.

"¡Llegastes tarde!", le dijo el Tacho.

"Lo siento Tachito, mi amor", le contestó ella muy coqueta. "Tachito, mi machito, mi angelito".

Los pistoleros se vieron uno al otro. ¿Machito? Como que ya era el chingado colmo. Se codearon burlones.

"¿Con que eres macho, eh? ¡Un ángel macho!" Se rieron.

"¿Oyes, eres joto?" le preguntó el narco. Si la morrita le hablaba así a lo mejor no era puñal, pensó.

El Tacho le hizo ojos a la Nayeli y ella se apuró a ponerse

el delantal blanco. De reojo vio asomándose debajo del saco el reflejo plateado de la .45 del narco.

"Tomen una mesa", les dijo el Tacho, "no hay razón para que caballeros como ustedes se tengan que sentar en la barra".

Les sonrió a los dos. Más que sonrisa lo que hizo fue una mueca, como si le estuvieran sacando una muela, pero cualquier cosa con tal de mandarlos al otro lado del comedor. No los quería tener cerca porque le daba el olor de sus lociones corrientes. ¡Uno de ellos usaba Old Spice!

Se sentaron en una de las guangas mesitas de metal con el logo de la Carta Blanca.

"¿Qué nos recomienda?", preguntó a la Nayeli el Judicial.

"Bueno, las tortas de ostión frito que hace el Tacho son famosas", le contestó ella.

"Pos suena bien".

Ella se dio la vuelta para ir a la cocina, pero el policía la agarró de la mano y la regresó.

"¡Dese presa, señorita!", le dijo.

A la pobre Nayeli la invadió un pánico frío.

"¿Cómo?"

"¡Se le acusa de robo!", le dijo burlonamente.

"¿Qué qué?", balbuceó asustada la chica.

"¡Que se ha robado usted mi corazón!", remató triunfante el Judicial.

La soltó y la dejó ir al tiempo que sus carcajadas la seguían. La Nayeli sentía la cara caliente de la vergüenza. El Tacho masculló: "¡Viejo feo!"; era uno de sus insultos favoritos.

"Estuvo buena esa", dijo el narquillo.

Siguieron riéndose hasta que se les salieron las lágrimas, que se limpiaron con las mangas.

"¡Hey!", gritó el narco, "¡traigan algo de beber!"

El Tacho suspiró: "¡Ay!, parece que va a ser uno de esos días".

La Nayeli sacó dos cervezas de la hielera al final de la barra. Le daban miedo los tipos esos. Siempre que estaba tensa o tenía miedo trataba de pensar en otras cosas, en mejores días, por ejemplo en tiempos idos, antes de que todo se volviera tan triste, antes de que todo mundo se quedara tan pobre.

Abrió las botellas de cerveza, las sirvió y se regresó de volada al final de la barra, mientras el Tacho comenzaba a freír los ostiones.

El narquillo sacó su pistola de la funda y la puso sobre la mesa. Se abrió el saco y se abanicó con él. Volteó a ver a la Nayeli, acarició la pistola y le sonrió.

"Está buena la chaparrita", comentó.

El Judicial volteó a ver si la Nayeli estaba en verdad tan bien dotada. Los dos observaron las famosas piernas. Los blancos dientes de la muchacha hacían contraste con el color canela de su piel y su sonrisa irradiaba luz como de luna en el agua.

"Un poco prietita, pero pasa".

Le guiñó un ojo a la Nayeli y tomó un sorbo de cerveza.

⁓

Nadie sabía a ciencia cierta si Tres Camarones quedaba en Sinaloa o Nayarit. La línea fronteriza entre los dos estados cruzaba por los manglares y los esteros de la región. No había caminos por ahí, no había estación de policía, ni supermercado. La escuela preparatoria estaba en Villa Unión, lo que significaba un largo viaje en autobús sin aire acondicionado. La iglesia era minúscula, como capilla, llena de chinacates. Había, por supuesto, un depósito de Carta Blanca, pero hasta eso habían cerrado cuando los hombres empezaron a irse a trabajar al norte.

Era más fácil ir en panga por los arroyos tributarios del Río

Baluarte que por las polvorientas brechas que corrían al suroeste de la carretera a El Rosario. De todos modos nadie se había preocupado nunca por elaborar mapas. Tres Camarones ni siquiera aparecía en las guías oficiales de Pemex.

Los gringuitos que empezaron todo esto cuando llamaron a su conexión en Mazatlán buscando unos frajos andaban en vacaciones de primavera de una de las universidades de California. Se habían ido costeando hacia el sur, buscando lugares para surfear y parrandear y habían cometido el error de escoger las blancas playas de Tres Camarones para acampar.

Los lugareños podrían haberles advertido, pero no lo hicieron, que las bellas playas escondían una hondonada brutal y que las olas reventaban contra una pared vertical de lodo submarino. Y no era el único peligro, de hecho los peligros abundaban. La playa más popular se llamaba El Caimanero, porque estaba poblada de grandes caimanes que acechaban en los esteros de agua dulce detrás de la costa. No era un buen lugar para chacotear.

Barcos portugueses navegaban por ahí todo el verano, pescando lo que podían. Había un esqueleto podrido de tortuga en la playa como testigo de sus acciones. La mejor agua salada de la región estaba en las lagunas, donde las mujeres se iban a sacar jaibas en canastas flotantes en las que navegaban hasta antes del reventadero, pero en las lagunas no se podía surfear.

No es que los vecinos nunca hubieran visto un gringo.

Montones de misioneros provenientes del sur de California habían aterrizado en Tres Camarones, pero la escuelita "Jesús es mi amigo fiel" y el "Templo evangélico de los Últimos Días" finalmente habían cerrado sus puertas por falta de conversos. El centro "juvenil" volvió a ser taller de mofles, después de que lo habían cerrado porque el dueño se fue a la Florida a la pizca de naranjas. Durante un tiempo hubo una comuna al norte del pueblo, dirigida por una mujer de Wisconsin llamada Cristal que decía estar en contacto directo con el ovni-nauta venusino P'taak. Algunos albañiles locales se habían ganado su buena lana construyendo una pirámide rosa para Cristal, en las cuarenta hectáreas llenas de matorros y nogales que ella había rentado. Pero las lluvias torrenciales habían acortado la misión de P'taak en este mundo y Cristal se había regresado corriendo a Sheboygan atacada de amibas y fiebre tifoidea. Después de la graciosa huída de Cristal, los Testigos de Jehová tuvieron que abandonar el pueblo cuando la heróica campeona de boliche, la tía Irma, desencadenó toda su ira en contra de ellos, apodándoles "Los testículos" de Jehová. Profundamente ofendidos empacaron todos sus ejemplares de La Atalaya y abandonaron a los infieles a su triste suerte.

El Caracortada hizo a un lado la servilleta. El limón y la salsa guacamaya saben mejor cuando se chupa uno los dedos. La mesa había quedado atestada de platos vacíos. Se levantó.

"¡Onde andan esos pinches gringos!", gritó.

El Judicial revisó su reloj, dejó su cerveza y volteó enojado a ver al Tacho, como si el dueño de la taquería fuera el secretario de los surferos.

"Nosotros estamos muy ocupados", aclaró el Tacho.

"¡Chingado! ¡Ya llevamos una hora aquí!", se quejó el Caracortada.

El Tacho nomás se encogió de hombros.

"Pos ya saben cómo son los gringos, siempre se toman su tiempo, siempre llegan tarde", les dijo, como queriendo revirar la frecuente acusación que los gringos enderezaban contra los mexicanos.

El Caracortada pateó la silla y agarró su pistola. La mantuvo de lado, como tratando de decidir si el Tacho y la Nayeli necesitaban ser despachados. "Si llegan los surferos, diles que la próxima vez que los veamos les vamos a pegar un tiro en la cabeza a cada uno, ¿entendiste? A mí nadie me deja esperando".

"Sí, señor", respondió la Nayeli.

Los malosos salieron y se subieron a su carro. El Caracortada se sacó de la bolsa un palillo de canela, le quitó la envoltura de celofán, la tiró al suelo y se metió el palillo a la boca, paseándolo de arriba a abajo. "Qué bonito pueblo", dijo, "sin policías".

Se ajusto las solapas.

"¿Tampoco hay hombres, te fijastes?", sentenció burlón el otro.

Sonrió maliciosamente.

"Un bato como yo podría arrasar aquí", dijo.

Limpió sus lentes oscuros con la camisa y se los volvió a poner.

"Cuídense", dijo por la ventana.

Se fueron sin pagar.

Capítulo tres

————

Mientras los bandidos merodeaban por el pueblo y sus alrededores, el Tacho y la Nayeli siguieron en lo suyo, que era trapear el piso de cemento, barrer la banqueta, partir limones y pelar mangos. Pero más que nada, hicieron lo que todos los moradores de pueblos chicos hacen para matar el aburrimiento: Contar su historia.

La Nayeli se quedó pensando en los misioneros. Bueno, pensaba en uno de ellos, el santo misionero Matt. Todas las amigas de la Nayeli estaban enamoradas del misionero Matt. Era el primer güero que habían conocido en persona. Decían que ni la guapura del Brad Pitt o del Estip McQueen les impresionaba, pero ya viendo de cerca un ejemplar, la cosa cambiaba. Un muchacho güerito, de ojos azules, en la vida real era como su propia telenovela romántica. La nariz se le descarapelaba al muchacho cuando se asoleaba y ellas nunca habían visto una nariz descarapelada. Era como un tesoro. Matt se escapaba de sus deberes religiosos todas las noches para irse al Cine Pedro Infante. El grupo de la Nayeli y sus amigas no eran las únicas que se inquietaban en presencia de Matt y soltaban unas risitas disimuladas ante la más sangrona de sus bromas. Hasta las mamás y las tías suspiraban y decían, "¡Ay Mateo!", cada vez que él decía algo.

Al chico le encantaban las películas.

Matt se había ganado a la mayoría de las muchachas del pueblo porque, para aprenderse sus nombres, los había escrito fonéticamente en unas tarjetas. Cuando se marchó, dejo tras de sí centenares de corazones rotos. Les repartió a todas esas tarjetas, con su dirección y número telefónico de Estados Unidos escritos al reverso.

Esa tarjeta era lo más cercano a una carta de amor que la Nayeli jamás hubiera recibido en su vida. La llevaba siempre consigo y a menudo la sacaba para inspeccionarla. Decía:

"nah / YELL / ee"

Y abajo:

Love, Matt!

Y del otro lado una dirección y un número telefónico que empezaba con 858.

Love, Nayeli, pensaba ella. El poco inglés que sabía apenas le alcanzaba para saber lo que *love* significaba. *Love.* ¿Era *love* amor? ¿Como AMOR? ¿O era nomás cariño, como "el cariño que le tengo a mi amigo Mateo" o como quiero a mi hermana, o a mi perrito, o como me fascina la nieve de chorro?

"¡Hey!", le dijo el Tacho. "Es para ahora ¿eeeh?"

"¡Ay, tú!", le contestó, todavía ensimismada.

El Tacho levantó los brazos como elevando una plegaria al universo.

La Nayeli llevaba la tarjeta de Matt en uno de sus calcetines, junto con la única postal que le había enviado su padre, ya toda arrugada, enviada de un lugar llamado KANKAKEE, ILLI-NOIS. Traía la imagen de un guajolote de mirada paranoica, con la cabeza asomándose por entre una fila de plantas de maíz. Antes de irse a KANKAKEE, Don Pepe había sido el único policía en Tres Camarones.

Lo que hacía era dirigir el tráfico e inspeccionar uno que otro accidente que ocurría en el camino del oriente. El papá de la Nayeli se había ido hacía tres años. Cuando hacía mucho calor, dejaba las tarjetas en el espejo de su casa, temerosa de que el sudor de sus pies borrara la tinta.

Salió a la banqueta y empezó a barrer distraídamente. La poca brisa que venía del río le volaba la faldita. Los muchachos le chiflaban al verla pasar, pero últimamente había empezado a notar que la acompañaba más y más el silencio. Tal vez ya estaba vieja a sus diecinueve años. Todo estaba cambiando para ella. No había opciones para una campeona goleadora. Y ni pensar en irse a Culiacán a estudiar a la universidad, salía carísimo. Su mamá lavaba ropa ajena. Pero bueno, todas las señoras grandes de Tres Camarones lavaban ajeno. Con tanta oferta, la industria del lavado de ropa ajena sólo sobreviviría si se multiplicaba la gente floja y sucia. Afortunadamente la Nayeli y su mamá recibían asistencia de la formidable tía Irma, la futura presidente Municipal.

Las ganancias de la tía Irma como Campeona Mundial habían sido tantas que le alcanzó para invertir la mayor parte de su dinero. Además, recibía una pensión por los años que trabajó en las empacadoras de San Diego.

Los cheques eran modestos, pero no necesitaba más que para sus cigarros Dominó, una que otra botella de Presidente y su dieta consuetudinaria de tacos y tortas de la taquería del Tacho.

Había sido la tía Irma, conocida entre sus amigas como "La Osa", quien había animado a la Nayeli a jugar futbol. Ella y Don Pepe habían inscrito a la Nayeli en la escuela de artes marciales del doctor Matsuo Grey, mientras sus amigas estudiaban baile para salir en los desfiles y en los bailes del Club de Leones. La tía Irma decía que el karate era muy bueno para fortalecer las piernas y tener más poder en el campo de futbol, pero a la Nayeli no la hacían tonta, para La Osa, la vida y el amor eran una guerra y esperaba que la Nayeli ganara todas las batallas, por eso procuraba darle más armas.

La tía Irma quería que fuera capaz de derrotar a los hombres.

El misionero Matt le había enseñado un nuevo término, decía que La Osa era *"muy hardcore"*.

"¡Ay, Mateo!", suspiraba la Nayeli. Seguramente andaba él ahora por allá en alguna de esas bellas playas de California, ¡y ella metida aquí en la taquería del Tacho! Por lo menos tenía trabajo y ganaba lo suficiente para comprarse zapatos y boletos para el cine. Como Matt le había donado al Tacho su computadora cuando se fue, ahora la taquería era también un café de Internet.

La Nayeli entró y aventó la escoba en una esquina.

"Voy al Internet", le dijo al Tacho.

"¿Y tú crees que te pago pa' que te pases todo el día en la computadora?", la regañó el Tacho.

"Pues sí".

"¡Cabrooona!"

El Tacho era así con todas las muchachas, era parte de su rutina.

Un hombre como él tenía que aprender a sobrevivir en este medio. Había aprendido a transformarse vistiéndose con pura ropa de colores brillantes y adoptando actitudes de bravucón; era ya un personaje apreciado en el pueblo.

Si uno quería alcanzar la inmortalidad, o por lo menos la aceptación en Tres Camarones, tenía que convertirse en algo especial. Ser un bueno para nada era prueba de machismo, aunque fueras homosexual. Por eso los misioneros no pegaban. Ser humilde no era de machos. Nadie se hacía famoso así. Durante muchos años, la broma acerca de los del "gremio" del Tacho, los "jotos", era que sufrían el mal de "la mano caída" como los pintaban en las caricaturas. Escuchar esa frase hacía que la gente se carcajeara, bueno, todos menos el Tacho. No aceptaba que nadie lo llamara joto, excepto sus muchachas, pero no sentía que se le cayera la mano de ninguna manera. Así, retó a todo el pueblo al ponerle a su taquería La Mano Caída. ¡Fue un toque genial! Hasta los más machos en el pueblo lo habían aceptado inmediatamente pues demostraba ser más chistoso que ellos y, por ende, más macho.

Pero eso había sido años atrás. Ahora la clientela de La Mano Caída era sólo de señoras ya mayores, aburridas y con poca lana, o las revoltosas amigas de la Nayeli, que nunca compraban nada. Lo único que querían las morras era ver gringuitos en Internet.

Suspiró el Tacho. ¡Qué vida! Bueno, por lo menos tenía la venta de zapatos en la recámara de atrás de su casa. ¡La Nayeli no era la única que le sabía a la computadora de Mateo! El Tacho había descubierto eBay y había empezado su segunda carrera con la ayuda de la tarjeta American Express de la tía Irma. Gracias al Tacho, el pueblo de Tres Camarones recibía mensualmente la visita del camión amarillo de DHL, exótico toque que hacía sentir cosmopolitas a sus habitantes.

El Tacho y la Nayeli compartían el deseo de irse a una ciudad grande, la que fuera. Usaban la computadora para echar vistazos a Nueva York, Londres, Madrid y París. A veces, después de cerrar, se subían al techo a ver pasar los chinacates. Hacían de cuenta que las nubes eran el perfil de Manhattan.

¡Ay noooo!, ¡Ay vienen las demás!", se quejó el Tacho.

Las famosas amigas —lo que quedaba de ellas—, venían llegando por la banqueta. A su paso iban diciendo "¡Adioooos!" a quien se cruzara con ellas en la calle. La gente de Tres Camarones no decía "¡Hola!", decían "¡Adiooos!".

La Nayeli volteó a verlas y sonrió. Sólo quedaban tres, pero les gustaba presumir de que ellas representaban lo más selecto del grupo. Cuquis Cristerna se había ido a vivir a Culiacán. Sachiko Uzeta Amano se había ido al DF a aprender a hacer películas. María de los Ángeles Hernández Osuna estaba estudiando medicina en Guadalajara. Ahora nomás quedaban la Nayeli, la Yoloxóchitl y la Verónica.

La tarjeta fonética del misionero Matt convertía el nombre de la Yoloxóchitl en:

"YO-low / SO-sheet"

Él le decía "Yo-Yo" y eso le hacía mucha gracia. Los padres de ella tenían manía por lo autóctono, cosa nada rara entre los liberales con educación universitaria. Su papá había hecho un año de universidad y con ello se había reconectado con su pasado tolteca, de modo que él y su esposa habían decidido bautizar a sus hijos con nombres nahuas. Afortunadamente sólo habían tenido dos. Desafortunadamente para el hermano de la Yoloxóchitl, a él le habían puesto Tláloc, lo cual le daba muina pues no le gustaba saber que su nombre representaba al dios de la lluvia y porque cada vez que orinaba, sus amigos le daban despiadada carrilla. Antes de irse al norte, se cambió el nombre y se puso Lalo.

El Matt ya sabía cómo decir Verónica, pero para no hacerla sentirse menos que sus amigas, le había hecho una tarjeta que leía.

"ver-OH! / knee-kah"

Últimamente, Yoloxóchitl había estado trabajando en el bo-

liche de tres líneas que estaba por allá por la estatua de Benito
Juárez. La Verónica trabajaba pelando camarón en las granjas
acuíferas al norte del pueblo. Ninguna de ellas estaba contenta
con su trabajo, sudaban demasiado.

Yoloxóchitl traía puesta su camiseta del Tri, ya borrosa de
tantas lavadas, y unos pantalones gauchos que el Tacho le había
vendido a medio precio. Su mamá había ahorrado durante años
para cambiarle los anteojos por lentes de contacto. Con eso se
había despertado su pasión por la moda. Siempre andaba cargando un libro. La Yolo, como la llamaban sus amigas, siempre
estaba leyendo.

Como de costumbre, todo mundo se le quedaba viendo a la
Verónica, la única plebe gótica en todo Sinaloa. Se empalidecía
la cara con cremas y ungüentos, se pintaba sombras muy oscuras,
los labios negros y las uñas también negras. Llevaba una falda
negra, larga, que debía ser agobiante en aquel calorón, pero irradiaba frescura. La Verónica se planchaba el cabello para que le
cayera como sábana de satín. Su pelo era naturalmente negro,
pero aun así se lo pintaba con enjuague negro número 1, tal como
sus héroes del grupo Tipo O Negativo, cuyos videos había visto
junto con la Nayeli en YouTube.

Era más difícil para esas muchachas ser personajes notables
en la cultura de Tres Camarones. Si eran excéntricas, se les veía
como monstruosas, pero es que cada salida de la Verónica era un
impacto visual público. Ya llevaba tres meses de gótica; antes de
eso soñaba con ser cantante de pop vestida con shorts súper cor-
titos y blusas transparentes en un show de variedades. Se iba a
pintar el pelo de ese color cobrizo que pasa por rubio entre las
estrellitas que salen en la tele. Solamente las amigas notaron que
le había dado por lo gótico imediatamente después de que su
padre y su hermano se marcharan.

Todos le decían La Vampira.

Las muchachas irrumpieron por la puerta tronando chicle y sonando sus pulseras.

"¡Tachito, mi flor!", le dijo la Yolo.

Normalmente, el Tacho le hubiera dado un chicotazo con el trapo secador a cualquiera que le llamara flor, pero a ella le contestó con un cariñoso: "¡Quihubo putita!".

"¡Hey, Yolo!", gritó la Nayeli.

"¿Qué onda, morra?", le respondió la Yolo, feliz de usar el caló juvenil. Le parecía que hablar como los cholos la hacía ver más rocanrolera. En la prepa había sido la mejor estudiante y si hubiera podido se habría ido a la universidad a estudiar para dentista. Ella también era estrella del equipo de futbol, aunque en el campo la Nayeli la hubiera opacado.

"¡Epa Nayeli!" saludó la Vampira.

"¡Esa Vampi!", respondió la Nayeli. "¿Qué es de tu vida?"

"¡Aquí tristeando!", le contestó la Vampira. Sacó un rosario de su bolsa negra de cuentas (adquirido en el Emporio de la Moda del Tacho a 155 pesos). Las cuentas del rosario sonaron al pegar en la mesa. "Ya no aguanto".

La Yolo y la Nayeli voltearon a verse y alzaron las cejas. El Tacho, siempre encantado con la rutina gótica, preparó un plato de mango y piña picados con rebanadas de naranja, rociado con chile en polvo y se sentó con la Vampira al tiempo que ensartaba palillos en la fruta.

"Come, tienes que comer, mi angelito".

"¡Ay, Tacho!", le contestó ella respirando hondo y palmeándole la mano.

"Pues sólo que sea el ángel de la muerte", masculló la Nayeli.

La Yolo nomás resopló.

"Resoplaste", le dijo la Nayeli.

"Claro que no".

La Nayeli picó algunas teclas y abrió un video en Google de un patineto golpeándose las partes nobles con su tabla. Hizo un gesto de disgusto y cambió el sitio. ¡Ah! ¡el Capitán Sparrow! La Yolo se inclinó para ver por sobre el hombro de la Nayeli. Se volteó hacia la Vampi y le dijo: "Oye Vampi, la Nayeli se va a casar con Johnny Depp".

"Mmmm, el Capitán Yack Esparrow", dijo la Vampi.

"¡Aayy sí!", dijo el Tacho imitando a los gringos. "¡El capitán Yack es muy caliente!"

La Verónica hizo un gesto de asco.

"Me encanta", dijo la Nayeli, "Lo amo".

"Yo también", dijo el Tacho.

"A Yack Esparrow lo que le hace falta es bañarse", dijo la Vampi haciendo un ademán displicente. "Además, hay sólo un hombre con el que me puedo casar".

"¡Oootra vez!", masculló la Nayeli. Luego murmuró algo y se pasó a YouTube.

La Verónica no había visto nunca gente gótica, bueno, nunca antes de que la Nayeli se las mostrara en la computadora, pero tan pronto como vio muchachos paliduchos con rímel, se perdió. El grupo Tipo O Negativo era fantástico, "chido", como decía ella. *Las hermanas de la misericordia* de plano la enloquecían. Y ahora esto. La Nayeli rezongó y puso "Los 69 ojos", pensando ¿Por qué hago esto?

"¿Y eso qué quiere decir?", preguntó el Tacho.

"Ese bato ha de tener sesenta y nueve ojos", dijo la Yolo.

"¿Quién?"

"Ése", dijo la Nayeli apuntando hacia el grupo en la pantalla, que se mostraba con un cadáver sentado en medio de ellos.

"Siempre usa lentes oscuros", se maravilló la Vampi. "Se llama Jyrki".

"Pues sí, para taparse el montón de ojos", dijo la Yolo.

"¿Que qué?", preguntó el Tacho.

"Ay les voy", dijo la Nayeli, moviendo el mouse para poner la canción favorita de la Vampi: "Gothic Girl".

Las chavas empezaron a bailar. El Tacho pensaba que este tal Jyrki sonaba como si estuviera muerto, pero a pesar de ello se veía cómodo en su papel de cadáver, hasta parecía estar feliz de serlo.

"Baila conmigo, chiquillo", le dijo la Nayeli.

El Tacho tomó la mano de la Nayeli y trató de bailar cumbia al son de la extraña música. La Vampi se volvió medio loca, saltando y moviendo la cabeza de lado a lado. En su inglés mal hablado cantaba "I love my gothic girl". Bueno, lo que ella decía era "Ay lob mai godic gorl". Todos se rieron.

La Nayeli llegó a su casa como a las diez de la noche. En cuanto entró, su madre le reclamó: "¿Qué andabas haciendo?"

"Nada, mami, sólo un día de trabajo, es todo".

"Y el Tacho, ¿cómo está?"

"Bien".

La Nayeli cenó leche con calabaza enmielada y se fue a recostar frente a su viejo abanico. Las cachoras le tiraban besos desde lo alto de la pared de su cuarto.

"Mañana vamos a ir a la laguna", le dijo su mamá.

"¡Qué chido!", contestó la Nayeli. "Buenas noches, mami".

"Buenas noches, mijita".

La Nayeli volteó la almohada y se durmió inmediatamente. Soñó que vivía en una casa blanca, grande, rodeada de árboles y fuentes. A lo lejos se veían montañas coronadas de nieve. Sus caballos eran blancos y los cisnes en su lago flotaban serenamente mientras sus empleadas servían el té. Ella comía bollitos con mermelada de fresa que tomaba de una charola de plata y hablaba un inglés perfecto.

Llevaba un vestido largo y, después de los bollitos, comía nieve. Su esposo Johnny Depp tenía dientes de oro, los ojos pintados con delineador negro y el cabello hasta la cintura. "Mañana vamos a Kankakee", le decía con su sonrisa metálica.

Capítulo cuatro

La tía Irma desfilaba por la calle cual carro alegórico, mientras la Nayeli y su mamá se apuraban para emparejarse con ella.

"¡Día de sacar jaibas!", le decía a la gente que se encontraba. Todos le sonreían a la Nayeli, pero Irma creía que las sonrisas eran para ella.

Pescar jaibas era para ellas como subir al cielo. Todo el día metidas en esa agua transparente de la laguna, con barriles llenos de hielo enfriando la cerveza y los refrescos. Las palapas se aferraban a la arena, esperando las hamacas que cobijarían en sus regazos para dejarlas mecerse en el viento. Ya estaban allí las ollas para hervir las jaibas que después se comerían en tostadas. No había nada mejor que ir a pescar jaibas.

Abordaron las dos lanchas en el muellecito disparejo. La Nayeli se había detenido ante las tumbas de sus abuelos para arreglarlas un poco, arrancó algunas hierbas y vio algunas tarántulas escurriéndose entre las losas.

El agua del río se veía verde oscura y espesa, llena de polen y hojas. Las orillas aquí eran de lodo oscuro, salpicadas con el blanco de las conchas por allí y por allá. Por doquier se veían esas ranas verdes y gordas que parece que siempre están sonriendo, de ésas que venden disecadas a los turistas, acomodadas en poses extrañas y con sombreros de mariachi, tocando instrumentos de juguete. Nadaban plácidamente en donde daba la sombra. Las grullas azules y las garzas blancas pescaban entre los carrizos.

La Osa se instaló en la primera lancha, ladeándola peligrosamente, sin notar el revuelo que causaba. Llevaba un anchísimo sombrero de palma y se puso a tomarle otra foto a una orquídea, la número diez mil de su vieja cámara Kodak. "Cada flor es tan única como es distinto cada copo de nieve", les dijo. Claro que nadie había visto nunca un copo de nieve.

La mamá de la Nayeli, reconocida hipocondríaca desde que su esposo se fue, se sentó atrás de la tía Irma.

"María, ¿cómo estás?", le preguntó la tía Irma.

"Pues no muy bien", contestó la mamá de la Nayeli.

Irma le dijo: "Tienes años muriéndote, ¿por qué no te mueres de una buena vez y ya sales de eso?".

En una hora llegaron a la curva del río donde podían bajar de las lanchas y amarrarlas en los arbustos. El grupo desembarcó y subieron las lanchas por la cuesta. De repente, asombrosamente, el paisaje cambió del oscuro de la selva al brillante blanco de una ensenada que tenía en su centro una larga laguna azul turquesa.

Más allá, del otro lado de la laguna, podían verse y oírse las tremendas olas azotando sobre la playa, olas oscuras que explotaban en espuma y rocío con un rugido incesante. Todo parecía tejido con luz de sol. Las palmas se mecían, con sus verdes cocos a guisa de arracadas, anidados entre las sedosas frondas. Más allá de los cocoteros, obeliscos de 6 metros de alto llenos de flores carmesí teñían alegremente la mañana. Las palapas se inclinaban en diversos ángulos, la Nayeli no perdió tiempo en llegar hasta ellas, abriendo las cajas y sacando las hamacas. La brisa juguetona se escurría entre todo. Milagrosamente, nadie se daba cuenta del calor que hacía, de cuanta humedad mojaba el aire.

Ocasionalmente, el olor a tortuga podrida echaba a perder el efecto paradisíaco, pero con todo era evidente que habían llegado al lugar perfecto del mundo.

Irma le dijo a su hermana María: "Tu marido debió haber venido aquí antes de irse. De haberlo hecho así se hubiera quedado en este ¡México Lindo!".

"Pues sí, pero no te puedes comer lo lindo", respondió María.

La Yolo y la Nayeli se metieron a la laguna. El agua les llegaba a las caderas. Minúsculos pececillos se acercaban y les mordían los muslos. La Nayeli se había recogido el pelo en una cola de caballo. La Yolo traía el pelo corto por el verano. En la blanca arena, el Tacho encendió la lumbre y puso a hervir agua con cebollas y unos ingredientes secretos. La Yolo atrajo la atención de la Nayeli con un codazo: El Tacho llevaba un trapo amarrado a la cintura como si fuera sarong. Las chicas se rieron. Se adentraron más en la laguna. Veían sus vientres y caderas distenderse en el agua. El reflejo del agua hacía que la piel se les viera blanca. La Nayeli vio esos efectos especiales con agrado.

La Yolo le dijo: "¿Te acuerdas cuando el misionero Mateo vino aquí con nosotros?".

"¡Ay, Matt!", suspiró la Nayeli.

"¡Qué guapo estaba!", dijo la Yolo.

"Y la jaiba que le mordió el dedo".

"Y se puso a gritar".

"Tuve que morderle la pata a la jaiba para que lo soltara".

"Si, tú siempre has sido la más fuerte de todas".

"¿Tú crees que se acuerde de nosotras?"

"La Yolo se puso las manos en la cadera y balanceándose coqueta exclamó: "¿Quién puede olvidarse de todo esto?".

Pero la Yolo no estaba ciega, en aquella ocasión se había dado cuenta de cómo los ojos del Matt intentaban no checar a la Nayeli.

"Tú le diste un beso", le dijo la Yolo picándole el brazo.

"¡Yo, no!"

"¡Claro que sí!"

"¡Claro que no!"

"No seas simple, todo mundo sabe que besaste a Mateo".

La Nayeli nomás sonrió.

"¿Y?"

La Yolo empezó a salpicar a la Nayeli: "Entonces es verdad, ¡sí lo besastes!".

La Nayeli levantó un hombro.

"Pueque".

Matt recordaría aquel beso, estaba segura. Su boca era deliciosa, con los labios cubiertos de manteca de cacao sabor cereza. Labios mullidos. Y también sus rizos suaves que olían a jugo de manzana como el champú que usaba. Le gustaba pensar que los labios de Matt eran americanos. Era como una balada de Maná.

Las comadres de La Osa atravesaban el agua rumbo a ellas. Todas andaban pescando jaibas. Cada una llevaba unos palos picudos. Entre cada par de mujeres flotaba una canasta grande de paja. En la canasta de las amigas ya iban diez jaibas agitándose furiosamente. Las criaturas luchaban unas con otras y cuando parecía que una iba a salirse de la canasta y escapar, las otras la jalaban de regreso a la interminable batalla.

"Míralas, nunca se pueden salir", dijo la Yolo.

"Así somos, así es México", le respondió la Nayeli.

"Que no te oiga tu tía".

Arrastraban los pies por el fondo, levantando blancas nubes de arena que se les enredaban en las piernas. De repente, una enorme jaiba salió de la arena y se escurrió por el fondo. Las muchachas gritaron y se sumergieron en el agua. La Nayeli agarró la jaiba primero y le puso el palo en la espalda fijándola en el fondo. La tomó cuidadosamente por la parte de atrás, manteniendo la mano lo más lejos posible de las poderosas tenazas y la sacó del agua.

Agitó la cabeza para sacudirse el agua de los ojos y exclamó: "¡Mira nomás esto!".

"¡Hey, es hembra!", dijo la Yolo.

Era verdad. La jaiba llevaba una gruesa franja de huevos pegados a su concha. El Tacho se iba a encantar. Con la hueva de jaiba se hacía una pasta que le fascinaba y le proporcionaba un placer casi orgásmico cuando la untaba en una tortilla y la aderezaba con limón y salsa verde. Nayeli la echó en la canasta.

"¿No te da vergüenza matar a una futura madre?", le dijo la Yolo.

"¿Qué, te sientes solidaria con una jaiba?", le respondió la Nayeli. La Yolo siempre andaba con sus teorías revolucionarias.

"Pues es que es como si fuera nuestra hermana", insistió.

El problema con las estudiantes que sacan buenas calificaciones es que siempre salen con unas ideas locas para defender sus preferencias políticas.

"Esta jaiba no es mi hermana, Yolo, es mi comida".

La Nayeli trató de recordar si había ahorita alguna mujer embarazada en Tres Camarones.

"Esta no es mi hermana, yo no estoy embarazada. Si acaso, será hermana de... no sé quién. ¿Quién está embarazada?"

La Yolo resopló. Le encantaban estas discusiones ridículas que tenía frecuentemente con la Nayeli. Se podían pasar horas enteras discutiendo si el rock en español era mejor que el reggaetón, o si el beisbol era mejor que el futbol. Ponían a la pobre Vampi al borde del suicidio por aburrimiento cada vez que se engarzaban en una de esas interminables discusiones.

"¡Jaiba!", gritó la Nayeli apuntando al fondo. Esta vez la Yolo llegó antes que ella. Se zambulló rápidamente y maniobró con su palo. Era un macho pequeño, pero una jaiba, aunque sea chica, es sabrosa.

"Ya llevamos una docena, hay que llevárselas al Tacho", dijo la Nayeli.

"Sí, vamos a comer".

Con su inglés atroz, la Nayeli le respondió: "O yea, beibi".

Mientras iban hacia la orilla, insistió: "¿Pero quién está embarazada?, ahorita no me acuerdo de nadie".

La Yolo se puso a pensar. Salieron del agua, cargando entre las dos la canasta de jaibas. La Yolo se encogió de hombros.

"Yo tampoco me acuerdo de nadie".

Las mujeres y el Tacho se sentaron en cuclillas y devoraron las jaibas. Los camaroneros y sus muchachillos estaban al otro extremo de la laguna comiéndose sus tacos de frijoles.

Ocasionalmente, el Tacho chiflaba y uno de los plebillos venía corriendo, abría unas cervezas y sacaba más jaibas de la olorosa olla. La Osa hizo que el Tacho les diera a los plebes tres jaibas gordas para que ellos también comieran. En momentos como ése, La Osa se acordaba de Benito Juárez. Se hinchó de afecto por sí misma.

La Nayeli esperó el momento adecuado para preguntarle a las mujeres: "¿Quién está embarazada?".

"Pues yo no", dijo el Tacho.

Le aventaron unas servilletas y patas de jaiba.

"¿Tú dices de las que estamos aquí?, porque para mi comadre y para mí ya es un poco tarde", dijo La Osa sobándose la panza. Las mujeres se rieron. "Más te vale que no estés tratando de decirnos algo", le advirtió. "Más te vale", y le aventó una pata de jaiba.

La Osa se acabó su cerveza y el Tacho se apresuró a traerle otra y de paso sacó un 7-Up para él.

"Siete-up", anunció.

Finalmente, la tía Irma dijo: "¿Por qué preguntas?".

"¿Cuándo habían faltado niños en Tres Camarones? Se me hace muy raro".

El Tacho las interrumpió. "Perdón, amiguitas, pero por si no lo sabían, para hacer niños se necesitan hombres".

Las mujeres asintieron.

"¿Qué?", dijo la Nayeli.

"¡Hombres!"

"¿De qué estás hablando, Machito?"

"Hombres. ¿A poco no lo han notado?"

"¿Notar qué?"

"Ya no hay hombres. Todos se fueron. No chingues".

"Ay sí, seguramente".

"¡Jijos! ¿Habrá alguien más simple que estas chamacas?", se quejó la tía Irma.

Las mujeres y el Tacho se carcajearon. Las amigas se quedaron sentadas, furiosas. Les molestaba mucho que les dijeran simples.

"De lo único que se dan cuenta estas plebes es de sus propios dramas. Son unas babosas".

Las muchachas estaban furibundas.

"¡Hey, no nos digas babosas!", dijeron al mismo tiempo meneando la cabeza.

"Todos se fueron, desaparecidos rumbo al norte. Bienvenidas al mundo real, niñas". Le echó un trago a su cerveza y les echó una trompetilla.

La Nayeli se le quedó viendo a la Yolo con la boca abierta.

Lo único que pensaba era: ¿A quién le dice estúpida este?

Irma se levantó y se sacudió la arena de las piernas.

"Sólo tengo una cosa que decirles a esos hombres", dijo, "¡Traidores!".

Nadie quería regresarse a su casa después de un día en la playa, así que todos se fueron a la casa de la tía Irma en la esquina de la Morelos y la 22 de Diciembre a ver su television a colores.

La Osa acomodó su tele frente a la ventana que daba a la calle y todos los invitados jalaron sillas a la banqueta y a la calle, para aprovechar la brisa. Vieron una telenovela acerca de un amor salvaje en una hacienda de Brasil. Luego vieron otra telenovela de amor salvaje desarrollada entre ganaderos de Durango. La tarde se oscureció. Las cigarras chocaban contra la tele y quedaban atontadas. Los chinacates rondaban arriba de ellos como hojas en tormenta. Los transeúntes les decían "¡'diós!" y todos los televidentes contestaban amablemente "¡Adioooos!".

Cuando pasaba un carro, los que estaban en la calle subían apurados sus sillas a la banqueta para dejarlo pasar. "¡Adiós!", decían todos y luego ponían sus sillas otra vez en la calle. Nadie notó que uno de los carros era el LTD del narco. La Nayeli miró detenidamente todas las banquetas. Se dió cuenta de que el Tacho tenía razón. En el pueblo ya sólo quedaban mujeres, viejos y algunos chiquillos.

¡Adióooos!

Capítulo cinco

Aunque el gobierno estatal parecía ignorar dónde quedaba Tres Camarones, sus habitantes se sentían sinaloenses. Escuchaban la estación de radio XEHW de El Rosario. Hacían sus compras en Villa Unión; y cuando tenían que ir a la gran ciudad, como habían hecho Irma y las amiguitas esa mañana, emprendían la larga jornada por el camino de terracería que llevaba a Mazatlán.

Irma había maniobrado su viejo Cadillac 1959 por la maleza que rodeaba Tres Camarones y había llegado a la carretera como a las nueve de la mañana. Las famosas amigas roncaban en el asiento de atrás mientras ella manejaba. Irma le prohibió a la Vampi que usara ropa y maquillaje negros, de modo que había llegado a la casa de La Osa con un overol anaranjado. "¡Así se viste una señorita!", le dijo Irma, dándole una vuelta bruscamente y viéndole la cara para constatar que sus instrucciones habían sido cumplidas. La Vampi llevaba la cara recién lavada.

"No estás tan fea", le dijo.

Atravesaron por los verdes valles, alborotando un montón de pájaros blancos. La carretera a Durango quedó atrás e Irma les dijo, por enésima vez, que para allá había unas cascadas más arriba en las montañas y que un día que no estuviera muy ocupada las iba a llevar a comer cabrito asado. A ellas les encantaría ir a las cascadas a refrescarse en esta época del año.

"¡Yo fui una vez con Chava Chavarín!", les dijo Irma.

"¿Quiéeen?", preguntó la Vampi.

Las amigas ya no prestaban atención a las mismas promesas de siempre. Se volvieron a dormir, arrulladas por el ronroneo del motor del Cadi.

Irma por poco y no ve al vaquero más viejo de México, que iba por ahí trotando en su no menos viejo caballo. La saludó quitándose el sombrero y ella le respondió moviendo apenas un dedo.

Irma prendió un cigarrillo. Picó los botones del radio y escuchó a Agustín Lara. ¡Aaaah!, eso sí que era música, no el *pum pum* idiota que las jóvenes amigas escuchaban. O peor aún, las cochinadas norteñas esas con acordeón, música de traficantes de drogas, narcocorridos. La Osa acomodó el espejo retrovisor para revisar si se había manchado los dientes con la pintura de la boca o le había quedado algún resto de tabaco. Miró a las muchachas recargadas unas en las otras, dormidas con la boca abierta.

"Mis chamacas de ojos negros", murmuró.

La tía Irma volteó a ver al vendedor de verduras y le espetó: "¡Qué fregados tienen estos frijoles?".

"¿Les pasa algo a mis frijoles?", respondió el hombre con un pedazo de lápiz en una mano y un viejo block de pedidos en la otra.

"¡Cómo se atreve a darlos tan caros!"

"Ése es el precio".

"¡Pues es una infamia, un robo!"

"No, no señora", le dijo el vendedor, sin saber que la tía Irma no sólo nunca se había casado, sino que le molestaba sobremanera que le endilgaran el inmerecido título de *señora*. "Es el precio correcto".

"Primero las tortillas, ahora esto. Al paso que van nos van a vender el agua. ¿También nos van a vender el agua? ¿Y qué se supone que van a comer los pobres?"

El hombre la miró asombrado, se encogió de hombros. "¿Los pobres?", preguntó.

Los pobres no compraban en el mercado, vendían iguanas, pájaros y muñecas de palma en la carretera. Comían armadillos. Él no tenía tiempo para los pobres.

Más allá del mercado se alzaban los cerros de Mazatlán y los blancos riscos de los hoteles para turistas gringos. Se oían a lo lejos alegres voces y chapaleos de agua en las albercas de los hoteles.

Podían oler la sal del mar entre los aromas de caña recién pelada, pescado, mangos y naranjas. Música, radios, trompetas y silbidos y risas y gritos; motores de camiones y el sonido idiota de un claxon al son de "La Cucaracha". Las gaviotas se peleaban por un pedazo de pan. Por todos lados había conchas de ostión.

"¡Olvídese de los pobres!", insitió el vendedor, "¿qué tal la gente trabajadora de México?"

"Ay le hablan tía", le dijo la Nayeli.

La tía Irma le informó muy precisa al vendedor: "Nosotros somos mexicanos, los mexicanos comemos maíz y frijoles, ¿no se ha dado cuenta? ¡La cultura azteca le dió el maíz al mundo, m'ijito, nosotros lo inventamos! Los mexicanos siembran frijol. ¿Cómo está eso de que no puedan comprar el maíz y el frijol que siembran?".

Al hombre le hubiera gustado sacarla a la fuerza de su tienda, pero era educado, a su mamá le daría un infarto si se enterara de que había corrido a esa vieja loca.

Le sonrió.

"Mire, estos frijoles vienen de California", le dijo, apuntando a los costales de cincuenta kilos de frijol pinto.

"¿Qué quée?"

El hombre dio un paso atrás.

La Osa sacó los lentes de leer de su voluminosa bolsa negra y las muchachas la rodearon. Leyeron la diminuta etiqueta. En efecto, eran de California.

"¡Chingao!"

"Estos frijoles se siembran aquí en Sinaloa, en Culiacán", dijo orgulloso el verdedor. "Son los mejores del mundo. Pero luego se los venden a los gringos nomás para que ellos nos los vendan a nosotros. Por eso salen tan caros".

La tía Irma se tomó su tiempo para guardar los lentes.

"¡Es lo más estúpido que he escuchado en toda mi vida!"

El vendedor le sonrió, con la esperanza de que no lo madreara con la bolsa.

"Es el tratado de libre comercio".

Irma salió furiosa del puesto de verduras y se topó con una mujer guatemalteca que esculcaba la fruta de la basura.

"¿Qué estás haciendo?"

"Buscando provisiones para el viaje al norte". Estiró la mano y le dijo: "Vengo de muy lejos y me falta mucho todavía, ay con lo que me pueda ayudar, señora".

"¡Regrésese por donde vino!, ¡México es para los mexicanos!", le replicó Irma.

Las amigas quedaron asombradas.

"¿Qué, ustedes creen que alguien me ayudó a mí? ¡Estos ilegales vienen a México y quieren todo gratis! ¿No me digan que no había salvadoreños y hondureños en su escuela, recibiendo la mejor educación del mundo? Y además se quedan con nuestras chambas", masculló, presa de indignación.

Las muchachas se desentendieron de ella y se encaminaron a la dulcería.

"Lo que necesitamos es un muro en nuestra frontera sur", continuó diciendo. "¡Por lo menos los camotes enmielados, las tunas, las guayabas y el dulce de leche todavía lo hacen los mexicanos y pueden ser comprados por mexicanos en México!"

Irma compró saquitos de cebollas, ajo y papas. También un kilo de queso de cabra. Despreció los cocos helados. ¡Si quisiera un pinchi coco le pagaba al Tacho para que se trepara a una palmera! Compró algunos dulces y melones y unos mazos de cilantro medio marchito. A la fregada con las torillas de Mazatlán, mejor iba a comprar tortillas buenas, recién hechas, en Tres Camarones, con su comadre doña Petra. Estas gentes de la ciudad usaban máquinas para hacer las tortillas. ¡Bah! Comida robotizada.

"¿Me puedo llevar el carro?", le preguntó la Nayeli.

"¡Ay Dios!", renegó Irma. Pero le dió las llaves.

Me siento muy sola, Tía", se quejó la Nayeli.

La Yolo y la Vero iban dormidas atrás.

"¿Cómo fregados te puedes sentir sola si tienes amigas y un buen libro para leer?", contestó burlona.

"Yo no, la Yolo es la que lee". Rebasó una camioneta Ford cargada de pepinos.

"Pon las direccionales", le recordó Irma. La camioneta iba regando pepinos que caían como pequeñas bombas verdes y el Cadillac patinó un poco sobre ellos al cambiar de carril. Por un momento el camino se llenó de un olor a ensalada fresca.

"¿Quién me va a acariciar las mejillas?", preguntó la Nayeli.

Tres chiquillos perseguían gallinas enfrente de una casa blanca con la puerta abierta.

"¿Quién me va a traer flores?"

"Hmmm", murmuró Irma.

"Quiero ver las luces nocturnas de una ciudad".

"Mazatlán es una gran ciudad, mi chula".

"Nunca la he visto de noche, sólo de día venimos a hacer mandado".

"¡Ah!"

"¿A ti te llevaron serenata cuando eras joven?"

"¡Claro que sí, si yo era muy guapa!"

"¿Alguien te dijo cosas atrevidas en la plazuela un sábado en la noche?"

La tía Irma nomás sonrió.

"Supongo que sí. El Güero Astengo era muy apuesto y muy aventado. Pero el que era lo máximo era Chavarín, Chava el magnífico. ¡Ése sí que era elegante!"

Se quedó callada viendo por la ventana y dejando correr su pensamiento. La Nayeli creyó oir un suspiro proveniente de la tía, pero no, eso sería increíble.

"Oye, pero en Tres Camarones no hay serenatas, ¿quién me va a llevar la música? ¿Quién va a bailar conmigo?"

Irma no supo responder.

Capítulo seis

Faltaban sólo unos días para las elecciones. Ciertas mujeres, había que decirlo, como que no aceptaban aún la idea de que una mujer fuera presidente Municipal. Tantas veces les habían dicho que ellas eran temperamentales, veleidosas, faltas de lógica; tantas veces que ya se lo habían creído. Le llevó a Irma mucho tiempo, maldiciones y convencimiento sacarlas de sus rutinas. La Nayeli era la líder de las juventudes del pueblo, que eran como veinte. Nueve de estas jóvenes estaban en edad de votar y se habían comprometido a votar por Irma. Las que no podían votar firmaron un escrito de apoyo a la candidatura de Irma y prometieron tratar de convencer a sus madres de que votaran por ella.

El legendario García García, dueño del cine y primo lejano de Irma, el único rico del pueblo, se había pasado días enteros en el teléfono, batallando con las malas conexiones y el aburrimiento de verano, llamando al lejano Culiacán y a Los Mochis al norte o hasta Tecuala al sur, buscando un operador de cine, pues el que tenía se había ido a Michigan a la pizca de la manzana.

El negocio de los cines de pueblo estaba agonizando y como no conseguía comprador, García García se veía forzado a hacerlo todo él mismo, encerrado en el cubículo que parecía baño sauna, con un paliacate amarrado en la cabeza para que el sudor no le entrara a los ojos y los oídos retacados de papel sanitario para que el ruido de las máquinas no lo dejara sordo.

A los sesenta y cinco años, García García se sentía agotado. Estaba tan preocupado por el dinero que le había ordenado a su esposa que apagara el aparato de aire acondicionado que tenían en su casa, enfrente de la plazuela. Ella se sintió tan ofendida por ese retroceso a la barbarie que agarró el Impala y se fue a Mazatlán a quedarse con su prima.

El Cine Pedro Infante era como la tele de la mayoría del pueblo, de modo que García García tenía que enfrentar la tarea de mantener un flujo constante de funciones dobles para entretenerlos. No le convenía pasar la misma película durante toda la semana, pues en dos días todos los que podían comprar boleto ya la habían visto. Las películas eran sólo un aliciente para promover la venta, a precios inflados, de cerveza, refrescos y tortas de jamón con jalapeño en el puesto que ponía detrás de la pantalla. Y aunque a veces resultaba que las películas se veían borrosas, o cortadas, con subtítulos en chino o sonidos submarinos, los títulos nuevos en la marquesina significaban una noche de buenas ventas en el puesto de tortas.

García García vivía en una casa blanca al final de la calle Bernal Díaz del Castillo y la también blanca puerta de metal retumbó como si le estuvieran dando martillazos cuando Irma llegó a tocar. La Osa le acomodó un rizo a la Nayeli detrás de la oreja. "¡Enderézate!", ordenó. La Nayeli se enderezó. El cine se veía al otro lado de la calle, oscuro y melancólico como casa embrujada, con las contraventanas cerradas y las rejas aseguradas con candados.

Una de las cinco criadas de García García abrió la puerta.

"¿Dígame?"

"Vengo a ver al Señor".

"Un momento".

Cerró la puerta.

La puerta volvió a abrirse.

"Pase, ahorita la atiende".

"Gracias". Irma entró a la casa y saludó a la mucama con una ligera inclinación de cabeza. La sirvienta revisó a la Nayeli de pies a cabeza, juzgándola y reprobando lo que veía.

Irma continuó caminando y la Nayeli la siguió hasta el escritorio de García García.

"¡Ah!, mi prima la campeona", exclamó él.

"Ya estamos cansadas de toda esta mierda", le escupió Irma.

La Nayeli no estaba segura de lo que estaba pasando y pensó que Irma se refería a los hombres ausentes, a esos que se fueron al norte y que antes había calificado la tía de "traidores".

"¿A cuál mierda te refieres, Irma?"

"A la que reparten en las películas".

"¿En las películas?"

"No te hagas pendejo, en las películas que exhibes en tu cine".

"¡Ah!, en las películas".

Extendió las manos y se recargó en la amplia silla. La Nayeli notó que había papeles de apariencia importante regados por todo el escritorio. Detrás de la silla había en la pared un póster francés de la película *Bullitt*, con Estip McQueen haciendo cara de chango.

"Vengo con mi directora de campaña, Nayeli Cervantes".

El hombre levantó las cejas.

"¿Directora de campaña, eh?, pues es un honor conocerte, Nayeli".

"Gracias, señor".

"Oye, ¿qué no soy tu tío?"

"A lo mejor".

"Pues si es el caso tendré que ponerte en mi lista de regalos de Navidad".

La Nayeli le dió la mano y sonrió. Siempre estaba sonriendo. La mirada de García García se posó en el pecho de la plebe, revoloteando ahí como palomilla. Los ojos le brillaban cuando subió de nuevo la vista. Le apretó la mano y, por un momento, la Nayeli pensó que la iba a jalar por encima del escritorio.

¡Ah, no, eso sí que no!, pensó. Eso no lo iba a permitir.

"Mucho gusto, señor", le dijo rescatando su mano.

"Es una chiquilla muy sonriente", le dijo a Irma.

"Es karateca. Te podría matar a patadas sin que alcanzaras a levantarte de la silla".

"Pues eso no es muy femenino que digamos".

"Bueno, tal vez ya es hora de que haya aquí un nuevo tipo de feminidad", dijo la Nayeli.

Irma se sintió orgullosa *¡Ésa es mi chamaca!*, pensó, y agregó en voz alta "Después de las elecciones espero que haya oportunidades de empleos para las mujeres de este pueblo".

"¡Empleos!", se rió García García. Ellas se quedaron muy serias. "Pues yo ya tengo empleadas", les dijo.

"Sí, vendiendo tortas y palomitas, recogiendo boletos y lavando baños, pero eso no les da un sueldo decente".

"Los sueldos decentes son para la administración, el operador…"

Irma asintió, con una sonrisa benevolente.

"Oye, espérate un momento", le dijo García.

"Espérate tú", le contestó ella.

"Estarás bromeando".

"Tú estás bromeando".

"¡Váyanse!"

"¡Tú vete!"

"¡Estoy en MI casa!"

"¡Sí, pero éste es MI pueblo!"

La Nayeli estaba encantada de ver la política en acción.

"Te podría ir bien cuando yo tenga el poder", le dijo Irma.

García García le dió una chupada meditativa a su cigarillo.

"Y este...problema...¿qué tiene que ver conmigo?"

"Queremos, por lo menos, la chamba de operador de cine".

"¡Pero si yo mismo soy el operador!"

"¡Pues enséñale a una mujer!"

Se le quedó viendo.

La tía Irma se inclinó sobre el escritorio. "No seas bruto", le dijo.

"¿Queeé?"

"Voy a ser presidente, sería bueno que empezaras a atender las necesidades de las mujeres, que son quienes mandan ahora en este pueblo".

Tomó el paquete de cigarillos e hizo una pausa, esperando que él se lo encendiera.

La Nayeli pensó: *Es la Bette Davis*. Había visto esa misma escena en la tele de Irma.

García García le encendió el cigarrillo.

La tía Irma preguntó: "¿Quieres ganar lana? ¿O quieres que el Palacio Municipal tenga buenas relaciones con la gente?".

El hombre pasó la mirada sobre sus cabezas, calculando. Fumaba y pensaba. Asintió pausadamente.

Ahí acabó la discusion. Irma ya se había puesto de acuerdo con la mamá de la Nayeli y ésta se mostraba lista para recibir entrenamiento como operadora del Cine Pedro Infante. La Nayeli observó admirada cómo los contrincantes negociaban y al final se estrechaban la mano.

"¡Ah!, una última cosa, como favor personal".

"Nomás dime, campeona".

"Me gustaría que la renovación del cine comenzara con un festival de mi artista mexicano favorito".

"¡Ah, no!"

"No es negociable. En estos tiempos difíciles necesito inspiración viendo al más grande de los artistas mexicanos, ¡Yul Brynner!", sentenció Irma.

"¡Te he dicho como mil veces que Yul Brynner no es mexicano!, ¡entiende!"

"¿Estás loco?, ¡claro que sí es! ¡Yo fui la campeona, competí en Mexicali y competí en Puerto Vallarta y allá vi su casa en un cerro!, ¡Yul Brynner es mexicano!"

"¡No, no y no!"

"Además, yo lo vi en la película *Taras Bulba* y hablaba perfecto español".

García García nomás meneó la cabeza.

"Estaba doblada, hazme caso".

"¡No seas ridículo! ¡Vámonos Nayeli!"

El hombre se le quedó viendo a la Nayeli.

"No tiene remedio", dijo.

"Cuento contigo", le dijo Irma desde la puerta.

La Nayeli le dijo adios con la mano y salió derrás de la tía.

El día de las elecciones amaneció soleado y brillante. Ni una nube en el cielo. Todos votaron, hasta García García. Muy leal y democrático depositó su voto en la caja a favor de Ernesto James, el viejo alcalde, y salió de la casilla con su puro encendido en la boca, mostrando su determinación antes de subirse a la bicicleta y pedalear hasta su casa. Los jefes de casilla que habían venido de Escuinapa se habían instalado en el salón de actos de la Secundaria Carlos Hubbard. El Tacho preparó gratis tortas de jamón para todos los votantes y la Nayeli se ocupó de llevar los refrescos a los comensales. El Tacho, nada tonto, le puso mucho chipotle a la salsa y así pudo vender más refrescos, caros, a todo mundo. A La Mano Caída le había ido muy bien.

Parecía desfile. María, la nueva operadora en entrenamiento, fué aplaudida cuando llegó a la casilla; Sensei Grey llevaba su sombrero de fieltro; Irma votó por sí misma; el Tacho dejó la cocina para ir a votar y luego sustituyó a la Nayeli para que ella cumpliera con su obligación cívica. La Yolo y la Vampi tenían facha de aburridas. El Tacho no les quitaba el ojo de encima a dos agitadores fuereños, el *Guasas* y el *Pato*, quienes acechaban detrás de los árboles de la plazuela. El ubicuo LTD de los narcos pasó seguido de una Cherokee negra con vidrios polarizados.

A las diez ya se había acabado todo. Los votos fueron contados en La Mano Caída. Tal como se esperaba, la tía Irma ganó de calle.

El presidente Municipal saliente Ernesto James comentó amargamente con García García que habían sido mujeres las que habían contado los votos, pero no había suficientes hombres para contarlos de nuevo. Triste, echó una mirada al grupo de mujeres en la plaza y se encogió de hombros, ni modo.

La tía Irma se encaramó en el kiosko y anunció: "¿Qué les dije?".

Tronaron cohetes, hubo paseos en burro para los niños, un veterano de la Revolución, con sus noventa y ocho años a cuestas, sacó una trompeta y la hizo sonar como paquidermo agonizante. El Tacho le subió todo el volumen a su estéreo y puso música del Tri y de Café Tacuba.

Irma, la heroína conquistadora de Tres Camarones, abrazó a la Nayeli y le dijo con gran solemnidad: "Ha comenzado una nueva época".

Capítulo siete

Era de noche.

Su mami estaba dormida. La Nayeli podía escuchar los suaves ronquidos que provenían de su recámara. *Pobre Vampi*, pensaba. Era huérfana, sus padres habían muerto en uno de esos accidentes que según la Nayeli sólo acontecían en México. Iban al sur, a Jalisco, a buscar trabajo. El chofer del autobús se había dormido y se había desbarrancado en la sierra. Todos los pasajeros murieron. El único que se salvo fué el chofer.

A la Vampi la había criado su abuela. Ningún padre de Tres Camarones le permitiría a su hija vestirse de gótica, pero una abuela cansada difícilmente podía restringirla.

La Nayeli caminaba por su casa en la oscuridad. El trinchador en el que estaba la foto de su papá siempre tenía veladoras prendidas, de esas que vienen en vasos. Era el altar que doña María le tenía a don Pepe.

La Nayeli limpió el marco con la orilla de su blusa. Su papá lucía muy guapo con su uniforme, erguido y severo —pensaba que los hombres no debían sonreír en las fotos, los uniformados aún menos. Después de todo, aparte del presidente Municipal, don Pepe era el único representante del Gobierno Revolucionario de la República. Hombre sencillo, pero líder.

Le gustaba llevarla al río Baluarte a tirar con su .38. Se le dibujó una sonrisa al recordar. Solía acomodar las botellas de refresco en fila para que les tirara ella, pero muchas veces se acababa el cargador sin atinarle a ninguna.

Él nunca le dijo que hubiera deseado tener un hijo varón, pero ella sentía que a veces lo pensaba. Estacionaba el carro de policía a un lado del campo de futbol y cuando ella anotaba, sonaba la sirena, asustando a las madres que estaban en la gradería.

Pero no ganaba lo suficiente para mantenerlas. Doscientos cincuenta pesos a la semana nomás no eran suficientes, además tenía que comprar su pistola y las balas.

El día que se fue hubo llantos y golpes de pecho. Abrazó a la Nayeli y ella pudo oler su loción, su crema de afeitar, su desodorante y sus mentas para el aliento. Y luego…

El autobús…

La calle vacía…

Movió la cabeza.

Don Pepe había sido medio filósofo, siempre dándole perlas de sabiduría que tal vez le hubiera dado a su hijo varón si lo hubiera tenido. Y la chica que él llamaba *mi chaparrita* se portaba bien y escuchaba todo lo que le decía. Así, cuando le dijo a la Nayeli: "Mientras más aprendo menos sé", ella se quedó cavilando. Él leía mucho. Una vez le contó a la Nayeli que toda el agua que había en la tierra estaba en su estado natural original. "Bebes la misma agua en la que Jesucristo se lavaba los pies", pontificaba don Pepe. "Cleopatra se bañó en tus cubos de hielo".

Su dicho favorito, por conciso, era "Todo pasa". Había escrito eso en la postal que envió desde KANKAKEE, ILLINOIS, con la imagen colorida de un pavo que aparentaba estar mentalmente enfermo, asomándose por entre la milpa. "*Querida Chaparrita:*

Las cosas aquí van bien. Gente buena en el trabajo. Luego les mando dinero. He tenido mucha suerte. Bueno, todo pasa. Tu papá, Pepe".

Don Pepe era fatalista. Quería transmitir más que consuelo. Cuando repetía esa frase favorita en realidad quería decir que todo lo bueno también se acaba. Todo el gozo se derrumba. Y al final la muerte los visitaría a todos. Quería decir que los gobiernos y los antiguos sistemas y culturas iban a terminar. El mundo que conocemos se transformaría de un día para otro.

Ya se estaban haciendo *los convites*. El Cine Pedro Infante traía de nuevo un festival de películas. García García había examinado a María Cervantes y ésta había pasado las pruebas. Ya había mandado pedir las primeras películas y aunque se sentía mal por haber cedido a las presiones de la tía Irma, todas eran de Yul Brynner. García García era el fanático número uno de Steve McQueen y si hubiera podido habría exhibido *Baby, the Rain Must Fall* todas las semanas. Aún así, la política es el arte de las transacciones. Ahora Irma era la presidente Municipal y enfrentársele no era muy buena estrategia que digamos. También García García tenía lo suyo. Era un cineasta. Sabía de Bela Lugosi y de Zeppo Marx. Sabía cómo meter a Estip McQueen en un festival de Yul Brynner, pues había una película en la que habían actuado juntos. "¡Ese cuate sí que es todo un hombre!", les había dicho a sus empleadas mientras admiraba el póster que tenía en su oficina. Sí, en eso estaban de acuerdo, el bato era 100 por ciento macho.

Para la otra película del programa doble había tenido que escoger entre *El Rey y Yo* y *Westworld*. Había preferido la del robot vaquero asesino. Le habían asegurado que las películas venían subtituladas, no dobladas.

Se podrían oír las voces reales de los artistas, bueno, dobladas al alemán. Le iba a demostrar a Irma de una vez por todas que Yul Brynner no era un mexicano de Puerto Vallarta. Pasaría primero la película del robot; la segunda sería la mejor, *Los Siete Magníficos*.

Muchos de los cines tropicales no tenían techo. Lo que tenían eran pasillos laterales cubiertos y cuando llovía la gente se guarecía ahí, mientras seguían viendo la película, que no iba a interrumpirse sólo porque cayera un aguacero, total pues se quedaban debajo del tejabán hasta que la lluvia se terminara.

No era el caso del Cine Alcázar de Culiacán, que era conocido como el pulguero, porque adentro corrías el riesgo de que se te subieran las pulgas. El Pedro Infante estaba limpio. García García había mandado poner techo de lámina en su amado cine, dejando un espacio como de metro y medio entre el techo y las paredes para que circulara el aire, no fuera a ser que el intenso calor humano se condensara en las láminas y cayera como lluvia salada sobre los asistentes. Cierto que cuando las tremendas lluvias de verano comenzaban cada 24 de junio, hacían tal escándalo al caer sobre las láminas que no se podía oír nada de los diálogos, pero por lo menos no se mojaban. Y como tenían subtítulos, sólo los más exigentes podían quejarse de que hubieran perdido el hilo de la narrativa, cuando la cinta tenía narrativa, que no era siempre el caso.

Dentro del cine, los asientos eran de metal y la gente bromeaba que todos los que iban al cine eran espaldas mojadas, pues con el calor que hacía sudaban copiosamente. De hecho los asientos ya estaban oxidados por tantos años de sudor. A cada lado de la pantalla había dos enormes abanicos. Las tremendas ráfagas de aire fétido que arrojaban hacia la gente ocasionalmente hacían que los chinacates que estaban colgados del techo cayeran agitando sus alas sobre la gente. Los veteranos de estas lides llevaban siempre un periódico o un pedazo de cartón para ahuyentar a los bichos, lo que hacían diestramente sin quitar los ojos de Cantinflas o John Wayne.

En aquella ocasión el cine ya se estaba llenando. La Nayeli, colgada del brazo del Tacho saludó al Padre François, que se había aposentado en la fila de adelante, como siempre. El cura le preguntó al Tacho: "¿Cuándo vas a misa?".

"¡Por Dios, Padre!, ¿quiere que nos mate un rayo?", le contestó.

La Vampi estaba platicando con dos chicas de la Secundaria Carlos Hubbard.

"¿Qué onda, morras?", saludó la Vampi.

"¡Órale, rucas de la secu Carlitos!", saludó a su vez la Nayeli.

La Yolo estaba con su mamá y su abuela.

También estaba García García con cinco de sus seis empleadas. Los camaroneros que habían visto en la laguna también habían ido con sus esposas. Tiki Ledón estaba con su mamá, la vivaz doña Laura, quien había sido una de las conquistas de Chava Chavarín. La tía Irma apenas la miró. A pesar de que ya habían pasado cuarenta años, todavía se veían como rivales.

Todo mundo estaba ahí, hasta Pepino, el tonto del pueblo, que andaba vendiendo refrescos en una charola. La Nayeli y el Tacho se sentaron detrás de La Osa, quien volteó y les advirtió que no anduvieran diciendo simpleras mientras ella veía su película. Se volteó al frente y encendió un cigarrillo.

"¿Cuál es su problema?", preguntó el Tacho a nadie.

Irma le contestó tronante: "¿Qué te acabo de decir, cabrón?".

"¡Pero si ni ha empezado la película!", protestó él.

La Nayeli llamó con un ademán al Pepino y compró un refresco para cada uno.

"Oye Nayeli, ¿es cierto que te vas a casar con el Pepino?", le dijo burlesco el Tacho con una risita.

"Hoy no, pero pueque mañana", le respondió ella.

"¡Ay, ay, aay!," dijo el otro corriendo a llevarle un refresco al Padre François.

La Nayeli se acercó al Tacho y le dijo al oído: "¡Me choca Yul Brynner!".

"¡SÍ, YA SÉ, Viejo feo!", coincidió el Tacho.

Se apagaron las luces.

Aplausos, gritos. La Nayeli sabía chiflar con dos dedos en la boca, lo que producía un sonido como de pito de tren.

¡García García les tenía una sorpresa! ¡Había caricaturas! Ella se deleitó y se carcajeó con las aventuras del correcaminos. Se rió tan fuerte que asustó a los murciélagos, los cuales empezaron a sobrevolar el cine. La tía Irma le abrió la llama a su encendedor y lo estuvo ondeando sobre su cabeza.

Westworld. El título en español era *El Robot-Bandido Sicópata del Terror*.

La Nayeli gruñó. El Tacho le susurró: "Esta ya la vi en la tele, tienen robots sexuales".

Irma volteó a verlo fieramente.

"Perdón".

La Nayeli y el Tacho echaban unas risitas viendo cómo se agitaba la silueta de la tía Irma cada vez que Yul *el mexicano* Brynner aparecía en la pantalla.

Hubo un momento en que ella volteó y les dijo: "¿Oyen eso?, casi ni se nota que es mexicano".

La Nayeli de plano bufó.

Se acabó pronto la cinta. La Osa estaba molesta porque los malditos gringos de la película le habían disparado al Yul y le habían volado la cara. Ella estaba pensando que si pudiera, compraba ese robot.

Intermedio.

La Nayeli dejó al Tacho y se fué a saludar a sus amigas. Se quedaron paradas en los pasillos, platicando. Una banda de cumbia contratada por García García entró al cine y cantó una de una muchacha negra muy bonita que al bailar rompía los huesos de todos los hombres que la veían. El coro decía: "¡Caliente, la negra está caliente!".

Durante el intermedio, el Padre Francois le dijo a la Nayeli: "Por supuesto ya sabes que *Los Siete Magníficos* está basada en la epopeya clásica *Los Siete Samuráis*, de Kurosawa, ¿verdad?".

Al escuchar *epopeya*, la Yolo interrumpió: "¿Ah qué también sale Popeye?".

El Padre François, enojado, continuó: "La gente del pueblo está amenazada por los bandidos. Con menos gente y menos pistolas, desesperados, se van a los Yunaites…".

"¡A trabajar al Burger King!", dijo triunfante la Yolo.

El Padre François se regresó a su asiento frustrado. Si no podía enseñarles a estos idiotas el catecismo, ¿cómo iba a pensar que les podía enseñar cinematografía mundial?

La Nayeli lo siguió.

"Yo sí lo estoy escuchando, Padre, no les haga caso".

El Padre farfulló algo.

"Pues como te iba diciendo, Mandan a un grupo de campesinos a los Yunaites". Volteó a ver furiosamente a la Yolo y sus amigas.

"¿Y qué hacen allá?", quiso saber la Nayeli.

"Contratan a siete pistoleros. *Los Siete Magníficos*, ¿ves? Siete matones que traen al pueblo para que peleen por ellos".

A pesar de sí misma, a la Nayeli le dió un escalofrío.

"¡Qué chido!"

Se fué a su asiento a secretearse con el Tacho.

Cuando empezó la música se estremeció de nuevo.

Le encantó el colorido, los enormes paisajes, hasta el pueblillo patético y el maloso gringo gordito que fingía ser mexicano. Todo.

El Tacho bostezó. "Sería bueno que hubiera una carrera de carros".

Irma lo calló con un sonoro: "¡SHHHH!".

"No me gustan los caballos", agregó el Tacho.

"¡SHHHHH!"

Cuando Yul Brynner salió, vestido con el mismo atuendo de la película anterior, Nayeli le dió un codazo al Tacho. "Oye, ¿a poco no le alcanza a este para comprarse ropa nueva?"

La tía Irma refunfuñó irritada.

Ellos se rieron tapándose la boca con la mano.

De repente, ahí estaba Steve McQueen.

"Ese pinchi sombrerito de vaquero no le queda", murmuró el Tacho, quitándole puntos a la imagen mental que se había formado de Steve McQueen.

García García contuvo su entusiasmo cuanto pudo, pero cuando McQueen despachó a varios malosos mientras Yul Brynner nomás manejaba la carreta en la que iban, no se pudo quedar callado. ¡Ese cabrón de McQueen era el más macho! , eso era lo que Tres Camarones necesitaba, ¡machos que hicieran cosas de hombres, como despacharse a los malosos!, y gritó:

"¡Viva Estip McQueen!"

Irma no lo podía creer.

"¡Viva Yul Brynner!", gritó ella más fuerte.

"Estip, Estip!"

"¡Yul, Yul!"

La gente los callaba de todos lados.

El Tacho dijo: "Oye Irma, ¿pos no querías que todo estuviera silencio?".

"¡Tú cállate, pendejo! ¡Viva Yul!"

Alguien le aventó un vaso de papel hecho bola a Irma y ésta se quedó quieta, gruñendo. Estaba furiosa. Podía ver a García García allá adelante, comentando con sus vecinos las maravillas del Estip McQueen. ¡Y eso que ni siquiera era mexicano!

La Nayeli se quedó boquiabierta. El Tacho se había dormido y roncaba suavemente a su lado. Observó como la Yolo y su familia miraban tranquilamente la pantalla.

¿Pues qué nadie se sentía tan eléctrica como ella?

Vió el resto de la película como en sueños. Ya no siguió la trama que sucedía en la pantalla, se sumió en sus propios pensamientos. Cuando las luces se encendieron y la gente aplaudió y la Yolo chifló y el Tacho se despertó y García García se levantó y aceptó los cumplidos, ella se quedó en su asiento.

"Oye m'ija, ando medio cansado, me voy a ir a mi casa", le dijo el Tacho.

Le tiró un beso al aire, pero ella ni lo notó.

Sacó del calcetín la postal de su papá y la miró con atención. Una milpa con el cielo de un azul imposible, un cielo americano, lo había visto una y otra vez en la película. Aparentemente sólo el cielo americano era de ese asombroso azul. Volteó la postal para leer lo que decía atrás: A TYPICAL CORN CROP IN KANKAKEE, ILLINOIS.

Entendió el mensaje más o menos. Una cosecha típica. Don Pepe había escrito: "Todo pasa".

Se levantó lentamente y se fue hacia la puerta. La Yolo y la Vampira la estaban esperando afuera.

"¿Yiora tú qué tienes?", le preguntó la Vampi.

La Yolo agregó: "¿Te sientes bien, chulita?".

La Nayeli nomás las saludó con un ademán.

"¡Hey, te estamos hablando!", insistió la Yolo.

La Nayeli les hizo señas de que la siguieran y se encaminó hacia la plazuela. Limpió distraídamente una banca y se sentó. Sus amigas se sentaron una a cada lado. Les hizo un ademán para que se callaran mientras pensaba un poco más.

Finalmente, les dijo: "*Los Siete Magníficos*".

Nomás se le quedaron viendo.

"¿Y?", inquirió la Yolo.

"¡A-bu-rri-dos!", declaró la Vampi.

"Los siete", repitió la Nayeli.

"¿Los siete qué?", quiso saber la Yolo.

"Tenemos que conseguirlos. Tenemos que ir a los Yunaites por los siete".

"¿Quéee?, ¿por Estip McQueen?", se asombró la Vampi.

"¡No, mensa! ¡Ese ya se murió!", aportó la Yolo.

"Tenemos que detener a los narcos antes de que se apoderen del pueblo y lo destruyan. ¿Qué no vieron a ese narquillo que vino el otro día junto con el Judicial? ¡Ya empezaron!"

"¿Y?", preguntó la Vampi.

"¿Quién creen que se les va a enfrentar?" preguntó la Nayeli.

La Yolo escarbó con el pie en la tierra.

"¿Los policías?"

"¿Cuáles pinchis policías, güey?"

La Yolo se encogió de hombros.

"Bueno, supongo...que tu papá sí se les enfrentaría".

Se quedaron ahí sentadas en silencio.

"A ver, a ver si entendí bien, nos vamos, encontramos siete hombres que se quieran venir a este triste rancho, pero tienen que ser...¿qué?"

"¿Soldados?", sugirió la Yolo.

"¡Eso! Los entrevistamos para asegurarnos de que sean policías o soldados y de que puedan y quieran venir".

La Vampi levantó un dedo. "Perdón, ¿a dónde es que vamos a ir a buscarlos?"

"¡Pos a los Yunaites!", dijo la Nayeli como estableciendo lo obvio.

"¿Es broma o qué?"

"No es broma".

"¡Nooo pos sí, ya se fregó mi semana!", se quejó la Vampi.

"Tenemos una misión divina qué cumplir", dijo la Nayeli. "Miren, nomás vamos y nos traemos a esos hombres de regreso".

"Chance y hasta encuentres a tu papá", dijo la Vampi.

La Nayeli la miró sin decir nada.

"¿Y mi papá qué?", exigió la Yolo.

"Tu papá no es policía".

Se quedaron ahí sentadas, abrumadas por la enormidad del plan y por lo menos dos de ellas todavía incrédulas.

"Sólo estaremos allá el tiempo que nos lleve encontrar a los hombres y convencerlos para que se vengan con nosotros. A los gringos no les va a molestar que pasemos para allá, ¡aunque nos agarren!"

"¡Tas bien loca!", le dijo la Yolo.

"Bailes", susurró la Nayeli. "Novios. Maridos. Bebés. Policías. La ley. Y nada de bandidos".

Se quedaron viendo al suelo durante diez minutos.

"Pues...yo ya estoy cansada de trabajar en el boliche".

"A lo mejor podríamos traerle un plebe joto al pobre del Tacho".

La Yolo asintió sabiamente. "Sí, porque el Tacho también necesita amor".

"¡Lo que hay que hacer es llevarnos al Tacho!" dijo la Vampi.

La miraron asombradas. Era la primera buena idea que tenía la Vampi en toda su pinchi vida.

"Vamos en una misión de Dios", les dijo la Nayeli, como en la película aquella de los *Blues Brothers*.

La Vampi dijo: "Yo me voy contigo".

La Nayeli se entusiasmó. "Podemos repoblar el pueblo. Salvaremos a México. ¡La nueva revolución comienza con nosotras!". Se levantó. Les dijo: "Ya es hora de recuperar a los hombres que se fueron para el otro lado". Se dio cuenta de que ya sonaba como la tía Irma en campaña.

Se volvió a sentar.

"¡Jijos, apenas puedo creer que me esté embarcando en ésto!", exclamó la Yolo.

Se tomaron de las manos.

"¡Al norte!", dijo la Nayeli.

"¡Al norte!", respondieron las otras dos.

"Tenemos que decirle a la vieja", agregó la Nayeli.

"¿A La Osa? Te digo que estás loca, nunca permitirá que nos vayamos", se alarmó la Yolo.

"Yo creo que sí".

"¡N'ombre! ¡nos va a medio matar!"

"No. Yo creo que nos dará su bendición".

Se encaminó a su casa. Luego se regresó.

"¡Vamos a traer a Los Siete Magníficos!"

Más tarde, Irma se sobresaltó al escuchar que alguien tocaba a su puerta. Cuando abrió, se sorprendió al ver a García García con una maleta en la mano. Traía el ojo izquierdo morado y le salía sangre de la nariz.

"¿Y a tí qué fregados te pasó?"

"Vinieron a mi casa".

"¿Quién?"

"Los narcos".

"¡Cabrones!"

"Me echaron pa'fuera".

"¡Nooo!"

"¡Me quitaron mi casa!"

Se quedó allí parada, vestida con un camisón viejo y con tubos en los cabellos.

"¿Me puedo quedar a dormir aquí?"

Irma apenas llevaba unos días como presidente Municipal y ya comenzaban los problemas.

"Te puedes quedar en el cuarto de atrás".

García García entró, triste y humillado.

"Nomás espero que no ronques", le dijo la Osa cerrando la puerta.

Capítulo ocho

La mayoría se encontraban hechos bola en la cocina de Irma, los demás estaban en la calle con las caras pegadas a la ventana por donde veían en la noche la tele de Irma. El cura y algunas atribuladas viejitas estaban en la sala; la más vieja tomó posesión del sofá floreado. El pobre García García caminaba malhumorado por el patio, ahuyentando el guajolote de Irma con un pie.

El Tacho siempre había querido irse para el norte, pero no lo iba a admitir. ¿Qué le quedaba en Tres Camarones a un hombre como él? Menos que nada. Tal vez la compañía de las muchachas. Tampoco iba a dejar que las tres amigas se enfrentaran solas a los peligros, o a las emociones, de irse al norte. No se iban a ir sin él.

En su mente imaginaba que cruzaban la frontera escondidos entre la carga de pastura de una vieja camioneta, igualito que esos héroes que se escapaban de los nazis en las películas de la guerra. Se imaginaba como si fuera trama de aventuras que algún agente de la migra pinchaba la paja con un horcón, para luego irse a otro lado siguiendo a los perros pastores alemanes, justo antes de descubrirlos. Una de las chicas recibía un pinchazo pero aguantaba heróicamente el dolor sin gritar. Bueno, la Nayeli no, porque ella era la líder del grupo. El Tacho se la imaginaba vestida con unos shortcitos y una blusa roja de esas que se amarran debajo del busto. Habría un close-up de las gotas de sangre cayendo al pavimento, pero los impacientes policías de la migra les darían el paso sin verlas, incluso pisándolas con sus botas. Y luego llegaría allá: a La Jolla con sus playas color esmeralda. Hollywood. Los Beverly Hills. Artistas de cine y centros nocturnos y alta costura. El Tacho estaba listo para irse.

La tía Irma tuvo que prometer que se iba a encargar de la administración de La Mano Caída para que el Tacho pudiera irse con las muchachas. Luego vinieron las difíciles negociaciones de Irma con las madres, abuelas y tías. Nadie quería dejar ir a sus niñas a caer en las garras de la horrorosa frontera.

Un viaje tan largo y tan lejos, con tantos malvados y policías sinverguenzas, con bandidos, peligro de accidentes, secuestros, tráfico de mujeres, drogos, narcos, enfermedades, cárcel, ¡TIJUANA! La sola palabra evocaba todos los temores que tenían de la frontera. Coyotes y traficantes. La migra y los Minutemen. Violadores, drogadictos, perros, robots, demonios, fantasmas, asesinos en serie, racistas, soldados, camiones, reflectores.

"¡Por Dios!, ¡si no eran más que unas pobres niñas!", lloraban angustiadas las madres, abuelas y tías.

El Tacho protestó de inmediato: "¡Épale, yo también voy y no soy muchacha, si me hacen el favor!".

"¿Qué nos puede pasar si Dios nos acompaña?", pontificó la Nayeli.

El Tacho le echo un trago a su Nescafé y pensó: *¿Que tal si nos crucifican, o si hay leones? ¿O si nos queman vivos?*

Volteó a ver a Irma. A ella no le impresionaba la propaganda religiosa. El Padre François, que estaba al fondo del cuarto, levantó la mano y haciendo la señal de la cruz sobre ellas, les dijo: "Benditas sean". Volteó a ver al Tacho, que estaba molesto por no haber sido incluído en las bendiciones. "Y tú también", corrigió.

El Tacho levantó su taza. "Amén".

Irma se levantó y apagando su cigarillo en el café del Tacho, les dijo: "Cuando estaba en el torneo de maestros en los boliches de la frontera, representándolos a todos ustedes, a nuestro país, yo iba sola. ¿Y a qué horrores me enfrenté? ¡A TODOS!".

Cada uno de los presentes sintió el sobresalto.

Se inclinó hacia adelante poniendo las manos sobre la mesa.

"¿Y saben qué era lo peor? ¡Habí cometido el crimen de ser mujer! Todos mis esfuerzos por mi país eran despreciados por sus hombres y por ustedes mismos, ¡admítanlo! Yo peleé con mi bola de boliche por todas las mujeres —y los inútiles de los hombres— de Tres Camarones. ¡Y lo hice sola!, ¿sí o nó?"

Unos pocos mascullaron "Sí".

"Bueno, pues anduve allá de ilegal".

Exclamaciones de asombro. Escándalo. Irma levantó la mano pidiendo silencio.

"Ahora tengo pasaporte, ¿pero entonces? Yo no tenía planes de cruzar la terrible cerca de alambre. ¡Yo jugaba boliche en México! ¿Pero ustedes creen que el llamado de los atletas conoce fronteras? ¿Eh? ¿Y las olimpiadas? A mí me llamaron para competir en los Estados Unidos ¡por el honor de México!"

Su público estaba prendido de cada palabra, se mecían en sus asientos, estaban encantados.

"¡Me fui a los Yunaites, por Dios que me fui!, ¡les demostré a todos lo que es capaz de hacer una mujer mexicana! ¡Competí en el Bowlero, en el Hillcrest, en el Aztec Lanes!"

Ninguno de los ahí presentes había oído hablar de esos boliches, pero sonaban importantes. Bien podría haberles dicho que había jugado en la Casa Blanca y la reacción no hubiera sido más entusiasta. A lo mejor hasta había estado en Washington, ¿por qué no si era la campeona?

La cosa era que la tía Irma había sido campeona también en Gringolandia.

"¡Y al igual que estas niñas, lo hice todo por ustedes, gente de poca fé! ¡Debería darles verguenza!"

"¡Eso mi Osa!", La Nayeli le sonrió al Tacho. Irma era increíble.

"¿A poco creen que iba a enviar a estas guerreras —estas muchachas valientes y este heróico muchacho— al norte sin ayuda? ¿Sin auxilio? ¡Están mal del cerebro! ¡Rematados! Ustedes, señoras, primero se dejan aplastar durante cien años por sus inútiles hombres, y luego dejan que se escapen. ¿Ahora van a negarles su futuro a estas arrojadas muchachas? Lamento decirles que no representan ustedes a las nuevas mujeres. ¡Pa vergüenzas no gana uno!"

Se sentó y tronó los dedos. "Dame más café", le dijo al Tacho.

"¡Épale, épale, yo no soy tu criada!", pero se levantó y se lo trajo.

Irma sorbió ruidosamente y siguió: "Yo jugué boliche en Tijuana, ¿saben? ¿Y cómo creen que me crucé a los Yunaites? ¿Creen que me salieron alas? Usé mi cerebro. ¿Ustedes tienen cerebro? Pues estas chicas sí tienen. "El Tacho... bueno, no estoy muy segura".

Y continuó: "¿Ustedes creen que sus esposos, esos culeros, fueron los primeros en irse de aquí? ¿Recuerdan el nombre de... Chavarín?".

¡Chavarín! ¡Se parecía a Gilbert Roland o a Vicente Fernández! ¡El pescador medio vasco, con aquel bigotito! ¡Y aquellos zapatos de dos tonos, café y crema, con los que parecía deslizarse por las pistas de baile como si fuera un chorro de miel!

Irma se rió. "En mis tiempos, yo era un mango. ¿Sí o nó?"

"Sí, sí eras", dijo María.

"Yo he visto fotos", terció la Nayeli.

"Pues eso sería en tus tiempos, mija, porque lo que es ahora...", dijo el Tacho. La Nayeli lo pateó debajo de la mesa.

Irma lo miró furiosa.

"Yo era la mujer más guapa de Sinaloa y Chavarín tenía el mejor bigote. Se fue a Tijuana en 1963, ¿no? ¡Claro que se fue! ¿Y yo que hice? Les voy a contar lo que hice. Busqué su nombre en el directorio. ¿Ustedes creen que hay muchos *Chavarines* en el directorio? Ni tantos".

El populacho estaba embobado ante la brillantez de Irma.

"¡Le hablé a Chavarín! ¡Fuí a su casa! Y cuando llegó el momento, me cruzó la línea en su Lincoln Town Car. 'U. S. Citizeeen', les dijo. Y yo dije: '¡U.S. Citee por sure!' ¡Y nos dejaron pasar! ¡El bárbaro les dijo que yo era su esposa!"

Todos se quedaron boquiabiertos.

¡El atrevimiento de Chava Chavarín!

"Así es. Necesitas contactos para cruzar la frontera. Yo tengo contactos".

Se levantó de nuevo. Todos los ojos la siguieron.

"¡Ya le mandé un telegrama a Chavarín! El destino de estos guerreros está garantizado", les dijo levantando un dedo sobre su cabeza, como si fuera Fidel Castro pronunciando un discurso de tres horas.

Todos la aplaudieron. Suspiraron y hablaron entre ellos. María le tomó las manos.

Le dió a la Nayeli un pedazo de papel con el viejo número telefónico: LIB-477.

"Libertad", anunció.

¡Ahhhh!, Libertad, pensaron todas las tías.

Todo tenía un aire como del México Revolucionario.

"Ya verán. Los americanos son amables. Muy amigables. Muy generosos. Eso sí, tienen costumbres raras, no son tan sofisticados como nosotros, pero allá todo está limpio."

"Hay buena comida. Ya lo verán".

Calló y apuntó a las muchachas una por una.

"Sus muertos están en el panteón de aquí. Ustedes nacieron aquí y sus cordones umbilicales están enterrados en esta tierra. Nuestro pueblo ha estado aquí desde los comienzos del tiempo. Dios mismo salió de Tres Camarones, no lo olviden. Cuando los apaches bajaron costeando, quemando todas las ciudades, pararon aquí y comieron mangos y piñas. Aquél general loco, Black Jack Pershing, llegó hasta aquí buscando a Pancho Villa. Bailó con mi tía Teresa en la plazuela. Con el ciclón de 1958, el mar arrastró a don Pancho Mena y regresó montado en un delfín ¡y yo no voy a permitir que unos matoncillos de segunda o el éxodo de los hombres debiluchos en busca de dinero arruinen MI pueblo!"

Todo mundo estaba impresionado con la tía Irma, que era como le gustaba que estuvieran.

"¿Para qué creen que soy la presidente Municipal?", preguntó. No había necesidad de respuesta.

La Nayeli empacó su mochila con su cambio de pantalones de mezclilla, sus pantaletas, sus calcetines limpios y sus blusas. Desodorante. Tampones. Viajaba ligera. Llevaba puestos sus mejores tennis de futbol con calcetines deportivos. García García le había regalado un ejemplar de *Don Quijote*, pero no le entendió nada y decidió que lo iba a dejar "olvidado" en el autobús. Sacó la tarjeta de Matt, le agregó el papel que le dió Irma con un clip y se los puso en el bolsillo de atrás.

Su mama entró al cuarto toda llorosa. "¿Te vas a llevar la postal de tu papá?"

"¿Me la das?"

"Sí, llévatela".

Se le quedaron viendo a la imagen del pavo paranoico en medio de la milpa.

"Quisiera que fueras allá, a KANKAKEE. ¡Cómo me gustaría que lo trajeras de regreso!"

La Nayeli le tomó la mano.

"Si puedo, voy".

"¡Ay, Nayeli!", le dijo. La abrazó y empezó a sollozar.

La tía Irma les hizo unos itacates para el viaje. En bolsas de plástico les puso cepillo de dientes, pasta, jaboncitos, botellitas de champú, salvavidas de menta, cerillos, curitas, paquetitos de Kleenex, uno para cada una. Les dió chocolates, bolsitas de M&Ms con cacahuate, por si les daba hambre. En la bolsa de la Nayeli había un tarrito de Vicks VapoRub. "Ya sé que se te tapa la nariz", explicó.

Cuando el Tacho llegó al crucero los dejó a todos asombrados. Se había cortado el cabello en picos y lo llevaba todo envaselinado. Para acabarla se lo había teñido de rubio platino. La Vampi le pasó la mano por los picos. Llevaba un bote de spray de pimienta en uno de sus calcetines y se había puesto una camiseta con una foto del grupo Queen. Sonrió afectadamente. Nadie en Tres Camarones entendería el doble sentido.

A pesar del alarmante corte de pelo y como no tenía mucha

fé en que esas muchachitas llevaran a buen término la misión, García García le dió $500 al Tacho. Éste puso el dinero en una bolsita de terciopelo y se la prendió con un alfiler por dentro de los calzones. Llevaba también en el cierre de su cinturón los ahorros de toda su vida, $600 más.

Además se había hecho una colecta en el pueblo y lo recolectado se lo dieron a las muchachas. El banco les había cambiado los pesos a dólares. Eran $1256. A la Yolo su familia le había dado $150 y ella tenía $65 de lo que había ganado en el boliche. La Vampi llevaba $35. El Tacho le dió a la Nayeli $50 dólares de su dinero. "Son tus propinas, mija". Ella le dió la mitad a la Vampi.

Propios y extraños convergieron en La Mano Caída. El Cadillac de Irma se hundió un poco cuando subieron todas los velices a la cajuela. La Vampi y la Yolo se echaron sus mochilas a la espalda. La Yolo llevaba ropa y libros. La talega del Tacho iba retacada de ropa para ir a la disco y estaba muy pesada. La Vampi llevaba el bolsillo trasero de su pantalón una navaja que le había regalado El Quemapueblos.

Les entregaron unos paquetitos de tortillas; también una bolsita grasienta llena de pan dulce.

El Sensei Grey se les paró enfrente y les hizo una profunda reverencia. De repente, le lanzó una trompada a la Nayeli. Ella la bloqueó, dió un giro y le puso el pie en el cuello. El Maestro sonrió y le hizo otra caravana.

Lágrimas. Gritos de tristeza.

Los cuatro valientes guerreros saludaron al grupo. Las muchachas besaron a sus madres y abuelas. El Padre François los bendijo de nuevo. Se subieron al Cadillac, cerraron las puertas. La tía Irma tocó el klaxon tres veces, le dió unas vueltas a la plazuela diciéndoles adiós por la ventana y se fueron.

En el techo de La Mano Caída, el Pepino se quedó gritando: "¡Nayeli, Nayeli! ¡Regresa con tu Pepino, Nayeliiiiiiiiii!".

La tía Irma los llevó a la terminal de las Tres Estrellas. Había indigentes con sombreros de palma que arrastraban los pies y llevaban bolsas de papel amarradas con mecate. Había unas señoras dándoles a sus hijos frijoles que llevaban en unos recipientes pues no les alcanzaba para pagar las comidas en el camino. Las voces electrónicas hacían eco en los pisos de cemento.

Irma compró los boletos.

"Cuatro boletos de ida a Tijuana".

El vendedor ya había visto esto antes. Hizo un gesto despectivo.

"No es lo que piensas", le dijo ella.

Él se encogió los hombros.

"Yo no opino nada".

Distribuyó los boletos entre los guerreros como si fueran cartas de baraja. Les compró refrescos y agua para el camino. La Vampi consiguió que le comprara una revista de rock. La Yolo llevaba un libro llamado *El Caballo de Troya VI*. En la portada decía: "¡Jesucristo llegó en un ovni!".

El enorme autobús esperaba al otro lado de la ventana. El chofer era un gordo prieto llamado Chuy. Su uniforme estaba almidonado y traía la gorra de lado. Chuy revisó que subieran todos los velices a las cajuelas del autobús y se puso a un lado de la puerta a recoger los boletos.

Les echó un vistazo a las muchachas. Y al Tacho.

El Tacho le dijo: "¿Qué?".

"Nada, aquí nomás".

Tomó el boleto del Tacho.

Vió a Irma que se entretenía arreglándoles el pelo a las muchachas.

"No se preocupe. Yo las cuido", le dijo.

Les pidió los boletos.

El Tacho se subió al autobús sin voltear atrás.

"Acuérdate, lo primero es hablarle a Chavarín. No se muevan sin antes hacerlo".

"Está bien", le contestó la Nayeli.

Irma la regresó.

"No se te olvide, ex policías o soldados".

"Muy bien".

"Pero no se entretengan. Entren y salgan. Y me llamas".

"Sí".

"Si hay algún problema, me voy en avión por ustedes".

La Nayeli se le quedó viendo.

"Tú.... ¿Irías a Tijuana?"

"¿Y por qué no?"

La Nayeli se quedó un poco extrañada con esa revelación.

Irma se puso roja. Se acomodó el cabello. "Depende, ya sabes, de lo que diga Chava".

Le dió una risita.

¡*Ay Dios*!, pensó la Nayeli. ¡*Está enamorada*! Parecía como si esto fuera una agencia de citas para La Osa.

"Bueno, vale más que ya se vayan".

"Quiero traerme a mi papá".

Por lo visto era día de revelaciones.

Se quedaron viendo una a la otra.

"Ya veremos…", masculló Irma. Le hubiera gustado darle un beso a la Nayeli, pero no pudo y al final tronó un besó al aire, a un lado de su cara y la empujó hacia el autobús.

Chuy tomó su boleto.

Irma abrazó brevemente a la Yolo y también la empujó hacia el autobús.

Chuy tomó su boleto.

La Osa le dió una nalgada a la Vampi y le dijo: "Plebe loca".

Chuy tomó su boleto y le preguntó: "¿Tás loca?".

"Soy una vampira".

"¡Ah jijo!"

"Hagan que me sienta orgullosa de ustedes", les dijo Irma y se apuró a irse antes de que le contestaran.

Encontraron una hilera de asientos vacíos casi al final del autobús. La Yolo y la Vampi se sentaron a la izquierda. La Nayeli y el Tacho se pelearon por la ventana del otro lado. Se quedaron pasmados de ver que había un baño al final del autobús. Luego se subió un muchachito americano y de inmediato comenzaron a coquetearle. Sólo iba hasta Los Mochis, pero eso no impidió que le echaran sus miradas mágicas y le hicieran ojitos.

La Vampi suspiraba mucho. La Yolo se veía seria, pero receptiva. El Tacho lo ignoró por completo.

Chuy se subió y agarró el micrófono. "Señoras y señores, esta unidad va para Tijuana. Pasaremos por Culiacán, Los Mochis, Guaymas, San Luis y Mexicali. Con algunas paradas en puntos intermedios. Si lo que querían era ir a Guadalajara, mejor bájense aquí". Soltó una carcajada. Cerró la puerta.

Prendió el aire acondicionado, lo que al principio les gustó, pero poco después se estaban congelando de frío. Se pusieron toda la ropa que pudieron y cerraron los ojos para ver si dormidos se escapaban del aire helado.

El chofer soltó los frenos y se perdieron en el ocaso.

Chuy condujo exactamente durante cuarenta y un minutos. Luego se salió de la carretera y se metió por un callejón.

"¿Y ora qué diablos?", exigió el Tacho.

El muchacho americano ya estaba dormido detrás de ellos.

Se oían voces. "¿A dónde va?"

El camión se iba llevando entre las llantas arbustos y hojas de plátano, pasando por un montón de baches. Luego Chuy frenó frente a una casita.

"Ahorita vuelvo".

Abrió la puerta y saltó afuera. La gente se asomaba por las ventanas a ver qué pasaba. La puerta de la casa se abrió y salió una señora. Chuy se quitó la gorra y le dió un largo beso. Se metieron y cerraron la puerta.

"Ha de ser su esposa", dijo alguien.

"O su novia", dijo otro.

"Va a cenar", intercaló uno más.

"O se la va a cenar", acabaló otro.

Se rieron y se quedaron esperando.

Ya llevaban una hora de retraso cuando Chuy regresó. Los pasajeros le aplaudieron y él hizo una caravana. Dormitaron hasta Culiacán, una terminal agitada en la que los campesinos cambiaban de lugar con otros campesinos. Llevaban portaviandas de metal con frijoles y queso de cabra. Luego Chuy se fue sin parar hasta Los Mochis, en donde anunció: "Los Mochis, Sinaloa, ¡la ciudad más bella del mundo!". Las muchachas se despertaron y tristemente le dijeron adiós al gringuito. Él se perdió en la noche plena de palomillas brillantes iluminadas por las luces de los fanales del autobús que se estrellaban contra los troncos de los árboles de la calle. Ladridos de perros y rebuznos de burro se metieron junto con el aire caliente. Sonaban extraños, empolvados.

"Ahora nos vamos de *Moshis*", dijo Chuy.

FFFFFFthhh, silbaron los frenos.

A rodar de nuevo.

Estaban bien dormidos cuando se subieron los soldados. La Nayeli fue la primera en despertarse. Sintió que el autobús frenaba, se salía del camino y se paraba. Sacudió al Tacho para despertarlo.

"¿Qué?, ¿qué pasa?" Se sentó.

Chuy los miraba por el retrovisor. Vió a la Nayeli y levantó las cejas, movió ligeramente la cabeza y le hizo señas de que se calmara. El Tacho despertó a la Yolo, quien a su vez despertó a la Vampi.

Chuy abrió la puerta. Todos estaban despiertos.

Un soldado con un M-16 colgado al hombro se subió al camión.

"¡Las luces!", ordenó.

Chuy prendió las luces interiores.

Todo mundo estaba encandilado, tapándose los ojos.

Un segundo soldado subió detrás del primero, viéndolos desde los escalones. La Nayeli vió más soldados alrededor del autobús, observándolos por las ventanas. Entró el primer soldado, luego el segundo y luego un tercero. Llenaban el angosto pasillo. Parecían tan jóvenes como la Nayeli.

Primero se le quedaron viendo a una señora mayor que iba al frente del autobús.

"¿Drogas?"

"¡Dios me libre, no!"

Asintió, pero ya iba viendo a otro lado.

Prosiguieron por el pasillo, moviendo a la gente con el cañón de sus armas.

"¿Mojados?", les preguntaron a un grupo de hombres enfrente de ellos. La Nayeli nunca había oído que alguien le llamara así a nadie.

"Sólo si pasamos al otro lado", bromeó uno.

"¿Eh?"

"Somos mexicanos. De Jalisco".

El soldado asintió.

Siguió caminando.

Se paró y vió a la Nayeli.

Clavó la mirada en su pecho.

Sonrió a medias y le espetó al Tacho: "¿Y tú qué se supone que eres?".

"Mojado. Cuando llegue a la frontera".

"¿De dónde eres?"

"De Tres Camarones".

"Nunca había oído mentar ese lugar".

Los soldados se vieron y sonrieron burlones.

El segundo dijo: "Este parece como que trae drogas".

"¿Mariguana?", le preguntó el primero.

"No".

"¿Coca?"

"Hasta que me friego".

El soldado le puso el rifle en la cara al Tacho y le dijo: "Cuando salgas de México ya no vuelvas".

"No te preocupes, ya me estoy yendo".

¿Qué le importaba?, al fin que ya no iba a volver a ver a estos guachos de mierda. Pero se quedó callado.

Vieron a la Yolo y a la Vampi y estaban a punto de decir algo cuando notaron a una pareja en el asiento de atrás.

"¿Y ustedes qué?"

"Nada, vamos a Tijuana", dijo el hombre.

"¿De veras? ¿Para qué van?"

El hombre extendió las manos.

"Para trabajar".

Los soldados se fueron sobre él y empezaron a patearlo.

"¡Aaay!", se quejó.

"Eres ilegal", le dijo el que lo interrogaba.

"¡Nooo!"

"¡Te pasaste a México, cabrón!"

"¡Nooo, por favor!", les dijo la mujer.

"Somos mexicanos", repitió el hombre.

"Son extranjeros".

"¡No!"

La Nayeli estaba temblando. El Tacho le puso la mano en el brazo. Volteó a ver a las otras dos muchachas y les hizo señas de que vieran hacia el frente.

El soldado golpeó al hombre en la boca. Los dos interrogados estaban llorando.

"¿De dónde eres, cabrón?"

"De Colombia".

Maldiciendo, los soldados lo sacaron del asiento. La mujer gritaba. El segundo soldado le agarró un brazo y se lo torció en la espalda.

"Te irá mejor si te callas", le dijo.

Arrastraron a los colombianos por el pasillo y los aventaron por los escalones de la puerta. Luego el soldado le dijo a Chuy: "Lárguense de aquí". Chuy se persignó, cerró la puerta y encendió el motor, volviendo bruscamente a la carretera.

La Nayeli creyó ver pálidos fantasmas en la noche, mientras a los colombianos los metían en una Hummer color caqui y se los tragaba la noche, como si todo hubiera sido un sueño, o una pesadilla.

Sus velices se habían quedado en la parte de arriba del camión.

La Nayeli se encontró con los ojos de Chuy de nuevo en el retrovisor. Él movió la cabeza, se encogió de hombros y apagó las luces interiores.

Un poco antes del amanecer los despertó el ruido de balazos.

El Tacho se tiró al suelo del pasillo. Chuy maniobró de un lado a otro de la carretera y el autobús se estremeció con un brusco frenazo. Se oyeron gritos, luego tres balazos más. POP-POP-POP. Todos escucharon los disparos, a lo mejor alguien andaba cazando conejos o estaban matando un chivo para hacer barbacoa. Pero estaban en medio de la carretera vacía.

La Vampi estaba encima de la Yolo y le preguntó en secreto: "¿Serán bandidos?".

Chuy manejaba despacio, asomándose por la ventana lateral, sin saber cómo responder a la emboscada. ¿Parar o salir quemando llanta? La Nayeli se fue hasta el frente y se sentó en el banquito de atrás del chofer.

"¿Quiénes son?", preguntó.

"Sepa".

Una camioneta patinó detrás del camión. POP-POP. Hombres con sombreros vaqueros en la oscuridad. Chuy decidió acelerar. La camioneta los siguió.

La Nayeli se agachó. De repente la camioneta aceleró y los rebasó. POP-POP-POP. Los hombres llevaban pancartas que decían ¡PAN!. Gritaban. Agitaban los brazos. Arrojaban latas de cerveza. Aceleraron todavía más y se fueron.

Chuy suspiró y bajó la velocidad.

"¡Jijos!, no era más que una manifestación política".

La Nayeli empezó a reírse nerviosamente.

También Chuy.

"¿Todos sus viajes son como este?", preguntó.

"Mire señorita, si quiere ver las cosas más extrañas de esta vida, haga largos viajes por carretera en México".

Para cuando terminó de contarle historias de carros envueltos en llamas, narcos armados hasta los dientes, ovnis, demonios que perseguían a los autobúses, la trágica suerte de Melesio y del chofer que estornudó y perdió el control del vehículo despeñándose por un desfiladero, ya había salido el sol.

Capítulo nueve

En Huila, Sonora, recogieron a un chofer de relevo. Chuy se acomodó en un catrecito detrás del baño y se durmió. Lo último que dijo antes de empezar a roncar, fue: "¡Parada de treinta minutos!".

El Tacho y las muchachas se bajaron todos tiesos y se quedaron asombrados con la luz del desierto. Un melancólico perrito les movió la cola y el Tacho le aventó una pedrada al mismo tiempo que la Vampi decía: "¡Ay, que lindo!".

El polvo alcalino barría la blanca planicie como si fuera humo. En la distancia, un remolinillo llevaba pedazos de papel y los dejaba en un arbusto de creosota, desvaneciéndose después. Inmediatamente surgió otro que se dirigió hacia las montañas que se veían negras, llenas de sombras en el horizonte.

"¡Qué bonito!", dijo el Tacho.

La Nayeli aplaudió y le dijo: "Ándenle, vamos a lavarnos las manos y a desayunar".

Cruzaron la negra carretera infinita, haciéndose a un lado para dejar pasar una oxidada pipa de combustible; el chofer, al ver a las muchachas, sonó el cuerno como veinte veces. "Se me hace que me estaba pitando a mí", dijo el Tacho.

"¡Sí Chuy!", le contestó burlesca la Nayeli, encaminándose al restorán de la diminuta estación.

Los baños estaban inmundos. La Yolo casi se vomita. Las muchachas cuidaron la puerta por turnos mientras hacían pipí en el lavabo. El Tacho, en el baño de hombres, se quedó estupefacto cuando vió que no había excusados, sólo un agujero en el piso con un aro de cemento. "Pues ni modo". Hizo "de aguilita" y a falta de papel, hizo buen uso de una página de la revista de rock que estaba ahí colgada de un alambre.

En un extremo del restorán estaba una mujer muy apurada queriendo comprar boletos para Mazatlán. Del otro lado había solamente tres mesas sobre un piso de cemento. Afuera estaban muchos de los pasajeros del autobús comiendo sus frijolitos. Algunos entraban a comprar un café o un refresco. En una mesa estaba un muchacho gordísimo, renegando y estornudando. Le fascinó a la Nayeli. Tenía el cuello rodeado de grasa y sus pechos estaban tan grandes que se le iban hacia los lados y lo obligaban a mantener los brazos lejos de su cuerpo. Los ojos se le perdían en los dobleces de la cara. Pensó que hasta podía ser ciego. Traía el pelo tan corto que se le veía el cráneo sudoroso brillando bajo las luces de neón. Tenía unas orejas muy chiquitas que parecían estar colgadas de la grasa del cuello y miraba a una mujer mientras emitía silbidos como de flauta en su dirección. Al parecer era su madre.

El Tacho pidió arroz con pollo. Las muchachas eligieron huevos fritos con tortillas. Café para todos.

El gordito agarró la azucarera. La Nayeli le dió un codazo a la Yolo para que lo viera. Inclinando la azucarera, se echó un puño de azúcar en la mano, echó la cabeza para atrás y se vació los blancos gránulos en la boca. Su mamá se le acercó y le quitó suavemente la azucarera. Él comenzó a patalear y a retorcerse.

Ella le susurró algo al oído. Se levantó y la siguió sin ganas rumbo a la puerta.

La señora les dijo a la pasada: "La vida no se va haciendo más fácil".

"Sí, señora", respondió la Nayeli.

Les trajeron la comida en platos de cartón. El platillo del Tacho se veía acuoso y gris.

"Mmm, qué rico", se burló la Yolo. Sus huevos no se veían tan mal, después de todo, ¿cómo fregados puedes echar a perder un par de huevos?

El Tacho estaba esculcando su arroz con el tenedor de plástico. Había dos o tres trozos de algo oscuro en el plato. "Yo nunca había visto que el arroz con pollo llevara pasas", dijo.

"No son pasas, Tachito", le dijo la Nayeli.

"¡Épale, las pasas del Tacho tienen patas!", dijo la Vampi.

"Arroz con cucarachas". Volteó a ver a la cocinera y le enseñó el plato.

"¿Qué?"

"Nada. Me rindo".

"A mí se me quitó el hambre", sentenció la Nayeli.

"A mí también", dijo la Yolo.

La Vampi se estaba cuchareando los huevos con la tortilla. "No está tan mal".

Cuando la Vampi terminó de comer, tiraron los platos a la basura y se llevaron el café afuera para tomárselo con los otros peregrinos en el calorón sin sombra.

Parecía como si el autobús estuviera parado y una manta color tierra con algunos arbustos y una antigua estación de gasolina de vez en cuando, les pasara por un lado. De repente, se veían unas montañas como disecadas, picachos aquí y allá brotaban del duro suelo y desaparecían de nuevo. Las muchachas dormían. El Tacho las había sorprendido agradablemente cuando sacó un radio de transistores de su mochila. Estaba hecho bola en su asiento masticando chicle como tortillera, con la antena extendida, oyendo la voz metálica de un locutor que zumbaba como abeja en la bocina: "¿Qué vamos a hacer con los guatemaltecos? ¿Han visto a los salvadoreños?, ¡Por favor!, ¡Que se queden en su tierra! Llame usted y díganos qué opina...".

La Nayeli se había ido al frente otra vez y se sentó de nuevo detrás del chofer, viendo lo que parecía ser el esqueleto del mundo.

"Mira eso". Las verdes patrullas estaban estacionadas a un lado de la carretera. Había gente tratando de abrir un carro chamuscado en medio de un círculo de cenizas.

"Mira eso". Una india corría por la carretera tratando de proteger del sol a su bebé con un pedazo de cartón.

"Mira eso". Carros destartalados en los barrancos.

No se veía agua en ninguna parte. Los cauces de ríos y arroyos parecían largas líneas de talco, con zopilotes sobrevolándolos. "Mira eso". Un chanate volando al lado del camión.

La Nayeli vió cómo el ganado se iba poniendo más y más flaco. Estaban paralizados bajo el sol como si ya los hubieran sacrificado, como si se estuvieran carbonizando sin saberlo. Habían perdido el color, pasando de los rojos y cremas que veía en Sinaloa a un café deslavado y negro, polvoriento. Agachaban las cabezas y mordían delgadas hierbas y nopales. Se les notaban las costillas; mientras más al norte, más pronunciados los huesos. Pronto las vacas parecían alfombras viejas colgadas sobre palos.

"Qué triste", dijo.

"¿Qué cosa?", preguntó el chofer.

"Cómo sufren".

"¿Quién?"

"Las vacas de aquí".

"¿Cuáles vacas?"

"Esas".

"¿Esas ahí?"

"Sí, las vacas. Parece como si no tuvieran nada qué comer. Han de estar tan secas que ni leche dan".

"¿Cuáles vacas?"

"Ésas vacas".

"¿Dónde?"

La Nayeli apuntó.

"¡Ahí, en todas partes!"

"No son vacas", le dijo.

"¿Perdón?"

"Las cosas deben andar muy mal más al sur, de donde vienes; los animales han de ser enanos".

"¿Que qué?"

"Mi chula, esas no son vacas, ¡son conejos del norte!"

Soltó una carcajada y palmeó el volante, la vió por el retrovisor y le hizo un guiño.

Comenzó a silbar la "Cumbia Lunera".

La garita de la aduana en las afueras de San Luis se veía chaparra y sucia en el atardecer. Chuy, que se tomaba un descanso mientras su compañero manejaba, se despertó y se fue al frente. Se iba tallando los ojos cuando llegaron.

"No les digan nada a estos cabrones", le dijo a la Nayeli. "Diles a tus amigas que se queden calladas. Háganse invisibles. Normalmente le piden mordida a la gente que va al sur. Pero siempre andan viendo qué consiguen. Si traen mariguana mejor desháganse de ella". Palmeó dos veces el respaldo del asiento de la

Nayeli y bajó los escalones, llamando a un aduanero uniformado: "¡Mi capitán!". Se rió fuerte y le dió una palmada en la espalda al *capitán*.

"Magnífico, será un milagro que sobrevivamos un viaje dentro de nuestro propio país", dijo la Yolo.

"¿Tú ya sabías que la cosa iba a ser así?", le preguntó la Nayeli.

"Como que ya no me preocupan tanto los Yunaites", terció el Tacho.

Se rieron nerviosamente.

"Cuando volvamos tenemos que decirle a todo mundo cómo son realmente las cosas por acá", dijo la Nayeli.

La Yolo ya estaba pensando en escribir una crónica. Tal vez García García le podría financiar una pequeña primera impresión.

Los aduanales sacaron a todo mundo del camión y apuntando a la garita. "En fila india", les dijo el Capitán.

Chuy y el otro chofer estaban sacando todas los velices del autobús.

Algunos agentes federales jóvenes, vistiendo chaquetas de Members Only y lentes de aviador estaban afuera y nomás se rieron. Al pasar la Nayeli uno de ellos le dijo: "Buenota para ya sabes qué". Ella bajó los ojos y entró al cuarto apestoso. Estaba pintado en dos tonos, los dos descoloridos. La parte de abajo de las paredes era verde y la de arriba de un amarillo sucio. Había escritorios en las esquinas y algunas sillas de aluminio desparramadas frente a una de las paredes. Sobre sus cabezas daba vueltas perezosamente un abanico de techo.

Dos mesas largas de metal cruzaban el cuarto y había maletas abiertas encima de ellas.

"¿Drogas?"

"No".

Cada pasajero fué diciendo la misma cosa.

"¿Drogas?"

"No".

"¿Contrabando?"

"No, nunca".

"¿Extranjero?"

"Mexicano, señor".

En una esquina estaba un policía comiéndose una torta. Se carcajeaba en el celular. "¡Órale pues, güey!", le dijo al amigo y cerró el celular. Vió al Tacho. "Mira nomás", dijo. Apuntó al Tacho y varios de sus colegas se le acercaron a cuchichear. Se rieron y se le quedaron viendo.

El Tacho podía sentir la tensión en su quijada. Empezó a rechinar los dientes. No lo hacía conscientemente, pero tampoco podía evitarlo. La Nayeli se entretuvo hasta que la alcanzó. La empujó con el hombro.

"Camina, mija, estoy bien". Pero por supuesto, no lo estaba.

El policía se paró, hizo bola el papel de su torta y lo tiró desde lejos a un bote de basura.

"¡Tres puntos!" Sus colegas se rieron y le palmearon la espalda.

"¿Te fijas?, ése es la estrella, el jefe de todos ellos", le dijo la Nayeli a la Yolo.

"Tú", le dijo el aparente jefe al Tacho.

"¿Yo?"

"¿*Yo?*", remedó el jefe.

Los demás policías se rieron.

"Eres un drogadicto".

"No, no soy".

"Se me hace que andas coco".

"¡No ando!"

El policía se le acercó. El Tacho podía oler la salsa Cholula y el jamón en su aliento. Eso y una buena rociada del perfume Axe. La Nayeli y las muchachas se quedaron congeladas, con las miradas bajas pero atentas a lo que estaba pasando.

El policía caminó alrededor del Tacho.

"¿Dónde están las drogas?"

"Ya le dije, señor, no traigo drogas".

"¿De veras?"

Le puso la mano en la espalda.

El Tacho dió un brinco como caballo nervioso.

"¿Tienes miedo de algo?"

"No".

"Mentiroso".

Agarró al Tacho del brazo.

"¿Eres puto?"

"No".

"Pero eres puñal".

El Tacho tosió.

Todos lo miraban.

"Está bien, aquí todos somos amigos, para nosotros está bien si eres puñal, México es un país libre". Le apretó el brazo. "Puñalón".

Ese fue el momento más vergonzoso en la vida del Tacho. Ahí, frente a las muchachas, se le rodó una lágrima.

"Yo... no soy puñal", dijo aclarándose la garganta.

"¿Qué?"

"No lo soy".

La Nayeli intervino: "Es mi novio".

"Sí, vamos a Tijuana a la boda", dijo la Yolo.

El policía los miró incrédulo. Sonrió. Estaba bonita la prietita. Muy morena para su gusto, pero tenía su buen canasto.

"Muy bien, muy inteligente", le dijo apuntando a la sien con el índice.

Ella se sonrojó.

"¿Cómo te llamas mija?"

"Nayeli".

Asintió.

"¿Te esculco, Nayeli? ¿Traes algo de la buena mariguana de Sinaloa?"

"No".

"¿Y tú?" Empujó al Tacho.

"¿Cómo te llamas, novio?"

"Tacho".

"¿Tacho?"

"Nomás Tacho".

"Tacho no es muy macho", hizo verso el policía y sus amigotes se carcajearon.

"Ese chistecito no es muy original que digamos", dijo el Tacho.

"¿Ayyy estás enojado? Estás llorando, Tachito, eso no me parece muy macho".

Miró a la Nayeli.

"Nomás quiero platicar con el novio".

Arrastró al Tacho a la parte de atrás del cuarto.

"¡Tachooo!", le gritó la Nayeli.

"Calladita se ve más bonita", le dijo el más amable de los agentes.

El jefe le murmuró al oído al Tacho. "¿Traes drogas retacadas en el culo, Tachito?" Lo aventó por una puerta y de repente se encontraron en el baño de hombres. El jefe cerró la puerta y le puso la aldaba. El Tacho se limpió los ojos y se quedó parado. El policía le sonrió.

"Puñal".

"No".

El policía lo empujó.

"¿Qué fue eso?"

"¿Qué?"

"Me empujastes".

"Nooo, señor".

"Entonces, ¿estoy diciendo mentiras?"

"No".

"¿No qué?"

"No señor".

"No soy mentiroso, entonces".

"No".

"Entonces sí me empujastes".

El Tacho se quedó viendo la pared llena de dibujos obscenos y leperadas.

"Sí, si usted lo dice".

"¡Puñalito cabrón!, ¿Crees que me engañas con tus pinchis jueguitos, repegándoteme así?"

"No señor".

"¡Pídeme disculpas!".

"Lo siento mucho".

El policía agarró al Tacho de los huevos y apretó. El Tacho pegó un alarido.

"¿Este es tu jueguito?"

"¡Suélteme, por favor!".

"¿Tienes tu buen paquete? ¿Pensabas usarlo conmigo, Tacho?"

El policía le pegó un puñetazo, estrellándolo contra la pared. Se fue al lavabo y empezó a lavarse las manos.

"Me das asco. ¡Lárgate a la chingada!"

El Tacho se levantó, batalló un poco con la aldaba, y se apresuró a salir. Todos dejaron lo que estaban haciendo y se le quedaron viendo.

"Nomás fue un pequeño malentendido", les dijo, se subió de prisa al camión, se acurrucó en su asiento y fingió dormir.

El jefe se paró en la puerta con las manos en los bolsillos.

"Todo bien, déjenlos ir".

Los pasajeros se dirigieron a la salida.

"Vuelve pronto a visitarme, Nayeli".

Sus hombres le festejaron.

Treinta kilómetros antes de llegar a Mexicali se descompuso el sistema hidráulico del autobús y rodó para atrás en un precipicio, pero no se despeñó. Después de una hora de intentar abrir la puerta, Chuy pateó una de las ventanas y se salió. Empezó a caminar rumbo a la civilización en la oscuridad. El viento frío entraba por la ventana rota. La Nayeli le acariciaba la cabeza al Tacho en su regazo. Podía sentir las silenciosas lágrimas en su muslo. Afuera se oían los aullidos de los coyotes. En el autobús, los pasajeros roncaban y tosían y murmuraban en sus perturbados sueños.

Capítulo diez

Chuy no volvió, pero nueve horas después llegó otro camión. Iba lleno, pero el chofer les dijo que si no les importaba ir parados podría llevarse a algunos de ellos hasta Tijuana.

El grupo de Tres Camarones se subió al camión y se agarró de las rejas de arriba. Otras tres mujeres los siguieron y quedaron a un lado de la Nayeli, chocando con ella a cada movimiento. La peste que emanaba de ellas le daba náuseas. Luego se dió cuenta de que también ella apestaba. En Tres Camarones, no oler bien era algo bastante desagradable. De hecho, ella nunca había salido de su casa sino envuelta en dulces fragancias, desde su cabello debidamente limpio y con aroma a champú, hasta el olor del jabón americano con el que se lavaba el cuerpo. Trataba de agarrarse de las rejas al mismo tiempo que procuraba mantener los brazos pegados al cuerpo. Le daba verguenza y se sentía sucia. Cuando el camión se echó a andar, la mujer se recargó en ella. La Nayeli podía sentir las nalgas de ella en su estómago. No se podía mover.

El Tacho parecía haberse quedado dormido parado. Tenía los ojos rojos e inflamados. La Nayeli notó que la Yolo la veía por encima del hombro del Tacho. Sus ojos eran tan oscuros como el mismo camino y la miraba fijamente. Ninguna de ellas podía creer el mundo en el que se habían metido.

Sin saber ni cómo, la Vampi había ido a parar al regazo de un ranchero sesentón que llevaba un sombrero de palma y un costalito de cebollas. El hombre la abrazó cuidadosamente y se sentó erguido, sin voltear a verla ni una sola vez durante el largo camino a Tijuana. Se le ladeó el sombrero y así se lo dejó durante todo el trayecto.

En una enorme planicie de artemisa y lejanas lomas, el chofer encendió el micrófono y les dijo: "A su derecha, señores, la famosa frontera americana".

Todos voltearon a ver. Buscaban cercas y helicópteros, camionetas y perros. Nada. Aquí no había nada.

"Parece como México", susurró el Tacho. Luego cerró de nuevo los ojos y se hundió en su pena.

La Nayeli trató de hacer una de las meditaciones del Sensei Grey, buscando al Buda en la ilusión del momento. Trató de hacer que su lago mental estuviera tan tranquilo como un negro espejo. Alguien le pisó un pie. Meditó en su dolor.

Por fin salieron de las montañas. Vieron la presa Rodríguez. También podían ver los anillos de sedimento en las peñas; era hasta donde antes llegaba la orilla.

"Hace mucho que está vacía. Yo la vi en 1965 llena hasta el tope. Pero ya no queda nada de agua", les dijo el chofer.

Para abajo siguieron, sobre el duro suelo de Tijuana. Casas de cartón y de lámina y una que otra granjita de vacas dieron paso a pequeñas colonias y casas agrupadas alrededor de gasolineras y tiendas. El camino se fue haciendo más amplio y fueron apareciendo más carros y de modelos más recientes. Camiones por doquier. Vieron canales. Y luego aparecieron las bardas y desaparecieron los árboles. Vieron los primeros puentes. Una cárcel. Se internaron en el corazón de la ciudad. Barrios feos alrededor del polvoriento centro. Carros a donde voltearan.

Todos estiraban el cuello para asomarse. El Tacho le dió un codazo a la Nayeli y apuntó; vieron una loma al otro lado de una alta cerca de alambre donde se encontraban estacionados varios carros blancos y sobrevolaba un helicóptero.

De cerca, los Estados Unidos no se veía tan chidos como en la televisión.

Fueron dando tumbos y mil vueltas hasta que llegaron a la dilapidada nueva terminal de autobuses situada al otro lado de Tijuana. Se bajaron mareados, exhaustos y sedientos. Pero se rieron y se pusieron a bailar. ¡Habían llegado hasta Tijuana! ¡Habían terminado la primera parte del viaje!

Vieron cómo el chofer bajaba velices y cajas.

"Hay que irnos a un motel", dijo el Tacho.

"Tenemos que cuidar el dinero", observó la Nayeli.

"Yo quiero bañarme", dijo la Vampi.

"Tú *necesitas* bañarte, chica", le dijo la Yolo.

"Pues no soy la única, cabrona".

"¿Dónde están los velices?", preguntó el Tacho.

"Voy a llamar a Chavarín, de seguro que podremos bañarnos en su casa", dijo la Nayeli.

"¿Juntos?", preguntó malicioso el Tacho.

"¡Ay sí, tú, seguramente!", dijo la Yolo.

"Pos sí, es que quiero verlas encueradas a todas pa saber de qué tanto presumen".

"Si me vieras bichi, muchacho, ¡de seguro que cambiabas de bando!", bromeó la Nayeli.

"¡Guácala!"

La Vampi suspiró: "Quiero mi veliz".

Pero sus velices no aparecían.

Las cajuelas estaban vacías. El chofer cerró las puertas.

La Nayeli se le acercó y le preguntó: "Disculpe, señor, ¿qué pasó con nuestros velices?"

"¿Que quéee?"

"Nuestros velices".

"¿Cuáles velices?"

"Los nuestros, del otro autobús".

"Aquí no hay más velices que los que descargué".

"¡Pero si el chofer los subió, nosotros lo vimos!"

"Pues aquí no están".

Encendió un cigarrillo y se alejó.

Las muchachas se echaron a llorar. El Tacho empezó a maldecir. La Nayeli le gritó al chofer: "¡Espéreme!", pero el hombre ni siquiera la volteó a ver. Se quedaron ahí entre dos autobuses viendo cómo se marchaba.

"Y ahora, ¿qué vamos a hacer?", se quejó la Vampi.

La Nayeli vió al Tacho y los dos voltearon a ver la extraña ciudad que los rodeaba. Hasta la Yolo comenzó a llorar.

"No se preocupen, algo se me ocurrirá", dijo la Nayeli.

La Nayeli recorrió toda la terminal sin encontrar ni un solo teléfono público.

Le preguntó a un señor que pasaba si sabía dónde había uno, pero el hombre, después de haberse asegurado de que no le estaban pidiendo limosna, le dijo: "Habla por tu celular", y se alejó rápidamente.

Se juntaron y se quedaron en grupo, viendo para todos lados. El acento norteño era un poco extraño, pero bueno, era el mismo español. Por lo menos no estaban en China o en el Líbano. Todavía estaban en México.

"Vámonos al centro a comer algo y tomarnos una coca en la civilización", les dijo el Tacho.

"Buena idea", concordó la Nayeli.

"En el centro debe haber algún teléfono", dijo la Yolo.

"De seguro", dijo la Vampi.

"Yo pago el taxi", dijo el Tacho.

"Tú eres nuestro benefactor", dijo la Yolo.

Estaban muertos de miedo.

La Vampi le jaló la blusa a la Nayeli.

"Oyes Nayeli, ¿traes Kotex?"

"¿Cómo?"

"Es que me acaba de bajar".

"¿Ahorita?"

"En el autobús, mis kotex están en el veliz. Usé papel sanitario".

La Nayeli todavía traía su bolsa y en ella encontró un tampón.

"Tengo este".

"¿Y eso qué es?"

"No seas simple, es un tampón".

La Vampi nomás se le quedó mirando.

"¿Y cómo le hago?"

"¿Nunca has usado de estos?"

"No, mi abuela nunca me lo ha permitido".

"Pues es todo lo que tengo".

"Está medio chico, ¿no?"

"Se pone adentro", le susurró la Nayeli.

Los otros dos la estaban mirando.

"¿Cómo que adentro? ¡No puedo!"

"Pues vale más que veas cómo le haces, ni modo que te lo ponga yo", le dijo el Tacho.

La Vampi hizo un gesto de horror.

"Nosotros te vamos a ayudar", le dijo la Yolo.

"Vayan ustedes, yo aquí las espero".

La Vampi comenzó a llorar.

"Discúlpenme", les dijo.

"Está bien, luego te acostumbras", le dijo la Nayeli, abrazándola.

Se fueron al baño.

El Tacho se quedó pensando si sería él era el único que sabía que estaban en serios apuros.

Aparentemente los taxis de Tijuana retacan adentro a cuanta gente sea posible. Los cuatro se acomodaron en el asiento de atrás de un destartalado Chevy y se quedaron asombrados cuando otros dos se subieron encima de ellos, mientras que una señora con bastón y una bolsa de mandado se subió al frente.

"¡Bienvenidos a bordo!", les dijo el chofer y se arrancó en sacudida jornada por las calles increíblemente atestadas de carros y gente. El chofer prendió el radio y escucharon una canción mexicana tecno decir en inglés "Tijuana makes me happy".

El Tacho les preguntó: "¿Tijuana las hace felices?".

El chofer lo vió por el retrovisor.

"Sí, es la ciudad más feliz del mundo".

Los bajó enfrente del Jai Alai.

Al bajarse, la mujer del bastón le dió una naranja a la Nayeli, aconsejándole: "Coman fruta".

Caminaron entre los inquietos transeúntes. La oleada de cuerpos americanos los arrastró por la Avenida Revolución, arteria central de Tijuana. Van Halen y tecno emanaban de las tiendas y los bares y los restoranes. Era media tarde, pero las llamativas luces brillaban frente a los bares. Había montones de vendedores ambulantes ofreciendo sus mercancías a los que pasaban. "Hey, amigo, c'mon, c'mon, amigos, ¡tequila buena!, ¡zapatos a buen precio!, c'mon". A la Nayeli casi le daba risa. El Tacho comenzó de nuevo a contonearse. A lo mejor Tijuana sí era la ciudad para él. Se sintió mejor. Se obligó a casi olvidar el incidente con el jefe de la garita, así como que ya habían perdido sus velices.

Un muchacho maquillado con sombra azul le dijo: "¡Quiubo guapo!".

"¡Ay Dios!"

"Ese muchacho traía sombra, como que me gusta", dijo la Vampi.

En la calle había unos burros que jalaban carretas adornadas con motivos aztecas y paisajes campiranos pintados en vívidos colores. Los burros estaban pintados de blanco y negro, como zebras. Turistas gringos se veían felices sentados en las carretas sonriendo, portando enormes sombreros zapatistas, tomándose fotos. Los policías vigilaban todo. El Tacho se fijó que había soldados con uniformes negros en todas las esquinas, con las ametralladoras colgándoles de los hombros.

Numerosos niños se afanaban boleando zapatos, o caminando por la banqueta vendiendo chicles o con barrotes llenos de pulseras y collares de macramé. La Vampi se compró una brillante cruz tejida con una cuenta roja enmedio que parecía una gota de sangre.

"¡Católicos góticos del mundo, uníos!", dijo el Tacho.

Se pararon enfrente de un restorán que estaba en el segundo piso y cuando menos pensaron ya estaban dentro y sentados.

"¿Qué les sirvo?", les preguntó el mesero.

"Me muero por una cerveza fría", dijo el Tacho.

El mesero asintió.

"¿Cuatro?"

La Yolo y la Vampi empezaron con sus risitas. Nunca habían

tomado cerveza. La Nayeli le sonrió al mesero. Estaba bastante guapo.

"Sí, por favor".

"Con limones", dijo el Tacho.

"Sí, claro".

Estaban fascinados viendo pasar a los turistas allá abajo. Cholos y surferos, camionetas y carros deportivos, vans de carga y bicicletas. Vieron un carro de la policía que se detuvo enfrente y levantó a un turista borracho. Grupos de estudiantes uniformadas cruzaban la calle chacoteando, entre voces y risitas. Enormes Suburbans con vidrios polarizados llevaban vaqueros urbanos, seguramente "cocos", dando la vuelta por ahí.

"Podríamos comprar ropa nueva, no, ¿Nayeli?", preguntó la Vampi.

"No te preocupes, morra, yo me encargo".

Volteó a ver al Tacho, que estaba con una cara totalmente inexpresiva.

El mesero les trajo las botellas de Corona, sudando de frías.

"¡Uuuu, estas saben a miados!", dijo el Tacho.

La Nayeli lo pateó por debajo de la mesa.

"¿Me puede traer unos camarones, por favor?", pidió la Nayeli.

"Nosotros vamos a compartir una orden de espaguetti", dijo la Yolo poniendo su mano en un hombro de la Vampi.

"Estamos a dieta", dijo la Vampi

"¿Quieren pan de ajo?", preguntó el mesero.

La Nayeli nomás se le quedó viendo.

"Ta muy bueno", recomendó.

"Bueno pues sí, por favor".

Le regaló una de sus mejores sonrisas.

"Carne asada, amigo. Con mucha salsa", ordenó el Tacho.

"¿Tortillas de harina o de maíz?"

"De maíz, por supuesto. ¿Quién come de harina?"

El mesero los miró fijamente.

"Ustedes vienen del sur, ¿verdá?"

"¿Y?"

"Tengan cuidado".

Se fue.

"¿Cuál es su bronca?", se quejó el Tacho.

Las muchachas empinaron sus cervezas. La Yolo sintió que las burbujas le quemaban la nariz y estornudó. La Vampi se mareó inmediatamente. Los miró a todos, abrió la boca y eructó sonoramente.

"¡Epa, cochina!", la regañó el Tacho.

Cuando regresó el mesero con la comida, la Nayeli le preguntó si había un teléfono cerca.

"Enseguida del baño".

"Gracias".

"No llamen de aquí a sus coyotes".

"¿Coyotes?"

"Sin un coyote nomás no la hacen en el cruce, mija. Pero al dueño no le gusta que vengan por aquí porque espantan a los gringos".

"¿Cómo sabes que queremos pasar al otro lado?", le preguntó el Tacho.

"La gente de Tijuana sabe lo que quieres en cuanto te ve. Ya te han visto miles de veces, hermano".

El pobre mesero ya estaba aburrido de tantos migrantes.

"¡Aah!"

"¿Algo más?"

La Nayeli negó con la cabeza y se levantó a buscar el teléfono.

"Se te va a enfriar la comida", le dijo el mesero.

"Ahorita vuelvo".

El Tacho le preguntó al mesero: "¿Qué me aconseja?".
"Que saquen sus pasaportes".

La Nayeli le pidió al cajero que le diera feria.
"¿Dinero mexicano o americano?"
"¿Cuál es la diferencia?"
El cajero se encogió de hombros y sentenció: "El dinero americano es aburrido, todo del mismo tamaño y del mismo color, verde. Pero de algo te sirve. Quédate con tus pesos. A mí que me den dólares".
La Nayeli se acordó de que la tía Irma le dijo una vez que de ahí venía la palabra "gringo", de la palabra "verde" en inglés.
"Pues es para el teléfono", le dijo extendiendo un billete arrugado.
Sacó algunas monedas y le indicó por dónde ir.
Se fué al pasillo entre los dos baños. Ahí estaban unas güeras platicando y riéndose en la puerta. Se veían tan altas, tan glamorosas. Olían bien, no como ella. A vainilla, a fruta, almizcle blanco y champú.
Le dió la espalda a las gigantas y sacó la tarjeta con el número de Chavarín. Estaba un poco borroso pero se podía leer. Puso las monedas en la repisa de metal enfrente de ella. Le echó unas cuantas al teléfono, hasta que oyó que le dió línea. Vió otra vez el número y lo marcó. El teléfono hizo un ruido extraño y una voz metálica le dijo que había un error. Se cortó la comunicación y oyó como las monedas caían en la cajita. Sacó las monedas y las volvió a insertar hasta que le dio línea de nuevo. Le pasó lo mismo. Marcó el cero y le dio el número a la operadora. La mujer sonaba ofendida. "Ese número no existe, señorita". La Nayeli se lo repitió. "Lo siento, pero está equivocada, señorita". Todavía trató de discutir con ella, pero la mujer le dijo que desde 1964

habían cambiado esos números y que no había ningún Chavarín en el directorio de Tijuana. Ni en Ensenada, Tecate o Mexicali.

A la Nayeli se le había apretado el estómago. Le empezó a doler. Se agarró el vientre con ambas manos y luego las elevó hasta la cara, respiró hondo. Tenía que controlarse.

Se regresó a la mesa y se quedó viendo la comida.

El Tacho se estaba comiendo un taco de carne y empinándose la segunda cerveza. La Yolo y la Vampi no podían dejar de reír. Todos tenían dos botellas enfrente.

"Estamos borrachos", dijo la Vampi, lo cual les dio mucha risa a todos.

"Éstas no aguantan nada", dijo el Tacho.

La Nayeli nomás picaba sus camarones.

Miró al Tacho.

Él levantó las cejas inquisitivamente.

Ella agitó la cabeza.

El Tacho cerró los ojos por un momento.

Se volteó hacia la calle a ver pasar el mundo de gente.

Capítulo once

Estaban parados en la banqueta, en lo oscuro. Los sonidos no paraban, parejos. No había ecos en Tijuana. Los klaxons de los carros eran como rebuznos agrios. Los policías sonaban silbatos y el sonido sabía amargo en sus oídos.

La Nayeli entró en una botica y le compró toallas sanitarias a la Vampi. Volvió con un cepillo para el pelo y cuatro de dientes. El Tacho se disculpó por ser tan vanidoso y se compró un tubo de gel para el cabello. Se arregló los picos ahí, recargado en la pared. Traía su radio colgado del cinto.

"Háblale a la tía Irma", le dijo la Yolo a la Nayeli.

"¿Y qué fregados le digo?"

"Yo me quiero ir pa' mi casa", lloró la Vampi.

"Vamos a volver a la casa cuando completemos la misión".

"Esto fué un grave error", sollozó la Vampi

"Creo que hemos fracasado", sentenció la Yolo.

"Pero si ni hemos comenzado todavía", dijo la Nayeli.

Yo voy a ir a Kankakee, pensaba. Esto no iba a funcionar sin don Pepe.

Las otras dos elevaron las manos al cielo.

"Niñas, niñas, tenemos que irnos de la calle. Eso es lo primero. No hay Chavarín. Bueno. Entonces tenemos que usar nuestra propia iniciativa, ¿no? ¿Toy en lo cierto mija?"

La Nayeli asintió.

"Si nos quedamos aquí nos van a comer vivas".

Grupos de alegres turistas pasaban de un lado a otro, pero entre ellos había estafadores, marineros, chavos de la calle, policías y perros callejeros. Los hombres les aventaban besos; no quedaba claro si eran piropos para las muchachas o burlas para el Tacho. Un muchacho alto y delgado que traía una camiseta negra se paró y les dijo: "¿Qué? ¿Quieren ir pa'l otro lado? ¿Quieren que los lleve pa' Los Ángeles? ¿Seguro?". Les dió miedo. Se voltearon para otro lado hasta que se fue.

"Vamos a buscar un hotel y en la mañana todo se va a ver mejor", dijo el Tacho.

No sabían dónde buscar un hotel. Pensaron, erróneamente, que si iban hacia la línea fronteriza encontrarían algo de mejor calidad.

Se salieron de la calle principal y caminaron por las calles adyacentes, pasando por oscuras banquetas enfrente de cines de tercera. La Nayeli caminaba aprisa. Pensaba que si iban rápido no se meterían en problemas. Algunos cementeros les salieron al paso, muchachillos harapientos fritos en resistol y apestosos a químicos. Le jalaron la blusa a la Nayeli, empujaron al Tacho y uno le agarró un pecho a la Vampi antes de desaparecer en un oscuro callejón como si fueran felinos en cacería, dejando detrás sólo la huella de sus carcajadas. Nadie se dió cuenta de que le habían robado el radio al Tacho.

Asustada, la Nayeli se paró en una esquina donde había una carreta de tacos que olía a cáscaras de frutas y de cacahuates. El taquero estaba envuelto en una nube de humo de carbón, el radio colgado de un alambre arriba de su cabeza, con música de cumbia a todo volumen. Dos chavos de botas vaqueras comían tacos de tripa a la luz de un viejo y chueco arbotante. El taquero y los batos le echaron un vistazo a la Nayeli y luego se regodearon con la dulce visión que eran la Yolo y la Vampi.

El Tacho había sacado el spray de pimienta de su calcetín y lo llevaba agarrado adentro del bolsillo del pantalón, con el dedo en el botón.

"¿Andan perdidos?", les preguntó el taquero.

"Sí", respondió la Nayeli.

Los tres se miraron entre sí y sonrieron.

"Pos por aquí no conviene perderte, mi prieta", le dijo uno de ellos.

La Nayeli se sorprendió muchísimo. Nunca en su vida le habían dicho prieta. Morena sí, hasta sonaba romántico. Pero prieta era una grosería en Tres Camarones.

"¿Nos puede decir dónde hay un hotel?", preguntó.

Uno de ellos soltó la carcajada.

"Te doy cincuenta pesos".

"¿Cómo?"

"Les doy cincuenta pesos a cada una y hasta pago el cuarto".

El otro, que llevaba puesta una chamarra amarilla, le dijo: "No seas güey, no son putas".

"De plano no podemos andar en la calle", dijo el Tacho.

El bato se acabó de comer su taco, se limpió los dedos en una servilleta y los encaminó por una callecita hasta la zona roja. "No es muy bonito, pero es barato". Los dirigió hacia el Hotel Guadalajara, un pequeño edificio de cemento por un lado del bar más horrible que hubieran visto jamás.

"No se les ocurra meterse ahí", les dijo.

"No se preocupe", contestó apurada la Nayeli.

Consiguieron un cuarto con dos camas en el segundo piso. Las escaleras estaban por fuera y había un pasillo a lo largo del piso.

Una mujer le preguntó al Tacho si quería un "rapidito" barato ahí mismo, en las escaleras, y como se negó, le dijo joto.

"Huele a mariguana", dijo la Vampi.

"¿Y tú cómo sabes, chulita?", le respondió el Tacho.

La puerta era de madera barata y la aldaba no cerraba bien. El Tacho le puso la cadena. El piso del cuarto era de cemento sin alfombra. Las camas angostas y duras. Podían escuchar el interminable golpeteo de las canciones de Kid Rock proveniente del cuarto de al lado; gritos y risas; una botella rota. Aún con las luces apagadas el cuarto no quedaba a oscuras pues por una ventana entraba tanta luz que se podía leer sin problema.

Había dos toallas en el baño. La Vampi entró primero, pero se quedó tanto tiempo que no dejó agua caliente para los demás. El Tacho echó mentadas a granel. Maldijo de nuevo cuando se tuvo que medio secar con las toallas húmedas y volver a ponerse la misma ropa. Parecían chavalos de la calle. Pero al menos traían el pelo limpio.

La Yolo y la Vampi lloraban y moqueaban en su cama. El Tacho le dió la espalda a la Nayeli. Ella estaba acostada boca arriba, escuchando el desmadre de enseguida. Luego se oyeron pasos y las voces de un hombre y una mujer que pasaban frente a la puerta de su cuarto. Era la misma mujer de antes, la que le había ofrecido sus favores al Tacho. La Nayeli empezó a reconocer sonidos que no había oído antes. El hombre estaba gruñendo. Cerró los ojos, como si con eso pudiera dejar de oír. El hombre dejó escapar un largo quejido.

"¡Alguien vaya a ordeñar esa vaca, está empezando a mugir!", gritó el Tacho.

"¡Ay, Dios!", gimió la Yolo.

Hundieron las cabezas en sus almohadas, muertas de la risa. Les agarró el tonto.

Cuando ya pensaban que se estaban durmiendo, una de ellas decía "¡Muuu!" y les ganaba la risa otra vez.

Los hombres llegaron como a las tres de la mañana. La Nayeli los oyó secreteándose y se despertó inmediatamente.

La aldaba de la puerta empezó a sonar. Contuvo el aliento pensando que podía ser otra cosa o que estaba soñando. Volteó a la puerta y vió como la perilla se movía de un lado para otro. Luego la invadió una oleada de miedo cuando la aldaba se zafó. Se quedó tiesa en la cama. La puerta se abrió lentamente hasta alcanzar el final de la cadena. Cuchicheos. Una voz de hombre.

Sacudió al Tacho. Le pegó en el brazo, pero éste sólo se tapó la cabeza con la almohada y siguió durmiendo.

Ella buscó algo que le pudiera servir de arma. Había una sillita cerca de la cama, les podía pegar con ella si se metían al cuarto. Se levantó sin hacer ruido. Vió que una mano estaba tratando de alcanzar la cadena, una mano que se arrastraba como araña. La Nayeli entrecerró los ojos: apareció una manga amarilla. ¡Era el de los tacos!, ¡el hijo de la chingada!

"Ya casi", les dijo el tipo a sus socios. La Nayeli podía ver las sombras a través de las cortinas de la ventana a contraluz de los letreros de la calle. Se quedó parada en medio del cuarto, en calzones y camiseta, viendo como la mano buscaba la cadena.

Las muchachas seguían profundamente dormidas. El Tachito estaba roncando. La Nayeli se estiró, sacudió los brazos y levantó las piernas una vez cada una. Torció el cuello y sintió que tronaba. Agarró el spray del Tacho de pimienta y se paró frente a la puerta. La mano del hombre agarró la cadena y comenzó a soltarla.

"Listo".

La Nayeli le cerró la puerta en el brazo de una patada. El hombre gritó. Ella empujó la puerta contra la muñeca tres veces. Él empezó a gritar groceríias. Ella le agarró el meñique y se lo torció hasta que se lo rompió. Se oyó un grito terrible de dolor y de sorpresa. Pero soltó la cadena. La Nayeli abrió un poco la puerta y le echó el spray directamente en los ojos. Le azotó el brazo con la puerta otra vez.

El tipo brincó y aulló y pataleó contra la puerta como si lo estuvieran matando. Sus compañeros se fueron corriendo por las escaleras en estampida. El Tacho estaba ahora por un lado de ella gritándole: "¡Mátalos, a los hijos de la chingada, mátalos a todos!". La Yolo y la Vampi aullaban como sirenas de bomberos. La Nayeli le echó más spray en la cara al hombre y soltó la puerta. El bato se fué de espaldas y empezó a retorcerse. Ella salió del cuarto y le dió una patada.

"Mira, justo en los huevos", dijo el Tacho.

"¡O nos dejas en paz o te capo, cabrón!", le grito la Nayeli.

El hombre se arrastraba hacia las escaleras.

El Tacho le dió una patada en las nalgas.

"¡Pinchi perro!"

Cerraron la puerta y le pusieron otra vez la cadena. Pasaron la aldaba y atrancaron la puerta con la silla debajo de la perilla. Las muchachas veían a la Nayeli con asombro. El Tacho estaba tan excitado que no dejaba de bailar y hablar. La Nayeli se sentó en la cama y empezó a temblar. Estuvo estremeciéndose hasta que llegó la mañana y se fueron otra vez a la calle.

Capítulo doce

———

Y a me quiero ir a mi casa", dijo la Vampi.

"Yo lo único que quería era un novio, una casita, una vida tranquila", dijo la Yolo.

"Yo también", dijo el Tacho.

"Yo quería al misionero Matt", dijo la Yolo

"Yo también", dijo el Tacho.

"Pero la que se lo consiguió fue la Nayeli", dijo la Yolo.

"¡Cabrona!", exclamó el Tacho.

La Nayeli siguió caminando. Era de mañana y Tijuana estaba silenciosa. El sol alumbraba suavemente y había pichones arrullando a su alrededor. Secas palmas sonaban como brisa de mar. ¿Dónde estaban la Sodoma y Gomorra de la noche anterior? Pasaron entre casitas amarillas con cercas caídas. Los perritos les movían la cola y los gatos se les metían entre las piernas. Iban rumbo al norte, hacia el río Tijuana.

Una viejita en un patio regaba sus geranios con una cafetera vieja.

"Buenos días", les dijo.

"Buenos días", respondió la Nayeli.

"Buenos días, señora", dijo el Tacho.

"Qué bonitas flores", dijo la Yolo.

"¡Adiooós!", dijo la Vampi.

Llegaron a una calle grande. Del otro lado había una cerca de metal, oxidada. Estaba alta, sobre una lomita y parecía interminable, pintada de colores brillantes. Se veía una bandera americana, féretros llenos de esqueletos, palabras, poemas y una paloma blanca. Se le quedaron viendo, leyendo las pintas.

"Parece que alguien aquí no quiere a George Bush", dijo el Tacho.

"Tampoco quieren a Calderón", apuntó la Nayeli.

"La nueva revolución va a ser la guerra de los medios", sentenció la Yolo.

Todos voltearon a verla sorprendidos y con ojos cansados.

"¡Óyeme no! No empieces con tu mierda zapatista porque ahorita no ando de humor", la regañó el Tacho.

"¿Quién es Calderón?", preguntó la Vampi.

Pasmados, se le quedaron viendo.

"¿No sabes quién es Calderón, Verónica? ¿Tu presidente?", se asombró la Nayeli.

La Vampi le contestó: "¡Aaaah!, es que no vi las noticias".

Los otros nomás se vieron.

La Vampi se quedó admirando una melancólica calavera que parecía estar llorando cuerpos desnudos por sus órbitas.

"Está hermosa", suspiró.

El Tacho le echó una trompetilla. "¡Ahora tú vas a empezar con tus babosadas! Parece que ando con una bola de pendejas. ¡Ay, sí!, todo el día con chingaderas. Pos ¡ya 'toy harto de tanta mierda! ¿Me oyeron? ¡HARTO! ¡Hasta la chingada! ¡Hasta la madre con esta mierda!"

Las muchachas entendieron que estaba desahogando la frustración por la pinchi racha de mala suerte.

"¡Guau!, ¿y a este qué le picó?", preguntó la Yolo.

"Mira mira a Mister Presumido", dijo la Vampi.

Un carrito de nieve se acercó sonando su campanita al rodar.

"Es muy temprano para comer nieve", dijo la Nayeli.

"Nunca es demasiado temprano para comer nieve, señorita", le dijo el nevero.

El Tacho seguía furibundo, con los brazos cruzados y los picos del cabello todos aplastados.

"Tu novio necesita desayunar".

"Anda de malas".

"Sí, ya veo. Además trae un corte de pelo horroroso, digo, si es que se vale mencionarlo".

La Nayeli decidió que su tropa necesitaba apoyo moral.

"Cuatro paletas, por favor".

El nevero levantó la tapa y el equipo de Tres Camarones agarró cada uno sus sabores favoritos. Hasta el Tacho se agachó y sacó una nieve de fresa y la devoró a grandes mordidas.

"¿Quéseso?", le preguntó la Nayeli al nevero apuntando hacia la cerca con su paleta.

"¿Es broma o qué?"

Ella negó con la cabeza.

"¿Pos *diónde* son ustedes?"

"¡De Jinaloa!"

"¡Aaah, con razón! Pos esa es la famosa barda de la frontera".

Todos voltearon a ver.

El hombre cerró la tapa del carrito y aceptó el dinero de la Nayeli.

"Está fea, ¿erdá?"

Se fueron rumbo al este de la reja. Escogieron esa dirección porque para el otro lado tenían que ir cuesta arriba y andaban cansados. Al oriente estaba más plano.

Ya estaba haciendo calor, el sol calentaba más. La cerca olía a óxido. La Yolo pasaba la mano por el metal. Le quedaron los dedos manchados de anaranjado. Llegaron a la parte de alambre de púas de la cerca.

"Aquí se acaba", dijo Tacho.

Subieron por una inclinada ladera y se encontraron al borde de una boca-toma del canal. Había varios grupos de chamacos sentados viendo para el otro lado. Ya se veían montones de carros haciendo fila para cruzar la línea. Debajo de ellos, el río Tijuana era una angosta tira de agua verdosa. Mogotes de hierbas y escuálidos arbustos crecían en las pequeñas isletas de lodo y depósitos del drenaje. La Nayeli vio un desgarrado par de pantalones de pana y un tenis en el lodo. Se estremeció.

Podían ver un gran *freeeway* americano y, más allá, lomas secas rayadas por innumerables brechas. Había vagones de tren parados sobre la vía allá en la base de la loma y una máquina roja que salía de la línea como trenecito de juguete. En todas las lomas se divisaban carros blancos. Estaban lo suficientemente cerca de los Estados Unidos como para ver las hamburgueserías y las tiendas de descuento.

"La frontera mexicana es la única en el mundo en la que existen ciudades grandes a uno y otro lado de las cercas. ¡Es cierto! Vean un mapa. Todos los países construyen sus grandes ciudades lejos de la frontera, pero aquí no", dijo la Yolo.

"Qué lista eres", le dijo la Vampi.

"San Diego y Tijuana, El Paso y Juárez, ¿qué no? Miren un mapa".

"Saca puros dieces", dijo la Nayeli.

"Pinchi presumida", murmuró el Tacho.

"Por eso es un gran problema. No hay dónde esconderse. El capitalismo tiene que trabajar a la luz en lugar de en las sombras".

"Gracias, Fidel Castro", le dijo el Tacho.

"No estoy mal".

La Nayeli vio una van verde de la Patrulla Fronteriza al otro lado del canal. El de la migra estaba recargado en ella con su uniforme, también verde. La estaba viendo a ella. Le dio un codazo al Tacho y apuntó. El agente la saludó con la mano y ella le respondió el saludo.

"No seas pendeja", le dijo el Tacho.

"Pues sí", terció la Yolo.

Pero la Nayeli no les hizo caso. Le sonrió al gringo.

Él sacó sus binoculares y los fijó en ella. Podía ver sus labios bajo los lentes, estaba sonriendo.

Ella se apuntó a sí misma y luego a los Estados Unidos. Él negó con la cabeza.

Entrelazó las manos frente a sí como si estuviera rezando e hizo como que le rogaba. El gringo se carcajeó tan fuerte que alcanzaron a escuchar sus risotadas.

Negó de nuevo con la cabeza y se subió a la camioneta.

"Quiere contigo", le dijo la Vampi.

"Si seguimos la cerca pa'allá, ¿será que llega hasta el mar?", preguntó el Tacho.

"¿Vamos a ir a la playa?", se alegró la Vampi.

"No seas burra. Pero si llega hasta el mar, a lo mejor podríamos nadar hasta el otro lado e irnos a los Yunaites caminando por la playa".

Los plebes que estaban sentados ahí nomás soltaron la carcajada.

Luego dijeron algo en un extraño caló que les llevó unos momentos descifrar.

"Nel, socio, la frontera 'stá gacha, güey, hasta las playas, güey, órale, pos la onda es que la *wall* esta ¡se avienta al agua, güey! ¿Me entiendes?, ¿yes or no? Tendrías que echarte al agua, bato, ¡nadar!, ¡tas bien loco! ¿Pasar nadando?, ¡pero si la *wall* nunca se acaba!" El que dijo todo eso tenía un montón de tatuajes y usaba sombrero de fieltro. Se levantó y se sacudió la tierra de los pantalones. "¡Ay te wacho, homie!" Se fue camino abajo contoneándose.

"¿Qué carajos dijo el plebe ese?", preguntó el Tacho levantando exageradamente las cejas.

"¡Agarra la onda güey! ¿qué no hablas cholo, bato? ¡La mera neta! Ai espik di cholo. Bien de aquellas, aquellitas. Rifamos, ¿sí o no?" Todo esto salió de la boca de la Vampi para total asombro de los demás.

Tacho hizo un gesto de desesperación.

"Dijo que la pared sigue por el mar y no la puedes cruzar nadando", le explicó la Vampi en su vocabulario normal.

"¡Aaaah, bueno!"

"Ay te wacho".

"Sí, creo".

El Tacho se hizo sombra con la mano sobre los ojos como si estuviera viendo a gran distancia y dio una vuelta completa.

"Así que esta es la frontera. No le hallo el chiste".

Siguieron caminando, perdidos. Nunca habían caminado tanto en su vida.

La Nayeli y la Yolo, estrellas del futbol, también estaban cansadas. Seguían dando vueltas como si fueran a encontrar algún agujero mágico en la cerca. Como si hubiera alguna manera de irse a los Estados Unidos por donde nadie hubiera cruzado antes o que se le hubiera pasado a los de la migra vigilar. Pasaron por el corredor del río Tijuana, un área de hoteles más bonitos, centros comerciales, antros con volcanes que hacían erupción toda la noche en sus pistas de baile. Vieron un cine IMAX que parecía una esfera blanca.

"La estrella de la muerte", anunció la Yolo, la master Jedi.

Finalmente acabaron a la sombra del mercado de fruta de la ciudad. Eran un montón de puestos y tiendas y el aire estaba lleno de los olores a comida, fruta, podrido, diesel, pescado, cebollas y tabaco. Le recordó a la Nayeli los viajes con la tía Irma al mercado de Mazatlán. Vio en los puestos de dulces las mismas abejas volando alrededor, igualmente borrachas de azúcar fermentada.

La Yolo encontró una capillita dedicada a algún santo local. Arrastró al Tacho hasta allá para rezar y prender veladoras.

La Vampi se le pegó a un grupo de misioneros gringos que andaban comprando papas y frijoles para un orfanato. Los siguió, tratando de entablar conversación con uno de los rubios muchachos en su inglés mocho.

Uno de los cargadores que andaban trabajando ahí se paró por un lado de la Nayeli.

"¿Cansada?", le dijo.

Ella le echó una mirada furiosa. Después de lo de la noche anterior no iba a andar hablando con extraños. Él le sonrió y le dio un mango.

"Después mejoran las cosas", sentenció enigmático. Se fue caminando por entre los camiones. La Nayeli vio como se echaba un costal de arroz de 50 kilos al hombro y se iba encorvado. El jugo del mango le chorreó por el cuello, pero no le importó. Se lo comió con los ojos cerrados. Le supo rico, como en Sinaloa.

A los limosneros no les estaba yendo bien. Doña Araceli iba vestida como los mestizos esperaban de ella, con ropas indígenas. Era de raza mixteca, uno de los grupos étnicos que trabajaban en el área de Tijuana. Ella y su esposo Porfirio se habían venido al norte no a cruzar la línea sino a ganar dinero en Tijuana. No sabían que era la ciudad más visitada del mundo. Lo que sí sabían era que había un inmenso flujo de dinero que se podía ganar si se trabajaba duro. Para ellos, el peor insulto que les podían decir era: *Esta gente no quiere trabajar.* El trabajo era todo para ellos, aunque no tuvieran empleo fijo. Su pequeña parcela se perdió en una sequía y tuvieron que vender sus dos vacas flacas, luego al puerquito y por último las gallinas. Les habían dejado la parcela a los padres de Porfirio y se habían venido al norte en trenes de carga a empezar una nueva vida.

Don Porfirio pepenaba la basura en el basurero Fausto González, mientras doña Araceli, vestida de *María,* caminaba por las calles buscando que le dieran algunas monedas. Don Porfirio decía que por lo menos en Tijuana tenían basura, porque en los basureros de su tierra no había nada que valiera la pena. Pero luego la ciudad de Tijuana cerró el basurero Fausto González y empezó a mandar la basura en camiones a Tecate y las 300 familias que pepenaban la basura tuvieron que buscar otra forma de ganarse la vida. Algunas se fueron a Tecate siguiendo la basura. Otras cruzaron a los Estados Unidos. La mayoría se quedó a batallar en donde estaban. Don Porfirio limpiaba parabrisas en las esquinas. Él no pedía limosna. Eso era para las mujeres, los niños y los inválidos. Aunque sólo ganara $2 diarios de franelero, sorbiendo gases de los mofles de los carros, por lo menos era chamba.

Don Porfirio y doña Araceli iban de regreso a casa, en el dompe. Se encontraron en el mercado y contaron su dinero. No era mucho. Cuatro dólares americanos. Compraron algo de queso, pan dulce viejo y tres papas. Pusieron aparte lo del camión. Los misioneros bautistas les habían ayudado a construir su casita con viejas puertas de cochera contrabandeadas de San Diego.

Doña Araceli fue la primera que se fijó en el grupo de chorreados que estaban sentados en un costal de arroz vacío doblado en el suelo. Se veían tan cansados, tan exhaustos, que nadie les gritaba que se quitaran del paso y los camiones les sacaban la vuelta. Se los enseñó a don Porfirio y éste se rió. No era muy seguido que se veían mestizos como estos, apachurrados, derrotados.

"'Tán pior que nosotros, vieja".

A ella le gustaba que la llamara vieja y ella a su vez lo llamaba gordo, aunque de gordo no tenía nada. Le hubiera gustado estar gordo, bueno fuera, pero nada de eso. Decía que cuando se muriera le gustaría pesar 150 kilos, para que se necesitaran diez cabrones para cargar la caja.

Se encaminaron hacia el grupo de la Nayeli.

"¿Están bien?", les preguntó Araceli.

Levantaron la vista.

"Indios", dijo el Tacho.

"Sí", respondió Porfirio.

"Tenemos algunos problemas, pero creo que los puedo resolver", le contestó la Nayeli.

Don Porfirio echó un vistazo a su alrededor, se pasó la mano por la cara y le preguntó: "¿Cómo?".

Los cuatro amigos se vieron entre sí y levantaron los hombros.

"Yo me quiero ir a mi casa", dijo la Vampi.

Él asintió.

"¿Andan lejos de su casa?", preguntó Araceli.

La Vampi asintió.

"¿Y van pa'l otro lado?"

La Vampi asintió de nuevo.

"¿Ustedes también van?", preguntó la Yolo.

Porfirio soltó una carcajada.

"¿Yooo?, ¿para alláaa?"

"No, eso no es para nosotros", les dijo Araceli.

"Perdimos los velices". La Nayeli no sabía por qué les contaba eso a unos extraños, pero parecían amables. Y estaba cansada. Y también quería irse pa' su casa.

Porfirio y Araceli hablaron suavemente en su lengua. Era un sonido melódico, lleno de vocales. Sus manos se movían lentamente en el aire mientras hablaban.

"Ya se va a hacer de nochi", dijo Araceli.

"Sí", dijo Porfirio.

"No pueden quedarse aquí en la nochi", dijo Araceli.

"De plano no", asintió Porfirio.

"Nosotros nos vamos'ir pa' la casa, bueno, a la casa de esta noche", les dijo Porfirio.

"Vale más que se vengan con nosotros", les dijo Araceli.

"Pues sí, ¿por qué no?", dijo Porfirio.

"Es medio humilde", dijo Araceli.

"Sí, sí es", asintió Porfirio.

"Pero Dios ha sido bueno con nosotros".

"Amén".

La Nayeli los miró a la cara. Porfirio tenía los dientes amarillentos. Araceli llevaba una brillante camisa roja con amarillo; les extendió la mano.

"Vengan, pasen la noche con nosotros".

La Nayeli se dejó llevar. No sabía si confiar en ellos, pero tampoco sabía qué hacer y no se le ocurrían alternativas. En cuanto ella se paró, los otros se incorporaron lentamente. Se quedaron viendo al piso.

"Me gusta tu cabello", le dijo don Porfirio al Tacho.

Se subieron al viejo autobús pintado en dos tonos, azul y blanco. El chofer había colgado varias cosas del techo. Había pegado una hilera de borlas a lo ancho del vidrio delantero y de ellas pendían santos y calaveras. La Nayeli insistió en pagar por Araceli y Porfirio. Dejaron que la señora se sentara en el único asiento disponible y los demás se fueron parados mientras el autobús atravesaba el centro en dirección a Ensenada. Araceli llevaba su morral en el regazo. Pasaron por corros de tierra y la Nayeli pudo ver arroyos que corrían en medio de casuchas de papel y desperdicios que había en todas las hondonadas. Pasaron por una base militar y el autobús agarró por el periférico. Avanzaron como 3 kilómetros hasta que llegaron a un enorme mercado de pulgas al lado izquierdo del camino. Los letreros decían: SEGUNDA. El autobús bajó por una rampa y dio una vuelta cerrada a la izquierda en unas bodegas abandonadas, se metió por un túnel lleno de propaganda política debajo del periférico. PRI, PAN, PRD. Luego se fue cuesta arriba por una calle de tierra y piedras.

Al llegar al tope, don Porfirio dijo: "Aquí es".

El camión se paró y se bajaron a una loma de tierra llena de vidrios y tapaderas de lata. Cinco perros se les acercaron y les brincaron alrededor. Arriba estaban unos papalotes atorados en los cables del teléfono. Hacia abajo se apretaban en el arroyo llantas de carro, carros oxidados y más casuchas. Se oían niños gritando y jugando.

"Por acá", los dirigió Porfirio, caminando por la calle de tierra hacia arriba de una loma.

Estaban tan cansados que nada les preocupaba ni les daba miedo, así que lo siguieron sin titubear. Araceli caminaba al lado de la Nayeli, palmeándole suavemente la espalda. "Vamos a freír unas papas", le dijo.

A la Nayeli le dio un olorcito a humo y una peste a ácido, fea. Vio gaviotas volando en círculo por encima de ellos. Había tantas que parecían como niebla, como blancas nubes arrastradas por un ciclón.

Llegaron a lo alto de la loma y la Nayeli chocó con las muchachas que se detuvieron repentinamente. Se quedaron paradas con la mirada fija en frente. La Nayeli se asomó por un lado de la Yolo y abrió la boca, pero no dijo nada.

El Tacho volteó a verla y por primera vez lo notó verdaderamente asombrado.

"La casa", dijo Porfirio.

Ante ellos, un apestoso volcán de basura se alzaba como a cincuenta metros de altura, ó más. Se veía gris, cenizo y negro y tapizado de papelitos blancos como pequeños copos de nieve. Las gaviotas revoloteaban y soltaban chillidos, los perros callejeros subían y bajaban las laderas. La negra montaña estaba abandonada. Un camino la cruzaba y se podían ver tractores color naranja echando tierra sobre la basura. El cielo se veía gris, muy nublado. De vez en cuando salía humo y se elevaba, delgado y azul en el viento. A la Nayeli le dio frío.

"De allá arriba se puede ver Estados Unidos", les dijo Porfirio.

Capítulo trece

Al pie de la loma estaban unos hombres oscuros sinquechados alrededor de pequeñas fogatas. Estaban quemando cables, a los amigos les llegó la peste del humo. Los hombres quemaban la cubierta de plástico de los cables y vendían a los recicladores los alambres de cobre así descubiertos. La Nayeli vio como atizaban el fuego con palos, encorvados, cavernícolas en tierra estéril. El cielo se abrió por un momento y un débil rayo del ocaso se posó sobre la escena, como el ojo enfermo de algún dios olvidadizo del que emanaba luz fría en lugar de calor.

Una ola de aire llegaba del mar. Se sorprendieron al ver el Océano Pacífico a su derecha. El sol cobrizo caía sobre el agua. El viento había abierto las nubes y por la endidura bajaban cascadas de luminosidad. Enormes barcos petroleros se mecían entre los reflejos y más allá, en el horizonte, se podían ver unas islas. Se veían cálidas.

"¿Es Hawaii?", preguntó la Vampi, pero todos le dijeron que no fuera mensa.

La brisa del mar levantaba blancas bolsas de plástico que se arrastraban como fantasmas de los lados del basurero. El espectáculo era bello, a su manera. Las bolsas flotaban silenciosamente en oleadas, cayendo y levantándose y yéndose también, cual blancos globos llenos de aire. Rodaban por las laderas y se posaban suavemente sobre el suelo, en un arco seco y vacío, pleno de agujeros en la tierra ceniza. Enfrente de ellos se extendía un crudo cementerio. Cuesta arriba, hacia el este, esperaba paciente un crematorio rodeado por una barda. La chimenea no estaba echando humo y la puerta estaba abierta, pero la reja de la entrada estaba sellada con un enorme candado. Más allá de ellos, a los pies del volcán, había tumbas. Algunas eran sólo losas de cemento, otras eran montoncitos de basura y piedras. La Nayeli vio muchas cruces hechas a mano, de madera azul, roja, blanca. Una pala mecánica dolorosamente oxidada descansaba en la orilla del inmenso osario. Sus enormes fauces estaban abiertas y congeladas en el aire, llenas de lodo viejo. Parecía un enorme alacrán ahí olvidado. Enfrente de la pala, siete agujeros gigantescos.

Hacia el oeste, contra un fondo de mar e islas, yacía una lomita cubierta con cien tumbas pequeñas. Cunas y corralitos hacían guardia en esos breves rectángulos. Algunas estaban pintadas. Entre ellas crecían libremente arbustos de mostaza y diente de león.

"Los angelitos", murmuró el Tacho.

Y tenía razón. Mientras bajaban por un lado, siguiendo a doña Araceli, vieron que había nombres pintados en los mueblecitos. Viejos frascos de vidrio con flores de papel. Una muñeca sentada en una de las cunas, todo lleno de lodo y desbaratándose sobre las cenizas. Enormes llantas de camión descansaban inmóviles al pie de la loma de los niños. Tumbas desbaratadas revueltas en el lodo, cruces cayéndose. Un fuerte hedor de heces se levantaba en medio de las llantas.

A un lado de ese triste lugar abundaban las chozas. Porfirio estaba parado en la puerta de una pintada de azul ondeando el brazo, llamándolos.

"¡Bienvenidos!"

Los cuatro amigos se tomaron de las manos y terminaron de bajar juntos.

¡Qué buena es la vida!", gritó don Porfirio.

El Tacho había bajado al abarrote del barrio a comprar unos huevos y había cometido el error de volver con una botella de ron como regalo para sus anfitriones. Porfirio se empinaba el ron en un frasco de mantequilla de cacahuate y bailaba, levantando el polvo del piso de la casita. Las muchachas se sentaron en una viejísima litera rescatada del basurero que se encontraba arrumbada en una esquina. Al otro lado del casi vacío cuarto estaba la cama desvencijada que compartían Porfirio y Araceli.

La choza olía a humo y a manteca rancia. El Tacho estaba sentado en una silla de madera mientras Porfirio bailaba. La Nayeli se preguntaba si era una danza mixteca o nomás un revoltijo alcohólico. No sabía.

Araceli tenía una estufa a medio camino entre las literas y su cama. Bueno, era nomás el armazón de la estufa y ella estaba llenando el hueco del horno con papeles y pedacitos de madera. Les prendió fuego y empezó a salir lumbre por las hornillas. Le agregó unos cuantos pedazos de madera y cerró la puerta del horno. Puso una sartén en la hornilla y los amigos se asombraron cuando levantó un pedazo de madera que estaba pegado con bisagras a la pared, lo que abrió una ventanita para que se saliera el humo. La mantuvo abierta amarrándola con un mecatito a un gancho clavado en la pared.

"Yo inventé eso, ¡soy un genio!", dijo Porfirio.

"¡Bravo!", dijo el Tacho al tiempo que tomaba un sorbito de ron en un vaso de plástico.

Las muchachas nomás mirando. Estaban impactadas por la

suciedad. Le tenían asco al basurero y al polvo. La Yolo se imaginaba que una marejada de piojos se avorazaba hacia ella. Le daba comezón en la cabeza nomás de pensar. Empezó a rascarse, segura de que las pequeñas criaturas de múltiples patas le estaban picando y depositando enfermedades en su cuero cabelludo.

Doña Araceli rebanó las papas con un enorme cuchillo. Chirriaron en la manteca derretida. A la Nayeli le empezó a hacer ruidos el estómago en cuanto le llegó el olor. La Vampi pujó. Araceli picó diestramente una cebolla y se la echó a las papas. Las revolvió con el cuchillo. Cuando estuvieron listas las puso en un plato desportillado e inmediatamente frió, en la manteca restante, los seis huevos que había traído el Tacho. Las muchachas sintieron que jamás habían olido algo más sabroso.

Porfirio dejó de bailar, se trajo una mesita que estaba en el patio y puso unos platos sobre ella.

"Seis platos. Es una fiesta, Dios es grande y maravilloso, ¿verdad vieja?"

"Dios es grande", le respondió ella, poniendo un poco de comida en cada plato.

Porfirio sacó una lata de jalapeños.

"Misioneros, Dios ama el chile", exclamó.

Le dió un tenedor a cada uno.

"Vamos a rezar".

Se pararon todos alrededor de la mesa y se tomaron de las manos. Porfirio se inclinaba peligrosamente hacia un lado. A la Nayeli se le puso que se iba a caer. Pero sólo sonrió y dijo: "Gracias a Dios". Se le derramaron dos lágrimas.

"Amén".

El Tacho se sentó, pero luego se dió cuenta de que nadie más tenía silla y se levantó. Comieron parados. Cuando terminaron, limpiaron los platos con pedazos de pan dulce. Porfirió se la pasó riéndose y agarrándole el pelo al Tacho.

"Quiero que me peines como tú", le decía a cada rato.

Todos se rieron.

Al rato salió un puerquito, seguido de un patito. Porfirio les dio pedacitos de su pan y se rió de nueva cuenta cuando los animalitos se metieron debajo de su cama a pasar la noche.

El excusado estaba inmundo y nadie quería usarlo.

Las literas eran muy angostas e incómodas. El Tacho se ofreció muy amablemente a dormir al pie de la cama sobre una cobija doblada. La Nayeli se apenó de verlo acostado en el piso de tierra, pero estaba tan cansado que se quedó dormido rápidamente. Empezó a roncar; Porfirio y Araceli también roncaban a pierna suelta. Habían colgado una cobija en medio del cuarto para dar alguna privacidad a los amigos. Todos durmieron vestidos.

La Yolo se agandalló la litera de arriba y se negó a compartirla, así que la Vampi se acomodó con la Nayeli, gimiendo y mascullando dormida, encajándole el pie en la espalda o abrazándola. Con razón Yolo no quería que durmiera con ella.

Al amanecer, la Nayeli se levantó, se puso los zapatos y salió de la choza.

El basurero estaba tranquilo. La luz era del color del mar de invierno y se veía una ligera capa de humo sobre el lugar. Las gallinas cacareaban suavemente a su alrededor. Se oía gente roncando en las casuchas cercanas. De repente, un gallo soltó su canto mañanero. Los puercos gruñeron en respuesta. El patio era un pequeño parche de tierra gris. Doña Araceli había sembrado rosas. La Nayeli se sorprendió al verlas. La cerca estaba hecha de viejas camas de oxidados resortes amarradas una a otra. El cochito de la casa de enseguida asomó el hocico por un hueco, tratando de oler a la Nayeli. Los rosales floreaban a todo lo largo de la cerca. Había de color rosa, amarillo y rojo.

Se salió al callejón. Un perro al que se le estaba cayendo el pelo la vio y le movió la cola. Ella le hizo una seña de que se fuera, pero el perro se le acercó y le puso la cabeza en una pierna. Se alejó del perro y siguió por el callejón hasta la orilla del panteón. Vio que salía humo de una de las tumbas. Las cruces y los muebles pintados se veían tristes en la luz mañanera, como dibujados al carboncillo.

En algún lugar había un radio prendido y reconoció la melodía. Dave Matthews. Siempre le había gustado esa rola, esa en la que le pide a la mujer que choque con él, pero ahora le parecía la canción más triste y solitaria que jamás hubiera escuchado.

El lugar la perturbaba. Era horrible. Trágico. Y aún así... como que la conmovía. La tristeza que sentía era profunda. Todo aquello era de alguna manera estremecedor. La tristeza del horrible basurero abandonado y las tumbas y las solitarias chozas la hacían sentir algo en lo más profundo de su ser, algo que no podía definir. Estaba tan inquieta y triste que esto le daba un extraño consuelo, como si algo que sospechara de la vida le hubiese sido confirmado y la melancolía que sentía en las noches estuviera reflejada en este triste suelo.

Se encaminó hacia las tumbas. Quería tocarlas. Quería leer los nombres pintados en las cruces. Sonrió para sí. Estaba actuando como la Vampi: Nayeli la gótica. No vio a nadie mientras andaba por entre las tumbas. Cortó algunas florecillas azules de por ahí y las puso en los montículos. Quitó la basura de la losa de cemento de Uvaldo Borrego. Enderezó la cruz de María Zepeda y la afianzó con piedras.

Se quedó parada entre las tumbas y volteó a ver las casuchas y chocillas de la gente de ahí. Si entrecerraba los ojos, casi parecía un paisaje rústico, un pueblito pintado de colores primarios. Pensó que si el Tacho había encontrado un abarrote a lo mejor había un teléfono. Se sabía de memoria el número de Irma. Y tenía la tarjeta de Matt. ¿Debía llamarlo?

Oyó una voz detrás de ella.

"¡Pssst!"

Volteó.

Era un joven espantoso parado en un montón de basura.

Le dio la espalda.

"¡Oye morra!"

Se alejó y se paró ante otra tumba.

Ya estaba hasta la coronilla de plebes maleducados.

"¿Qué no me oyes?, a tí te estoy hablando".

"Sí te oigo, pero no te hago caso".

El muchacho se le quedó viendo.

"Tú te lo pierdes, chula".

Capítulo catorce

Ahí estaba, recorriendo su reino con la mirada, el guerrero Atómiko, el rey de la loma. El más maloso de los pepenadores. El maestro del *dompe*, conocido por todos, temido por muchos. Llevaba unos pantalones flojos sujetos a su esbelta cintura con un cinto viejo y una camiseta de resaque. Se veían todos sus tatuajes. Zapata en su bíceps derecho, el signo de yin-yang en su hombro izquierdo. Desde que vio la película *Yojimbo* en el canal público de televisión de San Diego, cuando pertenecía al séptimo batallón del ejército mexicano allá por el periférico, supo que él era un guerrero. Había formado un club de judo en el cuartel. Se había declarado samurái. Y éso es lo que era.

Traía la cabeza rapada y la frente cubierta con un pañuelo apache rojo amarrado detrás de las orejas. Su bigote se arrastraba por las comisuras de la boca y sus patillas se iban espesando al bajar por su rostro, ocultando las marcas de viruela de sus mejillas. En su torso, un fajo ajustado, hecho con tela de cortinas del basurero. Y por un lado, su largo sable de samurái. Bueno, era un palo, pero en sus manos era noble y poderoso.

Todo buen pepenador llevaba siempre un palo. La mayoría eran palos de escoba con uno o dos clavos en la punta. Había que tener algo con qué remover la basura y buscar lo bueno; tenías que tener un arma para matar a las ratas y espantar a los perros. Para la mayoría de ellos, cualquier palo servía, pero no para Atómiko. Él era *Ronin*, su palo era su orgullo y su arma. Una extensión de sí mismo. Y ahí lo llevaba, a su lado aquel amanecer. Bien agarrado en su mano derecha, como punto de apoyo en el que se recargaba como guerrero masai (programa especial de National Geographic, canal 12 de Tijuana), con el pie izquierdo descansando en su rodilla derecha.

Era su segundo cayado. El primero se había desbaratado cuando un tractor le pasó por encima. Este era de bambú, casi dos metros de largo y tan grueso como su muñeca. Le había llevado años encontrarlo. Era duro, pero se doblaba un poco. Había encontrado tiras de mastique en el basurón y lo había rellenado con eso, dejando que se endureciera. Pero eso no era todo. En uno de los extremos le había insertado una manija de cambios Hurst y cuando el mastique se secó le había enredado cuidadosamente alambres de cobre de diferentes grosores para afianzar la manija alrededor del bambú. En el otro extremo del palo, justo antes de que lo último del mastique se secara le había echado canicas y baleros y lo había acabado de arreglar tapándolo con una lata amartillada que pegó con cola loca y le enredó más alambre de cobre en formas muy elaboradas. En medio le había enredado cinta aislante. Todo ello encontrado en la inacabable fuente de botín que era el basurero. Era algo muy bello su cayado. Un poco pesado para el trabajo en el basurón, pero letal como arma. Nadie se metía con Atómiko y menos cuando llevaba su arma.

Vio a la morenita misteriosa y se rascó los bigotes.

"¡Pégame, chiquilla, quiero que me hieras!"

Ella soltó un rezongo y se alejó de él.

Atómiko se le quedó viendo. Era chaparrita, como a él le gustaban. Podía ver las musculosas piernas. Y sonreía hasta cuando fruncía el ceño. Eso lo mataba, lo enloquecía. Bajó el pie izquierdo, le dio un giro completo al palo y se lo acomodó en la parte de atrás del fajo. Se puso las manos en la cadera y gritó.

"¡Yo soy Atómiko!"

Se bajó de su lomita y se fue caminando al lado de la Nayeli.

"¿Y tú quién eres?"

"¿Y a ti qué te importa?"

"¡Aaah!, con que groserita ¿eeh?"

Ella se alejó a tres filas de él.

"¡Lárgate!"

"No me largo".

"Estoy ocupada".

"Estoy para servirte".

"¡Aaay, por favooor!" Ni que fuera la primera vez que oía algo así.

Atómiko era el tipo de hombre dado a las visiones y las premoniciones. Desde que habían cerrado el basurón se había venido preguntando qué era lo que Buddha le tenía preparado. ¿Debería seguir la basura hasta Tecate? ¡Nooo!, ni que fuera ranchero, ¡él era perro de ciudad! Tal vez debería pepenar la basura vieja, como los que andaban ahora por los extremos de la enorme pila. Pero los vigilantes que los dueños habían contratado les pegaban a los pepenadores que encontraban por ahí. Atómiko ya se había involucrado en muchas peleas defendiendo a los campesinos de los vigilantes. Además, meterse en esos agujeros apestosos no era para él. Lo que él necesitaba era una misión.

"No eres de por aquí, ¿verdad?"

"No".

"¿Enton's diónde?"

"Qué maleducado eres".

"También soy feo, ¿y?" Se rascó los bigotes.

"Soy... somos de Sinaloa".

"¿Somos?"

"Los demás están dormidos, pero si grito me oyen, así que no intentes nada".

"¡Yo soy Atómiko, esaaa! No intento nada".

A ella le hizo gracia.

"Venimos de un lugar que está amenazado".

"¿Qué clase de amenaza?"

"Narcos. Bandidos".

Sonaba dramático pero simple. La Nayeli se sonrojó.

"Así que vinimos a buscar soldados", continuó.

Él se irguió y sonrió. Se pegó en el pecho.

"¡Yo soy sargento del ejército mexicano!, bueno, hasta que deserté".

"¡Oye qué bien! De modo que eres desertor", le dijo con sorna. Meneó la cabeza y de nuevo se alejó de él.

"Soy un gran guerrero".

"Úchale, mejor ya vete".

La gente en el basurero no tenía dinero para cocaína o yerba o pastillas. Pero les encantaba tronárselas. Los jóvenes perdidos fumaban cristal barato cuando lo conseguían. Estos pobres zombies de hielo estaban tan fregados por tanto veneno químico que ni siquiera tenían chozas. Vivían debajo de láminas recargadas en las tumbas del panteón. Era la maldición del basurero, era algo tan impactante que los pepenadores de respeto los rechazaban totalmente. Estos terribles *motorolos* se robaban todo, hasta las latas de jugo de naranja y los juguetes rotos que los demás sacaban del cerro de basura. Nunca llegaban hasta arriba, así que nunca habían visto el panorama desde allá. Además estaban demasiado flacos y débiles como para pelear con los vigilantes. Se quedaban por entre las tumbas o con los quemadores de alambre y salían a las calles a asaltar en la oscuridad a mujeres que regresaban del trabajo rumbo a sus casas.

Dos de esos zombies de hielo observaban a la Nayeli mientras ésta trataba de alejarse de Atómiko. Algo serio le había dicho, pues él movió la mano enojado y le dio la espalda. Y ahora ella iba bajando hacia las llantas y el lodo del plan.

Pensaron que la podían asaltar rápido, antes de que pudiera gritar. Se veía bien y parecía que por lo menos llevaba reloj. La metadona les ponía locos por el sexo cuando andaban fumados, pero ahora ya se les iba pasando el efecto, les dolían los dientes, traían el estómago revuelto y todo lo que querían era dinero para fumar más. Podían robarle los zapatos.

Los zombies la atacaron al mismo tiempo, uno enfrente y el otro por atrás, harapientos y apestosos. Extendieron los brazos para impedirle el escape. Ella vio hacia uno y hacia el otro y plantó los pies en la tierra. Hizo una finta a la derecha, pero el que estaba enfrente sonrió y la bloqueó. Tenía los dientes negros.

Queriendo impresionarla, le dijo: "¿Que tal si me das un besito?".

El cayado de Atómiko hizo un ligero silbido al bajar. El sonido que hizo al conectar con la cabeza del zombie fue verdaderamente impactante y la Nayeli se hizo para atrás. El adicto cayó como costal de papas.

De un brinco Atómiko se puso detrás de la Nayeli y movió el palo lentamente de una mano a la otra. El otro se le quedó mirando como hipnotizado. Atómiko se movía lentamente en círculo y el zombie trató de retroceder.

"¡Nooo, hijo, de Atómiko no te escapas!"

La Nayeli empezaba a darse cuenta de que este morro tenía que anunciar su idiota nombre a la menor excusa.

Atómiko agarró el cayado con las dos manos y lanzó tres embates, columpiando salvajemente el bambú con cada paso que daba al frente. El adicto, vapuleado, volteado y vencido en tres segundos no supo ni lo que le pasó. Le rompieron los dos hombros y lo descalabraron por un lado. Tirado en el suelo, vio dobles y triples a las gaviotas antes de desmayarse.

Atómiko se dio la vuelta para quedar triunfante frente a la Nayeli, le dio un giro al palo y se lo puso bajo el brazo, extendido hacia el frente. Dio un vistazo alrededor y sonrió, "enfundó" el arma atrás del fajo.

"Me llamo Atómiko".

"Mucho gusto", le respondió la Nayeli.

Me cae bien el maricón", dijo Atómiko.

"Menos mal", reviró el Tacho.

Atómiko le palmeó el hombro. En su opinión ya eran grandes amigos. El Tacho lo miró largamente.

"¡Auch!"

Estaban sentados afuera, en unos bancos que don Porfirio había hecho con unos pedazos de madera y clavos. El Tacho le estaba poniendo gel en el pelo a don Porfirio y construyéndole unos picos. Porfirio, crudo de la noche anterior, se la curaba con más ron bebido directamente de su frasco, sólo que lo había mezclado con leche y azúcar. El Tacho le puso a la vista el espejo y don Porfirio se rió de su peinado.

"No hacía falta que te metieras", dijo la Nayeli.

Atómiko sonrió burlonamente.

"Cumplí con mi deber defendiéndote".

Ella meneó la cabeza. Él la había seguido por los callejones de la pequeña colonia de trabajadores. Se había hecho a un lado mientras ella llamaba a la tía Irma, por cobrar, desde un destartalado teléfono que casi se caía de la caseta que estaba afuera de un pequeño abarrote apestoso a chicharrón frito y carne seca. Mientras llamaba el teléfono, Atómiko miraba fieramente a los transeúntes, con el amenazador palo en las manos.

El teléfono llamó y llamó. Aparentemente la tía Irma andaba fuera, cuidando el pueblo o tal vez en el mostrador de La Mano Caída.

La Nayeli se imaginaba cómo el sonido del teléfono recorría la casa vacía. Lo había oído cientos de veces meterse por los rincones. Podía ver la mesa, las sillas, las paredes amarillas, el viejo refrigerador. Sintió que se mareaba. Podía oler la casa de Irma. Podía ver el guajolote loco contonearse en el patio, amenazando hinchado el teléfono, agitando las plumas y haciendo ruiditos con la garganta.

"Señorita, el teléfono no contesta".

"Déjelo que suene".

Tres veces más.

"¿Señorita?"

"Espere un poco más, por favor".

Cinco veces más.

La operadora colgó.

A la Nayeli se le salieron las lágrimas.

"No estés triste, aquí estoy yo", le dijo solícito Atómiko.

Capítulo quince

La Vampi le ayudaba a doña Araceli a regar las rosas. La Yolo estaba sentada con don Porfirio. Probó un poco del coctel de ron con leche y le gustó. La Nayeli intentaba ignorar a Atómiko mientras el Tacho le contaba la historia de su viaje. En ciertos puntos, el intensamente irritante Guerrero del basurón se tronaba los dedos y soltaba alguna frase como "¡Órale!", "¡Chido!" o "¡No chingues, güey!". Al final interrumpió al Tacho para preguntarle: "A ver: ¿van a pasar de ilegales a reclutar batos para llevárselos al pueblo?".

"Correcto".

"Quieren reclutar hombres".

"Siete hombres".

"Y los van a pasar de allá para acá".

"Sí".

"De vuelta para México".

"Exactamente".

"Pero ustedes tienen que cruzar de ilegales".

"Sí".

"Porque no sé si sepas que es... es ilegal cruzar ilegales".

"Sí lo sé".

"Aunque vayan rumbo al sur".

"Sí".

"¡Jíjoles!, ¡me encanta esa historia!"

Era justo lo que andaba buscando: una misión. Le dijo ¡dame cinco! a la Yolo, que seguía sorbiendo ron con leche y sentía que amaba a todo el mundo. Él estaba pensando *¡Ronin!*

La Yolo se estaba impacientando. "No sé por qué no reclutas siete gentes de por aquí y nos regresamos de una buena vez a la casa".

"¡Reclútenme a mí, yo también quiero ir!", gritó don Porfirio. La Yolo y él seguían inflando del frasco.

"¡Vamos a llevarnos al Atómiko!", sugirió la Vampi.

"¡Ah no!, yo quiero ir a Hollywood y no me regreso sin antes ir, eso es todo", les dijo el Tacho muy serio.

"Tenemos una misión", les recordó la Nayeli.

Atómiko se sobaba la panza cual Buda y sonreía a esos pobres, ignorantes batos.

"Consíguete siete de estos morros de aquí", aconsejó la Yolo. "Los subimos al autobús y nos vamos pa' la casa".

"Sin mayores problemas", dijo la Vampi.

"Sin migra".

"Sin línea".

"Y sin gastar, nos regresamos y les devolvemos su dinero", acotó la Yolo.

Porfirio la saludó con el frasco y se echó un buen trago.

Doña Araceli se apareció, le quitó el frasco de las manos y se fue.

"¡Eeey!", protestó él, pero ella ya había desaparecido.

Atómiko se aclaró la garganta.

"No".

"¿No qué?" dijeron todos.

Movió la cabeza, negando.

"Así no se puede".

"¿Cómo que así no?, ¿hacer qué?", preguntó la Nayeli.

"Ya sé pa' dónde va, déjenlo que hable", terció el Tacho.

"No pueden reclutar batos del dompe. No es a eso a lo que vinieron. Tienen que completar la misión. Hasta el norte. Además, estos guerreros valen una chingada".

"¿Qué crees que es esto, un cuento de hadas y tú eres el Rey Arturo, o qué?" dijo la Yolo.

Atómiko le sonrió benevólamente.

"Yo soy Atómiko", le recordó.

"¡Ay sí!, como si no te hubiéramos oído ya todas las veces anteriores".

"Miren, estos hombres de aquí vinieron de donde mismo que ustedes, del sur. Y aquí se atoraron. Lo que necesitan son hombres que hayan cruzado la frontera. Los guerreros que han superado la prueba. Hombres merecedores del honor".

Las chavas nunca habían oído tales cosas más que en las películas y empezaban a emocionarse.

"Los que estamos aquí tenemos nuestras vidas. Algunos fallaron en el cruce, otros solamente quisieron pepenar la basura. Otros, como yo, nacimos aquí. Pero este es nuestro hogar. Tenemos casas y familias. ¿Qué no, Porfirio?"

"¡Claro que sí!", gritó Porfirio.

Atómiko apuntó con su garrote hacia el norte.

"Allá los están esperando sus guerreros".

Todos lo veían, pasmados, fascinados.

"Deben cruzar la línea pa' encontrarlos y traerlos".

La Yolo negó con la cabeza, aburrida.

El Tacho miró a la Nayeli y asintió.

"Tenemos que ir. Además, allá hay hombres que extrañan a México".

La Nayeli los miró detenidamente, uno por uno.

"Aún así..." empezó Atómiko.

Pegaba en el suelo con su garrote.

"Necesitan un hombre como yo para completar su misión".

"A tí te corren de Tres Camarones a patadas", le dijo la Nayeli.

"¡A mí no me importa tu pueblucho! ¡Yo vivo en la frontera esaa!, aquí es donde pasa todo. ¿Cuándo te dije que quería irme pa' allá? Lo que quise decir es que necesitan un hombre como yo para poder completar la misión".

La Nayeli sonrió burlonamente.

"Yo los puedo cruzar", dijo Atómiko.

"¿Túuuu?, no me hagas reír que traigo los labios partidos".

Se irguió tanto como pudo, se apretó el fajo y arruinó la pose rascándose los bigotes.

"Claro que sí".

"¿Alguna vez has cruzado?", le preguntó la Nayeli.

"¿Como para qué?"

"Claro, como vives tan bien aquí...".

Atómiko se volvió a ver al Tacho y le preguntó: "¿Mi vida? ¿Qué tiene de malo mi vida?".

"Nada", dijo el Tacho. Le echó una de sus miradas a la Nayeli, levantando la ceja y haciendo un gesto con la mandíbula. Lo que le decía sin palabras era: *Mija, te estás viendo grosera.*

"De hecho, pinchi Nayeli, yo iba al otro lado todo el tiempo. Mis soldados y yo brincábamos la cerca y comprábamos malteadas en el McDonalds". Escupió.

"¿Soldados ilegales?", dijo la Nayeli.

Él se encogió de hombros.

"Hasta que nos pescaron", masculló.

Plantó su cayado en el suelo. Lucía implacable, y según él formidable.

"Bueno, ¿quieren ir o no?"

La Nayeli cruzó los brazos.

"Yo sí quiero ir", dijo el Tacho.

"¡Órale pues!, los batos vamos. ¿Y ustedes, morras?, ¿tienen huevos o qué?"

La Yolo dijo: "¿De dónde salió este pinchi bicho?".

"Yo quiero ir por mi papá", dijo la Nayeli.

"¿Lo ves? ¡Vámonos!"

Atómiko se salió del pequeño patio de la casa de don Porfirio. Echó una mirada a lo grueso de las casitas. Se puso dos dedos en la boca y chifló más fuerte que nadie de los que conocían. La Nayeli se quedó con la boca abierta, impresionada. Chiflaba las cinco notas rítmicas que se identifican como "chinga tu madre". Ninguno de los caballeros de Tres Camarones se atrevería a chiflar así delante de tres jóvenes damas.

Antes de que pudiera hacer algún comentario, un carro viejísimo, un Oldsmobile "88" salió de un callejón y lentamente pasó por las piedras y vidrios rotos. No tenía mofle y hacía una serie de ruidos, regando cortinas de humo azul al pasar. Se paró y parecía como que se inclinaba un poco a la izquierda. Un chofer más feo que el Atómiko se bajó. Traía el cabello aplastado hacia atrás, untado de grasa, y un bigote que parecía robado a un padrote del centro.

"¿A poco estaba nomás ahí sentado, esperando que lo llamaras?", le preguntó la Nayeli.

"Yo tengo superpoderes, puedo llamar al sol y a las estrellas".

"¡Eres puro jarabe qué!"

El nuevo cholo tronó los dedos y apuntó a la Nayeli. En un pésimo inglés le dijo: "Yu, "¡chou mi yur peipers!".

Atómiko y él chocaron las manos apuñadas y se rieron.

El cholo se volteó a ver al Tacho.

"¿Tienes papeles? ¿Yu wetbac?"

De nuevo resonaron las risotadas de esos idiotas groseros.

La Nayeli se apartó.

"Loca, te hago falta, me necesitas", le dijo el del carro.

"Tanto como me hace falta enfermarme de cáncer".

"¡Aay, es dura la esaa, broder!", dijo poniéndose la mano en el corazón y trastabillando hacia atrás.

Los dos chocaron las palmas.

"Está maciza la morra, es muy violenta mi prietita", anunció el Atómiko.

La Nayeli no podía creer que Atómiko pudiera estar diciendo tantas pendejadas. Volteó a ver al Tacho con la boca abierta.

"Yo los llevo, no hay problema", les dijo el cholo.

"Lo dudo", tronó la Nayeli.

El Tacho, embajador de buena voluntad de Tres Camarones, intervino.

"¿Cómo? ¿Y qué tenemos que hacer?"

El cholo volteó a verlo.

"¿Y este qué?"

"Es buena onda", le dijo Atómiko.

"Yo los llevo a la Colonia Libertad, ¿saben dónde queda?"

El Tacho negó con la cabeza. La Nayeli pensó en el número telefónico de Chavarín que no existía. La Yolo y la Vampi veían al suelo con desesperación.

"No les voy a echar mentiras, la cosa no es fácil, pero los pongo en contacto con un buen coyote y se van por debajo de la cerca y por las cañadas. Los llevan hasta la Mesa de Otay".

"¿Qué es eso?"

Atómiko apuntó con su garrote. "Éso es Estados Unidos".

El Tacho y la Nayeli se miraron.

"¿Cuándo?", preguntó ella.

"Ahorita mismo".

"¿Cuánto?", preguntó el Tacho.

Atómiko y el cholo se secretearon.

"Aquí mi socio me está diciendo que les dé buen trato, así que los llevo por ciento cincuenta. Por cada uno".

El Tacho y la Nayeli se apartaron como para discutir el trato, pero en realidad no sabían si el precio estaba bien o mal, ni lo que estaban haciendo.

"Supongo que está bien", dijo la Nayeli.

"¡Perfecto!, espérenme aquí", dijo Atómiko y salió corriendo.

"¿A dónde vas?", le gritó el Tacho.

"¡Por mis cosas!"

Don Porfirio se había ido a la casita y regresó con el frasco de ron con leche y azúcar otra vez lleno. Entre él y la Yolo le dieron mate en un santiamén.

La Yolo, sin ninguna pena, comentó: "Ese Atómiko definitivamente no se parece nada a Yul Brynner".

"El mejor actor de México", dijo la Nayeli con nostalgia de la tía Irma y de Tres Camarones.

***

La Nayeli se oponía a que Atómiko los acompañara, pero las muchachas y el Tacho votaron a favor. Pensaban que podrían necesitar otro guerrero para el cruce y ahora que la Yolo estaba totalmente borracha hasta se le hacía valiente…y guapo. La Nayeli no podía creer lo que oía, pero estaba consciente de que el cruce podía ser mortal y el cayado de Atómiko les sería muy útil si se encontraban con malosos. Él llevaba una mochilita de Hello Kitty. A lo mejor llevaba más armas ahí dentro. La Vampi decidió cooperar a la integración del arsenal y le dió su navaja.

Se despidieron de Araceli y Porfirio. La pareja se negó a aceptar remuneración por la hospitalidad brindada al grupo, pero la Nayeli se regresó a la casita y les dejó un billete de veinte dólares en la mesita mientras ellos abrazaban a la Vampi. Ésta lloraba desconsolada y Araceli le dio una de sus rosas.

La Nayeli, el Tacho y Atómiko se acomodaron en el asiento de atrás del destartalado Oldsmobile, con el cayado de Atómiko saliendo por la ventana.

"¿Y tú por qué te quieres ir con nosotros?", le preguntó la Nayeli.

"Estoy aburrido, no hay nada en la tele".

La Yolo soltó una carcajada y le guiñó un ojo ebrio desde el asiento delantero.

"Ésos dos van a acabar casados", le dijo a la Vampi.

"¿Tú crees?"

"Lo que creo es que deberíamos ir a Las Vegas".

"¡Ay sí, vamos a ver a Elvis!"

"Ya cálmense", les advirtió la Nayeli.

"¿Quieres que te agarre la mano?", le preguntó Atómiko.

"¡Estás loco o qué!", le gritó.

Él se asomó por la ventana tranquilamente.

"Queridita", murmuró.

El cholo se llamaba Waino, por borracho. Los de Tres Camarones no hablaban ninguna versión del spanglish, de modo que no sabían lo malo que era que alguien se llamara Waino. Para ellos, sonaba como ¡*Ay, no!*, una expresión como de miedo.

Waino era un excelente guía de turistas. Para su total asombro, descubrieron que él adoraba Tijuana. En tránsito a la Colonia Libertad se salió del camino y los paseó por las lomas de otra colonia. "Tienen que ver esto", declaró. Se paró enfrente de una casa de tres pisos que tenía la forma de una mujer desnuda. Estaba pintada en tonos color carne y sus pezones estaban rodeados de grandes óvalos rojos. Había una puerta a la altura del pubis.

"Éso es una obra de arte", anunció Atómiko.

"¡Ay dios!", exclamó la Yolo.

"Si se embaraza, ¿va a tener una cochera?", preguntó el Tacho. Atómiko nomás sonrió.

"Un punto para el puñal", respondió.

Más abajo del angosto y congestionado camino que lleva a la carretera de Ensenada, pero que para ellos sería rumbo al centro de la ciudad, más allá de la parte de atrás del Hotel Azteca, prosiguieron su camino. Un desvío rápido hacia la Colonia Cacho para hacer una parada en una carreta de tacos y reponer energías. Tacos de carne asada a tres pesos en Tacos El Paisano. Una rápida ojeada a la Plaza de Toros Municipal y más allá las glorietas y los puentes peatonales y las tiendas de departamentos. Conasupo y Pemex por todos lados. ¿Ven esa estatua del rey azteca con su espada por un lado? Todas las mañanas empieza sosteniéndola sobre su cabeza, pero luego se cansa y baja la espada. Cruzaron el boulevard y dieron vuelta a la derecha, subiendo una loma. Adelante, Atómiko y Waino enseñándoles las delicias de Tijuana, los aviones que aterrizaban en el Aeropuerto Internacional, los perros callejeros, las mujeres de tacones altos, los taxis, los autobuses multicolores y la entrada al laberinto de la Colonia Libertad.

¡Váaamonoos! ¡A cruzar!

La Colonia Libertad era el más notorio trampolín para un millón de cruces fronterizos.

Los Estados Unidos habían parado las incursiones masivas de los años setenta y ochenta con las nuevas y reforzadas bardas fronterizas y luces de estadio y kilómetros y kilómetros de brechas al otro lado, por donde los camiones y camionetas verde y blanco de la Patrulla Fronteriza merodeaban cual tiburones al acecho. Aquí las casas llegaban hasta la barda por callejones de tierra que subían y bajaban por las lomas. Podías subirte a un gallinero y ver el parabrisas de alguna camioneta de la migra. La gente jugaba futbol. Unos muchachos sentados en las bardas miraban para el otro lado, esperando el mejor momento para pasar. Se cruzaban a pesar de la redoblada vigilancia. Ahora ya no se juntaban por cientos sino por docenas, y a muchos de ellos los iban a agarrar, pero regresarían mañana para volverlo a intentar.

Por todo alrededor sonaba música que salía de las enormes bocinas en las puertas de las tiendas y en los techos de los carros. Había niños corriendo, ajenos a los planes que iban de boca en boca entre los grupos de aventureros y sus tenebrosos guías. La barda aquí era vieja, deteriorada y parchada. Carretas de tacos echaban humo en las esquinas y en lotes vacíos, los viajeros consumían su última comida en México, tacos baratos de tripa y de pollo. Los de conejo los vendían enfrente de la farmacia en la que los bules de agua costaban el doble de lo usual. Los coyotes, con cigarrillos colgando de la comisura de sus labios y luciendo todos sus tatuajes y sus cachuchas de beisbol decían: "Esos tacos de conejo...el otro día vi que estaban descargando un camión cerca de la carreta y esos conejos tenían la cola muy larga". Y soltaban la carcajada. Los que los oían inmediatamente se sentían mal del estómago.

Misioneros cristianos pasaban en sus vans, con los rubios cabellos y pálidos rostros brillando como fanales en el sol. La Nayeli se fijó a ver si veía la cara de Matt entre ellos. Atómiko y Waino negociaron con un bato medio encorvado que llevaba un sombrero negro. Traía guantes sin dedos y fumaba un cigarro detrás de otro. Las muchachas no decían nada, pero el bato les daba miedo. También la colonia, la barda y la frontera daban miedo. Miedo de Tijuana. Se escondían detrás del Tacho, quien trataba de parecer muy macho para ocultar su propio temor. Waino le besó la mano a la Vampi y le pellizcó una nalga a la Yolo, pero decidió no meterse con la Nayeli. Lo vieron irse sonando el klaxon en el odioso ritmo de mentada de madre. La Nayeli nunca se imaginó que lo iba a echar de menos, pero lo sintió.

De repente, la gente empezó a brincar y gritar y a correr hacia la barda. La Nayeli se estiró para ver. Del otro lado se vio el techo de una camioneta de la Patrulla Fronteriza que pasaba por ahí. Los muchachos lanzaron piedras y algunas le pegaron a la camioneta. Se detuvo. La gente maldijo, se rió y se fue corriendo. La Nayeli vio la cabeza del agente cuando se bajó.

El coyote se les acercó.

"¿Nos va a disparar?", preguntó la Nayeli.

"¡Nel, esaaa!" El hombre tiró su cigarrillo.

El agente se subió a su camioneta. Antes de alejarse, la Nayeli vio que levantaba el brazo y les hacía una señal obscena a los mexicanos. Éstos se rieron y le gritaron mil groserías. El hombre se fue, riéndose. La camioneta se alejó, levantando polvo que se elevaba sobre la cerca y caía sobre sus cabezas. "Ese polvo es Estados Unidos invadiendo México", dijo el coyote.

"Es un acto de guerra", dijo Atómiko.

A lo lejos, hacia el este, las lomas se veían todavía negras por los últimos incendios de California.

"En esas lomas se quemaron muchos mexicanos", les dijo el coyote. Parecía que eso le hacía gracia.

La Yolo estaba ya casi sobria. Le dio un codazo a la Nayeli. "Oyes, todavía estamos a tiempo de regresarnos".

"Sí, creo que estamos cometiendo un error", terció la Vampi.

"Ni siquiera conocemos a este tipo".

"No se preocupen, yo estoy aquí", les dijo Atómiko.

"Tampoco a ti te conocemos".

El Tacho tenía las manos en el cinto. Había llegado hasta aquí, no se iba a regresar.

"Yo sí voy", les dijo con firmeza.

La Nayeli no dijo nada, se le quedó viendo a la barda mientras empezaba a oscurecer y los sonidos detrás de ellos cambiaban por el pesado respirar de la noche de Tijuana.

"¿Qué vamos a hacer cuando lleguemos allá?", preguntó la Yolo.

"No sé, tal vez llamar a Matt".

"Ah, bueno, entonces está bien", sonrió.

Y fue entonces que el coyote les habló.

¡Órale, júntense, júntense! Tú, ¿cómo te llamas? ¿Nayeli? ¿Tú eres la jefa? Bueno, oigan bien. Aquí mi socio Atómiko habla muy bien de ustedes, así que los voy a cruzar rápido. Sin chingaderas, ¿sale? Muévanse rápido, no lloren, no me den problemas, ¿entienden? Nos vamos a pasar por debajo de la cerca ahí donde está cortado el alambre. Lo cortamos con acetileno cuando no nos ve la migra. Hay una puertita ahí detrás de esos matorros. Yo paso primero. Si no hay moros les chiflo y ustedes se mueven rápido. Las muchachas primero, el muchacho ¿cómo te llamas? ¿Tacho? Tacho al último. Atómiko cierra la puerta. Dice que él nos sigue. Me parece que está enamorado de Nayeli, aunque a lo mejor es a Tacho al que ama, ja, ja, ja. Yo a la que le tengo echado el ojo es a la Vampira. En otra vida, ¿no, morra? Vuelve a verme cuando te hagas rica en Gringolandia. Órale. Corran hasta pasar el camino de la migra. Derecho. Y rápido, cabrones, ¿entienden? Manténgase agachados y corran rápido.

En cuanto crucen el camino, detrás de los mogotes, hay un arroyo. Ay los voy a estar esperando. No se vayan solos, júntense ahí conmigo. Nos vamos a fletar para el norte, es decir, a la derecha para ustedes niñas que no saben en qué dirección van. Bueno. Pongan atención. No tengo tiempo para repetir todo esto. A la derecha, vamos como cincuenta metros y de ahí damos vuelta a la izquierda. Manténganse cerca de la persona de enfrente porque si se separan, se quedan. Hay drogos y monstruos y rateros por ahí que te cortan las piernas y te violan mientras te mueres. No estoy bromeando. Manténganse cerca de mí. Nayeli, tú eres la primera, no me pierdas de vista. Atómiko cubre el fin de la fila. Fila india. Corran. ¿Pueden correr? Más les vale que corran como nunca. Si los cacha la migra les parten la cabeza. Si parece que nos van a agarrar, ustedes no me conocen. No soy coyote, solo un bato de Sonora buscando trabajo en el hipódromo cuidando caballos. ¿Entendido? Si me delatan, mis socios los van a buscar hasta que los encuentren y luego les van cortar el pescuezo. Si nos separamos, ustedes, niñas, corren hasta el camino y pídanle a Dios que la migra llegue antes que los rateros. No se queden solas por ahí. Si se pierden yo no voy a ir a buscarlas. Sus mamás están muy lejos. Quédense detrás de mí o se quedan solas. No hay negociación.

Bueno. Derecho, arroyo, a la derecha por cincuenta metros, vuelta a la izquierda. Vamos a bajar por una cañada como por dos kilómetros y vamos a llegar a un puente. Podremos descansar debajo del puente. Si nos atacan los rateros y traen pistolas y cuchillos yo no me voy a morir por ustedes. Yo me voy. Buena suerte cabrones. Les dan lo que quieren y también la lana, ¿entienden? Si quieren seguir viviendo. Tú, Tacho, a lo mejor tienes suerte. Puede que haya algunos jotos también en la cañada y no te corten las piernas. A lo mejor se las puedes mamar. Qué, ¿te ofendí? ¡Ay, ay, qué lástima! ¿Te digo qué es más ofensivo? Que te rebanen los tendones y andes dando saltos como pescado fuera del agua y diez asquerosos drogos o gángsters blancos te violen y se lleven tu dinero. ¿Qué tal eso de ofensivo? ¡Diablos! ustedes son ahora mojados, a nadie le importa lo que les pase. Así que se me pegan como garrapatas y los paso.

Cuando les diga que ya llegamos ya llegamos y ya, yo me regreso a mi casa. Nada de lloriqueos ni de quejas. Los voy a *llevar hasta donde se puedan valer por sí mismos. Ni es tanto lo que me están pagando. Si quieren el cruce de lujo tienen que pagarlo, los pongo en la cajuela de un carro. Pero en la Libertad no somos de esos coyotes. Los voy a cruzar, pero ustedes tienen que ver cómo le hacen después. Si los agarran y los deportan no les voy a devolver su dinero. Me vale madre. Así es la pinchi vida. Pero si me quieren pagar otra vez, órale, los paso otra vez. ¿Entendieron? ¿Preguntas, no hay? ¿No? Bueno. ¿Estamos listos? ¡La próxima parada es San Diego Califas, en los pinchis Yunaites!*

Cuando pasó el siguiente vehículo de la migra por la polvorosa brecha del otro lado de la cerca, el grupo que todavía quedaba los agarró a pedradas. De repente aparecieron otras tres camionetas y los agentes se asomaron y lanzaron granadas de gas lacrimógeno por encima de la barda.

El coyote salió corriendo y antes de darse cuenta de nada, Atómiko ya los llevaba corriendo a ellos también. Nubes de asfixiante humo volaban por entre la loma, apestando y haciéndolos toser. La gente salió corriendo de la línea y se metió por entre las casas, como si las paredes o las cercas los pudieran proteger del gas. Chamacos con trapos amarrados sobre la boca y la nariz se reían y bailaban, burlándose de los agentes, lanzando más piedras y botellas. El coyote gritaba, con un puño levantado: "¡Acto de guerra! ¡Acto de guerra!".

Atómiko se reía. Los había guiado a un lugar en lo alto, lejos del gas. Sólo al Tacho le lagrimeaban los ojos.

"¡Bienvenidos a Palestina!", gritó Atómiko.

"Nunca había visto nada igual", murmuró la Nayeli.

"Me encanta", le contestó él.

El Tacho sorbió y escupió.

"Esto no se ve en la tele", se quejó el Tacho amargamente.

"¡*Sábado Gigante*, hoy les presentamos a Ricardo Arjona, Juanes y la guerra fronteriza!", anunció la Nayeli.

Las muchachas medio que se rieron, más nerviosas que divertidas. Habían entrado al apocalipsis y lo que más deseaban era el aburrimiento de Tres Camarones. Tuvo que pasar como media hora para que el gas se disipara. Tallándose los ojos se regresaron a la cerca. El coyote les hizo una seña y se regresó al sitio donde estaban antes. Estaba muy oscuro. Lejos, hacia el oeste, la Nayeli podía ver el amarillento brillo de los arbotantes. Tosió, el polvo le había irritado la garganta. Todavía quedaban tenues hilos de gas en el aire. Estaban en cuclillas detrás del coyote, con las manos en la espalda del de enfrente, como changos. La Nayeli apretaba la camisa del coyote. Le dio un manotazo. "No me arrugues la ropa", le dijo. No bajó la voz. La Nayeli había pensado que se comunicarían en secreto.

Detrás del Tacho, Atómiko tenía el garrote encima de sus piernas.

"Si nos separamos los busco en donde pasan a los deportados", le dijo al Tacho.

"¿Qué quieres decir con eso?"

"Nadie va a agarrar a Atómiko", proclamó. "¡Yo no me voy a ir en una jaula de la Patrulla Fronteriza! Nunca he estado en jaula y nunca estaré".

A la Nayeli de repente le dio miedo cruzar sin ese guerrero.

"Ahí los busco, regresa a mí, Prietita".

"¿Dónde vas a estar?"

"No te preocupes. A todos los llevan a donde mismo. Ahí los espero. Nadie los va a tocar".

"Nuestro héroe", dijo la Yolo, no del todo sobria pero tan atemorizada que la borrachera se le evaporaba por los poros.

"Escuchen", les dijo el coyote.

Oyeron el motor de un carro. Las luces hacían que los agujeros en la cerca se iluminaran como estrellas. El ruido del motor era más leve. La camioneta se alejó.

"¡Vámonos, tenemos como quince minutos!"

Caminó en cuclillas hasta la cerca, hizo a un lado el mogote y quitó una sección de la cerca. Hizo un chirrido fuerte. Se metió y ya no lo vieron. La Nayeli lo siguió, tratando de hacerse pequeña, pero se rasguñó la cabeza con la orilla del metal, se hizo una pequeña herida en la frente. La sangre le chorreó hasta el ojo derecho y aunque se lo limpió, parecía como si estuviera llorando sangre.

La Vampi cruzó gateando. "¡Mi rosa, se me cayó mi rosa!" La Yolo la empujó y la siguió. El Tacho se fue a gatas y le dio pánico cuando no vio a nadie en la brecha. Recordó lo del arroyo al otro lado y corrió atravesando los arbustos de creosota, aterrizando encima de los otros viajeros como gato volador. "¡Órale idiota!", le espetó el coyote. Atómiko se pasó, acomodó el pedazo de cerca en su lugar, lo afianzó con unas patadas. Hizo tanto ruido que nomás faltó que sonara una campana. Levantó el garrote sobre su cabeza y gritó. "¡Atómiko ha cruzado!" Le dio una vuelta completa al garrote y se fué caminando hasta donde estaban los otros.

"Se acabó el secreto", dijo el coyote.

Y arrancó.

La Nayeli corría tratando de emparejarse con él. Con una mano se apretaba la herida con un Kleenex y con la otra iba apartando las ramas para que no le dieran en la cara. La Vampi pujaba y trotaba detrás de ella y la Yolo le agarraba la camisa a la Vampi para no perderla. A la Vampi le pegaban las ramas que la Nayeli apartaba. Se quejó como cien veces. Se alarmó cuando vio a una mujer embarazada correr a su lado. No sabía de dónde había salido. La mujer se agarraba la panza con las dos manos y corría como loca.

El Tacho iba un poco atrás de ellas, viendo a las muchachas como pálidos fantasmas. Parecía que se desvanecían. Se dio cuenta de que habían dado vuelta a la izquierda. Se pasó, se regresó y las oyó por entre la maleza en la oscuridad. Nunca vio un hueco. Solamente más sombras. De repente surgieron unas luces que venían del camino paralelo a la cerca. El Tacho se aventó hacia la sombra más oscura y rogó al cielo no haber caído sobre una culebra o en un agujero de tarántulas. Atómiko se había desvanecido por completo.

A la Vampi se le acababa el aliento. "¡Ay, ay, ay!", se quejaba mientras corría. La tierra estaba dura y se tropezaban, torciéndose los tobillos.

La mujer embarazada agarró a la Vampi y la sostuvo. Ésta se sorprendió, pero luego se apoyó en ella, que era mayor y más fuerte. A lo mejor era un ángel, tal vez el espíritu de una paisana asesinada que ahora venía a ayudarles. La Vampi se resignó a su suerte y corrió como pudo.

La Nayeli tuvo que irse despacio para no rebasar al coyote. Éste fumaba, así que no tenía buena condición física. Se le oía acezando. Si hubiera sabido por dónde, lo hubiera hecho a un lado. Sus piernas eran como resortes de fierro. Podía correr toda la noche a campo traviesa. Estaba segura de que la Yolo también podía, pero estaba atrapada detrás de ese hombre apestoso, lento y tosedor.

"¡Apúrese!", le dijo.

El coyote hizo una curva, la Nayeli justo detrás de él. La luna hacía que la vereda se viera de color gris-violeta tenue. Allá se veía el puente que el coyote les había mencionado. Era bajito y el coyote se metió debajo y se agarró el pecho, acezando como si se estuviera muriendo. La Nayeli gateó y se acomodó a su lado y luego recibieron a la Vampi y la misteriosa mujer. La Yolo fue la siguiente en aterrizar. Un minuto después oyeron al

Tacho que decía "¡Ay Diosito¡" y trastabillando se dejaba caer en la arena.

"¿Estamos todos?", preguntó la Nayeli.

La Yolo levantó sus dos pulgares.

La Vampi suspiró y se recargó en la arena.

"¡Ay sí, mija, todos de maravilla!", dijo el Tacho.

"Yo estoy bien", dijo la misteriosa mujer.

"¿Y tú quién eres?", demandó el coyote.

"Me llamo Candelaria".

"Pues me debes una lana".

"No tengo nada".

"¿Y tú crees que soy la Beneficencia Pública y hago esto por gusto, morra?"

"Qué vas a hacer, ¿llevarme de regreso a la barda?"

"¡Chín-gado!"

Antes de que pudieran seguir discutiendo oyeron motores pasar por el puente encima de ellos. Pasó una camioneta, luego un autobús. El puente se estremeció.

"Llevan prisioneros", susurró el coyote.

Se oyó un tercer motor. Se quedaron escuchando. El coyote se puso el dedo sobre los labios. "¡Shhh!" El motor se paró. El coyote exclamó: "¡Chingada madre!".

Oyeron el radio, oyeron cómo se abría y se cerraba la puerta. El coyote se esfumó sin hacer ruido. Simplemente desapareció.

"¡Hey!", susurró la Nayeli.

Un walkie-talkie tronó encima de ellos. Se oyó una voz que decía en inglés: "Arroyo Seco overpass, over".

La luz de una linterna recorrió las hondonadas a su alrededor. La Yolo, la Vampi y el Tacho se agarraron de las manos y apretaban tanto que pensaron que se iban a romper los dedos. La Vampi estaba temblando. La luz se apagó.

Silencio. Un chorro cayó del puente y dio en el suelo, enfrente de ellos. ¡La migra estaba miando! A duras penas contuvieron la risa. No lo podían creer. El chorro hacía un arco sobre ellos y formaba un charquito. Se hicieron para atrás para que no les diera. Se acabó el chorro. Luego tun, tun, dos gotas más. Se rieron con la boca tapada. "Clear", dijo el hombre, se subió a la camioneta y se fue.

El Tacho se tiró al suelo y se echó a reír convulsivamente, con los pies en el aire.

"¡Bienvenidos a los Estados Unidos!"

Capítulo dieciséis

————

Se quedaron debajo del puente. El coyote se había ido.

"¿Y ora qué?", preguntó el Tacho.

La Nayeli tenía que hacerse cargo, lo sabía, ¿pero cómo? ¿Hacerse cargo de qué?

"Por allá está el este", les dijo a los demás, "pero creo que es puro desierto y montañas y eso".

"Y eso", dijo Candelaria.

"Entonces tenemos que ir hacia el oeste ¿no?"

"Correcto, Nayeli, tenemos que ir hacia una ciudad", dijo la Yolo.

"Bueno".

Se quedaron ahí como congelados. El Tacho por lo menos reconoció que no iban a ninguna parte, que se les había acabado la viada.

"Vámonos a un hotel americano", sentenció.

"¡Ay sí!, claro", dijo la Vampi.

"Vamos a bañarnos con agua caliente y dormir en cómodas camas americanas".

"¡Con MTV!', se entusiasmó la Vampi.

"Apenas se puede creer", murmuró la Nayeli para sí.

"En los Estados Unidos puedes tirar el papel del baño adentro del excusado", les informó Candelaria. La miraron incrédulos. ¡Pero si todo mundo sabe que el papel del baño va en un basurero junto a la taza! Las tuberías no aguantan el papel del baño y se tapan.

Candelaria se encogió de hombros. "¿Qué les puedo decir?, aquí están muy adelantados".

"Bueno, pues entonces lo tiramos por el excusado y ya", dijo el Tacho.

"¡Vámonos!", les ordenó la Nayeli.

Se encaramó a la loma y empezó a caminar por un lado de la oscura brecha.

"Cuídense de las luces", les dijo Candelaria. Siguieron caminando y sus fantasías fueron saliendo a la luz. La mezcla de voces formaba un colorido tapiz de sonido.

"Nieve, hamburguesas, baños de tina. Cerveza americana. Los sesenta y nueve ojos. ¡Disneylandia!"

Un canto como de lechuza se oyó en la distancia. La Nayeli se sacudió de risa aún sin desearlo. El loco de Atómiko estaba haciéndoles señales desde los matorros.

Cantinflas es el mejor actor del mundo".

"Estás loca, Yolo, todo mundo sabe que Johnny Depp es el mejor".

"Ay Nayeli, ya vas con la monserga del condenado Johnny Depp otra vez".

"¿Y Antonio Banderas?"

"Oye Vampi ¿desde cuándo te gusta Antonio Banderas?"

"¡Jíjole Vampi!, ese podría ser tu papá".

"Claro que no, ¿pos luego no lo viste en la película *Entrevista con un Vampiro*?"

"¡Noo morra!, no empieces con la madre esa de los vampiros".

"¿Aah no, Miss Inteligente? Tacho, en tu muy trucha opinión, ¿quién es el mejor?"

"No te hagas bolas, mija, la Meryl Streep es la mejor".

"Y tú, Candelaria, ¿qué opinas?"

"Que son puras burradas, mejor estense quietos, tampoco es como si anduviéramos dando la vuelta en la Plazuela ¿no?"

Oyeron un helicóptero y corrieron a esconderse en los matorrales.

El aparato hacía un ruido horrible, sus aspas destazaban el aire mientras se deslizaba de lado cruzando el cielo encima de ellos y girando lentamente, como suspendido en el espacio. Una luz intensa que salía de la máquina recorría las distantes lomas. Cuando de pronto se apagó la luz, la oscuridad resultante fue tan fuerte como el silencio. Parpadearon. El helicóptero dio la vuelta y se fue a lo largo de la frontera.

"Parece un timbirichi gigante", comentó la Vampi, como si no hubieran pensado todos exactamente la misma cosa. Caminaron unos 400 metros y al dar una vuelta se encontraron de frente con la brutal luz de dos fanales. Se prendió una enorme linterna que los alumbró, cegándolos. La camioneta estaba ahí parada a medio camino. Si no se hubieran encendido las luces hubieran chocado con ella.

"¡Hola, amigous, es la Border Patrol!", les dijo una voz de atrás de las luces. "¡Están ustedes ilegalmente en los Estadous Unidous!, ¡están arrestados! ¡Vengan todos y mantengan las manos sobre su cabeza! Despacio, despacio. Si tienen papeles ahora es la hora de mostrarlos".

Agarró el radio, enumeró las coordenadas y dijo: "Acabo de adquirir cinco clientes, *over*".

El helicóptero regresó y sobrevoló encima de ellos. El viento remolineado empujó a la Nayeli sobre la Yolo. Entrecerró los ojos para protegerse de la luz que los bañaba. Estaban rodeados de luz. No se podían mover. El helicóptero se alejó un poco y paseó el reflector por los alrededores. El ruido ensordecedor se fue apagando hasta que se pudieron oír las voces.

El agente Carl Anderson estaba alumbrando al Tacho y tenía a la Vampi agarrada del brazo. Otra van se acercaba por el norte. Kenny Smith andaba sacando su linterna. Él y Carl iban a las mismas clases de Biblia cuando no andaban en el monte recogiendo cuerpos.

"¡Gringos hijos de puta!" Se oyó una fuerte voz.

Todos voltearon.

"¡Cabrooones!"

"¿Qué diablos...?", exclamó Carl Anderson.

El helicóptero tenía alumbrado a Atómiko.

Estaba al borde de un arroyo cercano a la cerca. La Nayeli no podía creer que después de haber caminado tanto todavía estuvieran cerca de la barda. ¿Cómo era eso posible? En la oscuridad se había imaginado que ya iban a medio camino de Los Ángeles.

Atómiko amenazó con su garrote al helicóptero.

"¡Baja por mí, puto!"

Los de Tres Camarones empezaron a reírse.

El agente de la migra veía para allá y meneaba la cabeza.

"¿Qué le pasa a ese bato?", le preguntó al Tacho en español.

"Es un burro", le contestó éste.

"¿Conoces a ese loco?", preguntó Kenny Smith.

"Es nuestro ángel de la guarda", dijo la Vampi. "Yo soy vampira y andamos en una misión de Dios".

"¡Qué bien!", exclamó Carl.

Kenny vio a los amigos, luego a Atómiko, meneó la cabeza y le dijo a su compañero: "No hay luna llena, ¿por qué salieron los locos?".

Se colgó las esposas de nuevo en el cinturón.

"Pórtate bien", le dijo al Tacho apuntándole con el índice.

"Yo me porto bien, es a otro al que tienen que cuidar".

Todos vieron como Atómiko hacía malabares con el garrote allá en la loma. Se hacía para atrás, con el cayado atravesado en el pecho. Los fulanos de la Patrulla Fronteriza parecían estar disfrutando el espectáculo.

"Se mueve bien el bato", dijo Kenny a su amigo.

"¡Yo soy Atómiko!", les gritó el guerrero.

Se pegó en el pecho. Levantó el garrote. Gritó: "¡Nayeli rifaaa!". Todos quedaron muy impresionados. La Nayeli se sonrojó un poco.

Los agentes la vieron y levantaron las cejas, apreciándola.

"¿Tú eres Nayeli?", le preguntó Kenny.

Ella asintió.

"Una historia de amor", dijo Carl.

"Sólo somos amigos".

Atómiko corrió y dejó a todo mundo asombrado cuando plantó el cayado y usándolo como garrocha saltó sobre la cerca, perdiéndose de nuevo en México.

"Mira nomás", dijeron los agentes.

Los subieron a la parte de atrás de la Expedition de la migra. Kenny ayudó a Candelaria. "Hey, ¿qué no te vi la semana pasada?" Candelaria asintió. "Apuesto que te dio gusto verme", bromeó él.

"¿Qué nunca descansan?"

"El domingo es nuestro día libre, intenta regresar ese día".

Cerró la puerta y se subió a la cabina. Candelaria tenía la cara pegada a la reja.

"Voy a intentarlo el domingo", le dijo.

"¡Ah!, muy bien".

Masculló algo en el micrófono. La Nayeli oyó *cinco cuerpos* y *claro* y *over*.

La camioneta se arrancó.

"¡Te voy a mandar una postal!", le gritó Candelaria.

El agente se rió.

Se dieron vuelta en U en unos arbustos y se subieron de nuevo al camino, alumbrando con los fanales el oscuro valle.

***

Pararon y vieron a dos agentes de la migra que golpeaban a un muchacho de camisa a cuadros. "Bueno, debe haber hecho algo malo", dijo Kenny. Parecía avergonzado. La Yolo y la Vampi empezaron a llorar. Estaban aterradas y avergonzadas. En su plan no encajaba ser arrestadas y llevadas en la parte de atrás de una camioneta como vulgares criminales. Kenny se bajó y ayudó a los otros a controlar a su cliente. Le puso la rodilla en la espalda y lo mantuvo contra el suelo mientras los otros le agarraban los brazos y lo esposaban. Lo subieron. Le salía sangre de la nariz. Trató de patear al agente más cercano. El agente lo aplacó y lo metió a la camioneta.

Kenny volvió a la camioneta y dijo: "No es un trabajo fácil, ¿saben? ¿Por qué no se quedan en su casa y me la ponen menos difícil?".

El Tacho se rió.

A Kenny le cayó bien el Tacho.

"Pues yo preferiría haberme quedado, aquí ni me puedo peinar bien".

Vieron como se iba el vehículo que llevaba al muchacho ensangrentado.

"Ése ahí es el típico chico malo".

"Nosotros no somos malos, señor", le dijo la Nayeli.

"Ya lo sé. Tú eres Nayeli, ¿no? A la que le gritaba el del olímpico salto de garrocha *Nayeli, tú rifas*", y le guiñó un ojo.

Los bajó en donde estaba un autobús escolar alumbrado con reflectores. El Tacho se bajó solo y ayudó a la Yolo y la Vampi, que parecían estar muertas de miedo. La Nayeli se bajó, rechazando la mano que le extendía el Tacho. Los agentes de la Patrulla Fronteriza ayudaron a Candelaria.

Ahí estaba Carl Anderson.

"Madre", le dijo a la mujer embarazada.

"Señor", le contestó ella.

Anderson supervisó el cambio y unos hombres armados los llevaron hasta el autobús, donde tomaron asiento entre figuras cansadas que apestaban a humo, polvo y sudor. A Candelaria le tocó unas filas atrás de ellos y no la volvieron a ver.

Había un enfermo en el primer asiento, tosiendo y gimiendo. Un agente de la migra le dio agua y le alumbró la cara con la linterna. Había un relajo cerca de la puerta de enfrente y de repente unos agentes sacaron sus armas y pusieron de rodillas a un chico malo de la Libertad. Se lo llevaron arrastrando. Varios tosían en el autobús. A la Nayeli le sorprendió escuchar ronquidos. ¡Algunos de estos pobres estaban durmiendo como si nada!

Unos chavos bromeaban y se hacían como que se insultaban, maldiciendo a la migra. Les aventaban besos a la Vampi y a la Yolo. La Nayeli se levantó, se acercó a sus asientos y se quedó ahí parada, encarándolos. Parecía una sacerdotisa guerrera azteca. Antes de que el camión se arrancara, la mujer que iba manejando le dijo que tenía que sentarse, pero alguien se había sentado en su lugar, de modo que se sentó en el regazo del Tacho.

El guardia con la escopeta les dijo: "Oigan bien, los vamos a registrar. Luego les hacemos una entrevista rápida y se van a su casa. Tranquilos".

El Tacho no dijo nada.

La Nayeli no sabía si estaba enojado o deprimido. La Vampi tenía tanto miedo que no dejaba de llorar. La Yolo, a su vez, estaba tan enojada que lo único que quería era abofetear a la Nayeli y regresarse a su casa. El Tacho pensaba que hasta ahora los Estados Unidos eran una gran decepción.

Agentes de ICE, de aduanas, soldados en ropas de camuflaje. Agentes de la Patrulla Fronteriza; otros con las siglas DEA en sus rompevientos, técnicos de los servicios de emergencia, perros, hombres blancos con corbatas negras, un policía de San Diego, hombres con camisetas rojas amedrentando a hombres vestidos de negro. A la Nayeli le parecía como si estuviera en una de esas enfadosas películas de James Bond, en las que el 007 se metía a un volcán de plástico a bombardear la nave espacial de los comunistas. Pero esto daba más miedo porque les estaba pasando a ellos. Las armas eran de verdad, las luces demasiado brillantes.

Las rejas de las celdas hacían un ruido horrible. Todos los chavos mexicanos estaban gritando. De repente, una oleada de gente separó a la Nayeli de sus amigos. La Vampi parecía estarse ahogando, volteó una vez y se perdió en el mundo de gente. La Yolo le clavó a la Nayeli una mirada de cuchillo, como un rayo de veneno que cruzaba por el aire. La Nayeli la conocía lo suficiente para interpretar la mirada. *¡Tú tienes la culpa de todo esto!*, era lo que le estaba diciendo sin palabras. Alguien le puso la mano en una nalga y la pellizcó; volteó rapidamente, pero el hombre ya se había ido. Buscó a la Yolo, pero se había desvanecido. Una mano le sobó un seno.

Había letreros en español que decían que hicieran lo que les pedían, que reportaran las ofensas al agente encargado, que reportaran cualquier actividad criminal que vieran, que si tenían quién los representara, que podían hacer una llamada, o reportar violaciones a los derechos humanos al consulado mexicano. Muchos de los encerrados se quedaban viendo al piso. La mayoría era gente como ellos... gente. Gente café, chaparros, cansados. La Nayeli se sorprendió de ver madres con hijos, los niños llorando y todos mocosos. Oyó dialectos indígenas, sonidos shamánicos que le parecían milenarios, sonidos de jungla, de templos y de sacrificios humanos.

Al otro lado de la reja estaban los agentes de la migra. Grandotes. Con caras felices. Brillantes y almidonados. Uniformes verdes. Pelo corto. Bigotes.

¿Cuál era la diferencia entre ellos y ella?

No podía decirlo, no sabía. Notó que se movían con eficiencia. Su Sensei Pei hubiera apreciado la economía de movimientos, la fluidez de su fuerza. Vio a una mujer, ¡una mujer agente de la migra! Estaba fascinada con ella. Llevaba una enorme pistola en la cadera y era tan alta como la Nayeli, pero se notaba más fuerte. Se movía como tractorcito.

¡Un hombre negro! Nunca había visto un negro fuera de la tele de Irma o en las películas del Cine Pedro Infante. Estaba asombrada de su cabello, gris y blanco, pegadiito al cráneo. Su piel brillaba y se sorprendió al notar que era del mismo tono que la de ella, solamente un poco más oscura. Ella sabía que su piel era oscura, pero siempre había pensado que era blanca.

El hombre notó que ella lo miraba.

Se paró en la reja y le preguntó: "You eyeballing me?".

"¿Perdón?"

"¿Usted me está mirando?"

"Sí".

"¿Por qué?"

Ella se vio los pies.

"Es su piel...es...hermosa".

El hombre soltó una carcajada.

En ese momento pasó la camioneta que los había recogido.

"Hey, Arnie, ésa es Nayeli, ella rifa", le dijo Kenny al agente negro.

"¿Nayeli, eh? Bueno, vamos a procesarte, Nayeli. Podrás volver a invadir los Estados Unidos de manera expedita. Dame un minuto".

"¿Qué?"

Capítulo diecisiete

El agente Arnold Davis ya lo había visto todo. Después de veintisiete años al servicio del gobierno estaba tan cerca de retirarse que ya la burocracia no le afectaba. Tenía asegurado su retiro. Incluso si lo despidieran mañana, la pensión sería casi igual a lo que ganaba ahora. Le dolían los pies y la espalda. Había estado dos veces en sicoterapia. Padecía hemorroides. Insomnio. Su próstata probablemente era del tamaño de una dona. Se levantaba a orinar cinco veces en la noche, así que no dormía mucho que digamos. Y tenía amolada la rodilla izquierda. *Trabaje para la Patrulla Fronteriza, pruebe la vida sofisticada*, ja, ja.

Su esposa lo había dejado en 1992 y se había llevado a los hijos. No le hablaban, pero cambiaban los cheques que mensualmente les enviaba. Tenía una camioneta Ford, la gasolina estaba carísima y estaba pensando en cambiarla. Pero un agente supervisor de la Patrulla Fronteriza de los Estados Unidos no se vería bien manejando un Hyundai. A lo mejor sacaban un Mustang híbrido este año.

Echó un vistazo a la oficina y trató de bloquear el sentido del olfato para no respirar todo el sudor, pánico, desesperanza, meados. Trató de ignorar las horribles luces que mientras más viejo se hacía más consideraba un insulto para sus ojos. Mientras caminaba, tratando de que no se le notara la cojera, iba pensando en el retiro, su escape a las montañas de Colorado y los arroyos de truchas. Alces. No los iba a cazar, solo los vería pasar.

Aún en estos tiempos, no había muchos agentes negros en la Patrulla Fronteriza. Bueno, casi no había agentes. Cuerpos, era lo que había. Había más gente uniformada que antes. Seguridad Nacional había metido una serie de *Terminators* en la Patrulla Fronteriza, pero realmente no sabían nada de la frontera. ¿Y cómo iban a saberlo?, si él que llevaba aquí por lo menos unos diez años apenas lograba darse cuenta de la naturaleza de las cosas. Había estado en la oficina de Wellton en Arizona. Era una unidad de treinta personas. Luego empezaron a llegar los nuevos y de repente eran trescientos, todos apretujados en el pequeño edificio. Tuvieron que demolerlo y construir uno nuevo, no para encerrar más mojados sino para que cupieran los agentes.

Arnie se había cambiado a Caléxico y ahora lo habían prestado a San Diego. Se puso los lentes para revisar los papeles en su libreta. Volteó hacia la reja.

La chiquilla esa *mexican* lo estaba mirando. *Mi piel negra es hermosa*, se dijo.

Se rió y siguió.

El Gobierno sabía un secreto que el público americano ignoraba. El número de cruces en la frontera había disminuido. Tal vez por la barda, tal vez por el duro ambiente de los Estados Unidos, tal vez todos los que se querían salir de Mexico ya se habían salido, como decían en broma los viejos agentes. Pero los nuevos agentes estaban ahí, deseosos de acción. La paranoia de Seguridad Nacional y su entrenamiento los tenía buscando terroristas hasta debajo de los escritorios. Arnie meneó la cabeza. Creían en serio que iban a descubrir una bomba atómica en una de estas mochilas o escondida en los calzones de un mojado, de modo que tenían que hacer algo, máxime ahora que la radio y la televisión mostraban tanto interés en lo que pasaba en la frontera. Bueno, el interés seguramente les duraría hasta las próximas elecciones. A los meros meros se les ocurrió una gran tarea para los nuevos *Terminators*. Ahora los mandaban a arrestar mojados cuando iban de regreso a México. ¡Hey!, si no los puedes agarrar cuando llegan, péscalos cuando te están haciendo el favor de regresarse a su tierra voluntariamente.

Arnie pensaba mucho en el retiro. Alces, hombre, alces.

~~~~~

Regresó por la Nayeli. Le apuntó con el dedo. Le abrió la reja.

"Gracias", dijo ella tímidamente, pero sonriendo.

"Ni creas que vamos de paseo", le contestó él.

Fotografías, huellas digitales. Se sentaron a una mesa rodeada de otras mesas llenas de preocupados paisanos y aburridos agentes de migración. Arnie hizo algunas anotaciones en una de las formas. Quería saber por qué llevaba dinero americano. ¿Drogas? Ella negó con la cabeza. ¿Prostituta? ¡Claro que no! Cuando la Nayeli empezó a contarle su historia, dejó de escribir y casi se queda con la boca abierta.

Llamó al agente de la siguiente mesa. "¡Hey ven, tienes que oír esto!"

La Nayeli repitió la historia. Los agentes menearon la cabeza. Era lo más idiota que habían escuchado en toda la noche. Pero le dieron su crédito, también era la historia más original que hubieran escuchado en una semana.

"Te los vas a llevar de regreso", le dijo a ella.

"Estoy aquí al servicio de los dos países".

Arnie se rió fuerte. Vio a su alrededor y puso las manos en la mesa.

"Bueno, bueno, bueno".

Se rió otra vez. Se secó los ojos.

"¿No me cree?", preguntó la Nayeli.

"Pues no, pero por lo menos es una buena historia. Puntos extra por originalidad".

La Nayeli se cruzó de brazos y frunció el ceño.

"Yo no soy una mentirosa".

"No, sólo eres inmigrante ilegal. ¡Qué buena recomendación!"

"No soy ilegal. Vengo en una misión, soy patriota".

El agente se puso la mano en la frente.

"Bueno, como tú digas".

Estaba pensando: la última vez que vio a su hija llevaba una boina *Kangol* y hablaba raro, diciendo cosas como *Hey, perro.* ¿Perro? ¿Quién hablaba así? Meneó la cabeza. La Nayeli era como ella y más o menos de la misma edad. Casi del mismo color.

"¿Qué voy a hacer con estos muchachos?"

Se tocó el brazo. "Como quiera, gracias por el cumplido", le dijo a la Nayeli.

Se incorporó y le hizo señas de que ella también lo hiciera. El lugar era ruidoso y desagradable. Ya quería estar en las montañas, con nieve y cuervos en los postes. La llevaba del brazo, pero no iba para la jaula. No sabía bien a bien lo que estaba haciendo, actuaba por instinto. ¿Qué le podían hacer? ¿Despedirlo? ¿Reportarlo? Ya estaba bueno, él se iba a ir a pescar.

Le compró a la Nayeli una coca en la vieja máquina del pasillo y bolsitas de M&Ms y unas barras de granola para sus amigos. Luego la encerró en la jaula.

Se le quedó viendo.

Ella le sonrió.

"No dejes que te atrape otra vez", le dijo.

Se oyó un perro que les ladraba furiosamente a un grupo de muchachos.

Más terroristas, pensó mientras se alejaba ignorando el incidente.

A la Nayeli se le caía la cara de vergüenza. Ella que había pensado que a los americanos les iba a dar gusto verla.

~

¿Nos van a regresar a Tijuana?", tronó la Yolo.

Estaban todos juntos de nuevo. No volvieron a ver a Candelaria. El Tacho se tocaba el cinto, sorprendido de que nadie se lo hubiera descubierto.

"¿Tenemos que empezar otra vez desde el principio?", gritó la Yolo.

"¿Prefieres quedarte en la cárcel?", le gritó a su vez la Nayeli.

"¡Lo que preferiría sería estar en Tres Camarones! ¡En mi casa!"

Le dió un empujón a la Nayeli.

Un agente de la migra se les acercó.

"¡Hey, calma!"

"Perdón", dijo la Yolo.

"¿Las tengo que separar?"

"No".

"Las estoy wachando".

"Perdón".

Le hizo una seña a otro agente y se quedaron por ahí cerca por si había más problemas.

"Qué bien, Yolo, muchas gracias".

"Oye no empieces. ¿Gracias de qué? Yo no tengo la culpa de que nos hayan arrestado y nos vayan a deportar".

"Por favor no se pelién", les dijo el Tacho mientras trataba de arreglarle a la Vampi su enredado pelo de vampira.

El Tacho pensaba tristemente en La Mano Caída. Extrañaba el mostrador y la hielera, el piso de cemento y la maldita iguana que se metía todos los días a robarle rebanadas de piña y de mango. Le preocupaba que la tía Irma no cuidara bien a la iguana.

"¡Apenas se puede creer todo esto!", dijo la Yolo.

"Ya sé, ya lo sé", la voz del Tacho podía ser suave cuando quería.

La Yolo cruzó los brazos y se quedó enchimacada. Tenía los ojos llorosos. La gente chocaba con ella y le empujaba. Nunca había odiado tanto a la gente como en esos momentos. Se le rodaron las lágrimas.

La Nayeli se le acercó para abrazarla. Se resistió pero luego lo aceptó.

"Lo siento mucho", le susurró al oído.

"Piensen en su casa, éso es lo que yo hago cuando me siento triste, pienso en mi casa", les dijo el Tacho.

Había mucho ruido. Las rejas sonaban, la gente arrastraba los pies, mascullaban entre dientes. Llegaron los autobuses y los agentes gritaban y las puertas neumáticas siseaban al abrirse y la reja hacía un escándalo. Los agentes andaban entre ellos, diciéndoles que ya era hora de irse a su casa. Los *trescamaronenses* tenían que gritar para oírse.

"¿Qué?", gritó la Yolo.

"¡En tu casa!, ¡que pienses en tu casa!", le gritó el Tacho.

"¿Qué dices de la casa?", gritó la Vampi.

"Yo pienso en La Mano Caída".

"¿Qué?"

"¡LA MANO CAÍDA!"

Los agentes de la Patrulla Fronteriza se congelaron.

"¿Al Qaeda?", dijo el más cercano.

"¿Qué?"

"¿Dijiste Al Qaeda?"

"¡No! ¡Dije *La Mano Caída*!", gritó el Tacho, demasiado fuerte.

Los agentes lo agarraron y lo pusieron contra el suelo.

"¡Este es de Al Qaeda!"

La gente gritaba y se alejaba. La reja estaba abierta y empezaron a llenar los autobuses. Se llevaron a fuerzas a las tres muchachas, que luchaban con un montón de agentes de la ICE. La gente se empujaba, las muchachas chillaban. Se escuchó una voz que decía que los sacaran a todos de ahí. Los subieron a los autobuses.

Estaban llegando más agentes por todos lados, encaminándose hacia el Tacho.

Las puertas de los autobuses se cerraron.

El camión arrancó y las muchachas se quedaron atrapadas adentro, viendo cómo maltrataban al Tacho. Lloraban y le pegaban al vidrio, pero el autobús no se paró.

Norte

Capítulo dieciocho

Era de mañana.

Los vagos de Tijuana que no tenían nada qué hacer se entretenían burlándose de los deportados que llegaban de regreso, cansados, sucios y desilusionados. Los que ya tenían tiempo en esto sabían el juego de la frontera y rápidamente se perdieron entre los vagos y la gente y se encaminaron de nuevo a la barda. Pero los nuevos, los que lloraban, los encorvados y avergonzados, eran presa fácil del escarnio.

Esas barracudas podían oler a los indefensos y se reían de ellos y les arrojaban colillas de cigarros y se ofrecían a calmar cualquier tensión sexual que las mujeres pudieran sentir. Era mejor que la tele, mejor que pistear en la cantina, ver a los que lloraban, abatidos, trastabillando, mirando para todos lados, perdidos. Cualquier cosa podía suceder. ¿Quién se enteraría?, ¿los misioneros?, ¿la Cruz Roja? Todo mundo estaba harto de los pinchis migrantes. Todos los que importaban, claro.

Los hombres gritaban cosas horribles y los muchachillos los imitaban. Algunas de las mujeres habían sido separadas de sus hijos y lloraban desesperadas buscándolos. Si esperaban compasión en la frontera estaban muy equivocadas. Los vagos las señalaban y se reían de ellas.

Más allá de los vagos había peores tipos esperando, coyotes que vendían el regreso inmediato. ¿Cuánto podría pagar un deportado? Lo más probable es que no mucho. Pero hallaban el modo pues no tenían a dónde ir. Este regreso les recordaba que no tenían hogar. Sólo el grupo de la Nayeli venía con una misión, la de proteger y repoblar su pueblo. Los demás estaban ahí para poder comer, para poder mandar dinero a las familias que habían dejado en sus pueblos. Estos invasores, de tan mala fama en la radio americana, estaban desilusionados y desesperados por el hambre y aceptaban cualquier trato que les proponían los coyotes.

Pedían prestado o sacaban sabrá Dios de dónde, rollos de dinero que traían escondidos y se jugaban todo por intentarlo de nuevo. Y ahí estaban estos agentes del fracaso, ofreciéndoles el inmediato regreso. A ellos no les importaba de dónde venía el dinero. Ofrecían llevarlos de nuevo a *la Libertad*, o al este, mucho más allá, donde la legendaria barda se terminaba. No había nada más que unas barreras de tráfico y fogatas y víboras de cascabel y vaqueros. Y entre estos malandrines había choferes de taxi que no llevaban a ningún lado. Algunas veces había padrotes tratando de enrolar a alguna muchacha o muchacho con promesas de dinero fácil, protección, puras mentiras.

La gente buena de Tijuana seguía sus rutinas, sin ver a los deportados, apurándose en lo suyo. La mayoría de los habitantes de Tijuana nunca había visto a estos alcahuetes. Más allá de la frontera, los mexicanos parecían creer que cada hombre en Tijuana era un sinvergüenza o un coyote, pero muchos de los tijuanenses nunca habían visto un coyote y no lo reconocerían si lo tuvieran enfrente. No pensaban en la frontera, no tenían tiempo para ello. La frontera era una abstracción. Muchos ciudadanos de Tijuana cruzaban a hacer compras, un mejor corte de carne en San Ysidro, ropa en las tiendas de segunda y en las tiendas de saldos. Cientos de mujeres pasaban por las puertas giratorias de migración para abordar los autobuses que las llevaban a las lomas y los valles de San Diego, donde aspiraban, sacudían y lavaban baños y cocinaban sandwiches de queso fundido en las casas de otras mujeres que podían darse el lujo de contratar gente para que les hiciera el quehacer de la casa.

Muchos nunca iban a San Diego, ni siquiera veían para el otro lado. No tenían tiempo para los deportados. No les gustaba toda esa gente que andaba por las calles y traía polvo y pánico a Tijuana. Sospechaban que todos los crímenes cometidos en su tierra eran perpetrados por esa gente. Toda la droga venía con ellos. Los mayores recordaban los tiempos en que se podían dejar las puertas abiertas en Tijuana. Cuando conocías a todos tus vecinos, y todo mundo ayudaba. Ahora, con estas oleadas de extraños llegando por todos lados, todo había empeorado.

Así, la Nayeli, la Yolo y la Vampi salieron al sol llorando y limpiándose las narices, más sucias de lo que jamás las hubieran traido, estaban temerosas y solas y a nadie le importaba un comino.

Caminaban en grupo, agarradas de las manos.

"¿Taxi?" "¿Va para el centro?"

Negaban con la cabeza.

"¡Mamacita, véngache pa'cá!", les dijo un vago.

Siguieron caminando. Vieron unas indias vestidas como doña Araceli que vendían baratijas y chicles y extendían las oscuras manos pidiendo limosna. Enormes gringos con shorts de cuadros, sombreros de palma y cachuchas de béisbol, las hicieron a un lado y siguieron caminando, riéndose como lo hacen siempre, como si fueran dueños del mundo. La Nayeli deseaba lo que ellos tenían, aunque no sabía qué era. Gritones, sin preocupaciones.

Nada paraba a los americanos, nada los callaba. Ellos no se aco-
bardaban. Cuando los cholos los insultaban, caminaban entre las
nubes de rabia y odio como si no tuvieran tiempo para esas ton-
terías. Y si las oían, mostraban el dedo medio de la mano o se
reían o contestaban algo ácido y caminaban, caminaban rumbo a
su sonriente mundo. Había tantos americanos en Tijuana que la
Nayeli no entendía lo que era la frontera. La gente en las jaulas le
había dicho que era la misma cosa en *el otro lado*, que había tantos mexicanos deambulando por San Ysidro y Chula Vista que
parecía Mazatlán. Había más mexicanos en Los Ángeles que los
que había en Culiacán. Se dio una vuelta completa y lo único que
vio fue barda y guardias. Toda la frontera era del color del polvo.
Con helicópteros.

"¿Taxi?"

"No, gracias".

Las muchachas estaban desanimadas. La Nayeli no sabía qué
hacer ahora. ¿Cómo levantar el ánimo de su tropa? ¿Habrían
perdido al Tacho para siempre? No se imaginaba cómo lo podría
encontrar. No podían continuar sin él.

Levantó la vista.

Al final de la banqueta rajada, recargado en el cayado, con
un pie en la rodilla opuesta, sin el paliacate rojo y con la cabeza
rapada brillando al sol, estaba *el Guerrero*.

"¡Yo soy Atómiko!"

Las fue guiando por las calles, con el garrote al hombro. Nadie
lo volteaba a ver. Seguramente ya han visto muchos hombres con
garrotes. Han visto cosas todavía más extrañas. Nadie los mira
a ellos tampoco. Ya han visto a muchos hombres con garrotes
guiando grupos de mujeres. Ya lo han visto todo.

Se paró en un puesto de comida al lado de un edificio azul y blanco con letras cursivas en rojo que prometían estentóreamente *¡MARISCOS! ¡CAMARONES! ¡OSTIONES! ¡AGUAS FRESCAS!* Atómiko sabe que las muchachas están deshidratadas. Planta su garrote en el suelo, apunta al mostrador y le dice a la Nayeli: "Compra unas aguas".

La Nayeli siente tal alivio de ver una cara amigable, aunque sea la de éste que parece chacal, que humildemente se acerca al puesto, saca dinero y compra vasos grandes de aguas frescas para todos. No puede creer lo deliciosos que están. Se los bebieron como gente perdida en el desierto. Atómiko bebe su ácida agua de jamaica a sorbos. Piensa que preferiría estar tomando cerveza mexicana, la mejor cerveza del mundo. La Yolo se empina el agua de tamarindo, la Vampi toma horchata y la Nayeli mastica pedazos de fresa que flotan en su vaso.

Atómiko apunta con el palo hacia el final de la calle y ellas lo siguen. Las lleva a un motelito blanco con bordes azules. Hay tres carros en el estacionamiento. Una mujer mixteca barre la banqueta enfrente de los cuartos. Un anuncio de neón brilla anaranjado en la luz matutina. El letrero de cartón pegado con cinta a la ventana establece un precio razonable por los cuartos. Atómiko apunta, se rasca el pecho y gruñe.

"Sí", le dice la Nayeli.

"Dos cuartos", dice el Guerrero.

Ella le hace caso. No le importa. Si se le acaba el dinero, ni modo. Lo que quiere es bañarse. Dormir. Las muchachas comparten el cuarto 101. Gritan, lloran, se dejan caer en las camas, se pelean por la regadera y el excusado. Prenden el aire acondicionado. Atómiko tiene la llave del 102.

"Estoy aquí enseguida", les dice.

Eructa.

"Laven sus calzones".

Azota la puerta. En un minuto, escuchan la televisión de su

cuarto a todo volumen y una serie de ruidos extraños, golpes, porrazos sordos, gritos. Escuchan. Finalmente, la Nayeli sonríe.

"Está practicando", aclaró.

Se durmieron hasta las cinco de la tarde, las muchachas atravesadas en las camas como muñecas de trapo, totalmente insensibles y roncando. Sus blusas y pantaletas se secaban en el baño, colgadas del tubo de la cortina, los calcetines en el tanque del excusado. La nariz de la Vampi silbaba en tres notas distintas, descendiendo al exhalar.

La Nayeli fue la primera en despertarse. Se quedó quieta por un rato, oyendo los ronquidos de la Vampi. Todavía tenía la bolsita que le había dado la tía Irma. La recogió del suelo y sacó la postal de Kankakee. Leyó de nuevo el mensaje de su papá. "Todo pasa". Ya vendrían días mejores. La devolvió a la bolsita y sacó la del misionero Matt. Vio el número de teléfono al reverso. Se sentó y vio a la Yolo recargada en la cabecera de la cama. Tenía en la mano su tarjeta de Matt. Se vieron una a la otra.

"¿Te acuerdas que te decía Yo-Yo?"

"Llámalo", le dijo la Yolo.

"Sí".

"¿Cómo crees que esté ahora?"

"Ha de ser rico".

"Yo creo que se hizo artista de cine".

"Ha de ser un famoso surfero y actor de cine".

"Espero que no esté casado".

"Yo también".

La Nayeli se levantó para vestirse y salir a buscar un teléfono. Su blusa y ropa interior estaban todavía húmedas, pero se las puso y abrió la puerta con cuidado. Atómiko estaba ahí afuera hablando con el Waino, quien estaba fumando y levantó la vista al verla.

"¿Quiubo?", masculló.

La Nayeli salió al pasillo.

"¿Cómo conseguiste que viniera?", le preguntó a Atómiko.

"Tengo mis poderes".

"Sí, ya vimos anoche que puedes volar".

"¿Este bato puede volar?, ¿la mera neta del planeta?", preguntó el Waino.

Había un teléfono público afuera de la oficina del motel. Alguien había escrito "Octavio se acostó con mi esposa" en el metal. La Nayeli picó el cero y pidió a la amable operadora una llamada por cobrar a Tres Camarones.

Sonó dos veces y la tía Irma contestó.

"¿Qué fregados quieren?"

"Tengo una llamada por cobrar para Irma Cervantes de parte de Nayeli García".

"Sí, claro, por supuesto. Apúrese, que no tengo su tiempo".

El teléfono hizo varios ruidos y la Nayeli apenas podía hablar, tenía un nudo en la garganta.

"¿Tía?"

La tía Irma le estaba gritando al guajolote. "¡General, deja a esa gallina, idiota!"

"¿Tía?", repitió Nayeli.

"Hola mi niña, ¿cómo va la épica jornada?"

La Nayeli empezó a llorar.

"Ay, tía, nos está llevando mucho más tiempo del que pensamos".

"¡Pero si sólo llevan una semana!, bueno, seis días. ¿Ya están en San Diego? ¿Ya viste a Chava?"

"¿Chava?"

"Chava Chavarín. ¡No me digas que no le has hablado a Chava! Él era el mejor bolichista que he conocido".

La Nayeli se sorbió los mocos. ¿Cómo podía ser sólo una semana? Parecía como un mes. Trató de recordar todo lo que la tía Irma había dicho alguna vez de Chavarín.

"Cuéntamelo todo".

"¿Todo?. Bueno...¿Por dónde comienzo?"

Le dijo todo. La larga historia del autobús, el basurero, el cruce, la migra. Irma la interrumpía.

"¿Chavarín?"

"No Chavarín".

"¿No les ayudó? ¡Pues que cabrón!, ¿o ya se murió?" Un tono de incredulidad y temor permeaba las palabras de La Osa.

"No, tía".

Un suspiro de alivio.

"¿Será posible que no se acordara de mí?"

"No, tía, no es eso. No había ningún Chavarín. No está aquí".

"Eso es absolutamente imposible".

"Lo siento".

"No puede haberse ido. Se casó con una chingada gringa. Viven en la Colonia Independencia".

"No".

Silencio.

"Se ha de haber ido para el otro lado. Llámalo cuando estés allá".

"¿A eso vinimos?, ¿a buscar a Chavarín?"

"No seas pendeja, chingado".

Luego:

"¿Me dijiste que te habías involucrado con un criminal llamado Atómiko?"

La Nayeli pensó: Cambio total de programa.

"¿También me dijiste que el Tacho es terrorista?"

Había mucho que explicar, así que la Nayeli le dijo:

"Vamos a cruzar otra vez. No sé cómo pero lo vamos a intentar de nuevo. La gente aquí lo hace una y otra vez y nosotros también. Tengo el número de teléfono de Mateo".

"¿Y quién es ese Mateo?"

"El misionero".

"Me carga la...¿Vas a llamar al Cristiano?"

"Sí, ¿qué más puedo hacer?"

"Ese simple".

"Sí, tía".

Irma suspiró.

"Bueno. Está bien. Sigan adelante con el proyecto".

"Le vamos a pedir ayuda".

"Te fuiste a traer guerreros, acuérdate. ¡No te andes enamorando de ese misionero!"

"No lo haré".

"Y tampoco te acuestes con él. Si consiguen la leche gratis no compran la vaca".

"¡Tíaaaa!".

"Y tampoco traigas ningún condenado surfero. Ni muchachitos americanos. Tráeme mexicanos".

"Eso es lo que te quería decir...quiero llevarme a mi papá".

Silencio del lado de La Osa.

"Quiero ir a Kankakee. Quiero que mi papá regrese a casa".

Irma suspiró contrariadamente.

"Bueno". Sabía que había mil cosas que podría decirle a su sobrina, pero ¿de que le iba a servir? La Nayeli escuchaba su corazón. Iba a hacer lo que iba a hacer.

"Bueno. Buena suerte. Tráete al bueno pa' nada de tu padre si eso es lo que quieres. Ya le patearé el fundillo cuando llegue".

El Waino dijo: "¿Creyeron que el jotito era terrorista?". Echó un largo silbido. "Lo van a mandar a Guantánamo. ¡Qué mala onda!"

"Por lo menos va a conocer Cuba", dijo Atómiko.

"No, gracias".

A la Nayeli le parecían dos viejos chanates, encorvados, viendo al piso y fumando. La puerta se abrió detrás de ellos y salieron las muchachas tallándose los ojos y tratando de peinarse con los dedos.

Atómiko vio a la Yolo y le echó un gruñido.

"¿Qué tanto ves?"

"Te estoy viendo a tí".

"¿Qué no estabas enamorado de la Nayeli?"

"No me hace caso".

La Yolo se encogió de hombros y se volteó con la Nayeli para que les reportara la llamada. Las tres muchachas coincidieron en que la casa de Mateo era un buen objetivo. Principalmente porque era el único lugar que imaginaban seguro en los Yunaites. Pero no querían cruzar la frontera de nuevo. Nomás no.

Los dos morros las escucharon y Atómiko le dió un codazo a Waino, quien se aclaró la garganta para llamar la atención.

"Oigan, me pesa que los hayan pescado. Mi socio aquí no para de recordármela, así que les voy a hacer un favor. Es la primera vez que le hago un favor a alguien, conste, espero que lo aprecien".

"¡Él es Waino!", anunció Atómiko, mostrando que había diversificado el hilo usual de sus pensamientos.

"Las voy a llevar al agujero".

"¿El agujero?"

"Simón, el hoyo, esaaa, eso es lo que dije. Tuve que hacer algunos arreglos. Ir al agujero cuesta mucho dinero. Aquí mi carnal dice que algún día, cuando tengan dinero, me van a pagar".

"¿El agujero?"

"Confíen en mí. Ya verán. Está garantizado".

Atómiko tocó a la Nayeli con su cayado en el hombro.

"Garantizado".

"Nomás acuérdense de ésto. Tienen que olvidarse de que vieron el agujero. Una vez que estén del otro lado, es como si nunca lo hubieran visto. La mayoría de la gente que descubre el agujero no vive para contarlo".

Aventó la colilla del cigarro.

"Bang, bang", dijo el Waino.

La colilla echaba humo en la banqueta.

Capítulo diecinueve

Andaban más allá del aeropuerto de Tijuana. Cercas y bardas y los mismos panoramas de frontera. Se pararon en un grupo de gasolineras y abarrotes, refaccionarias y bodegas. El edificio donde se estacionaron tenía en el frente un mono hecho de silenciadores pegados con soldadura y sombrero de embudo de latón. El letrero en la puerta decía MOFLES. Olía a carne quemada y a perros, aceite de carro y humo de escape.

"¿Qué es un mofle?", preguntó la Yolo. Ella siempre estaba metida en los libros y le gustaban las palabras, pero nunca antes había oído el spanglish.

"Un mofle es un mofle, carajo. Es... ¿cómo se llama la pinchi cosa esa detrás de tu carro?", le contestó Waino.

"Silenciador", dijo Atómiko.

"¡Un silenciador!", dijo la Yolo.

"Éso es lo que te estoy diciendo", dijo el Waino.

La Vampi se bajó del carro y apuntó al mono de metal.

"Qué curiosito", dijo.

Las muchachas no parecían notar la soledad de estas desagradables ruinas. Bien podía ser una trampa para violarlas y matarlas.

Podían secuestrarlas y forzarlas a ser esclavas sexuales. Hasta les podían tomar película mientras las mataban; ella había visto historias como esas en el ¡*Alarma!*

Un policía de Tijuana, con chaleco antibalas, estaba parado en la esquina, con el rifle apuntando al suelo. Sus lentes polarizados voltearon hacia ellos, los vio fríamente y se volteó para otro lado.

La Nayeli estaba tensa. Se sentía nerviosa y enojada, molesta con el día, con la frontera y con los mismos edificios frente a los que se encontraban. Pero la presencia de Atómiko la calmaba. No le acababa de gustar, pero intuía que él no permitiría que nadie les hiciera daño. Lo miró. Había abandonado su intento de enamorar a la Yolo y había puesto su atención en la Vampi. Le estaba moviendo las cejas. La Nayeli apenas contuvo la carcajada.

Hizo rápidamente la señal de la cruz y murmuró: "Ave María Purísima".

"Vengan", les dijo Waino.

Tocó en la puerta de la cortina de metal del abandonado taller de mofles y alguien la empezó a enrollar. Humo de cigarro y música rocanrolera salieron a su encuentro.

"Órale, métanse pa' dentro", dijo un muchacho.

Waino se agachó y entró y las muchachas lo siguieron. Atómiko se puso el cayado en el pecho y se metió. La cortina se cerró ruidosamente detrás de ellos.

Negras Glocks en los cintos. Pequeñas ametralladoras en las manos.

"Conque éstos son los que me dijiste, ¿eh?", dijo uno que andaba en pants.

"Eso mero", le contestó Waino.

"¿Y con quién me entiendo?"

"¿Perdón?" preguntó la Nayeli.

"Con quién tengo que hablar. ¿Contigo?", le preguntó a Atómiko.

Negó con la cabeza.

"Con ella", apuntó a la Nayeli.

El hombre se volvió hacia la Nayeli.

"Tú. ¿Tú eres la jefa?" Sonrió desagradablemente "¿Esta chaparrita?" Soltó una risotada que parecía ladrido. "Bueno". La tomó del brazo y la llevó al cuarto de atrás, que era más grande de lo que parecía por fuera.

"Ustedes nunca pasaron por aquí y no saben nada acerca de este taller. ¿Correcto?"

"Correcto".

"El bato con el palo es el que las va a llevar, no nosotros".

"Sí".

"No les vamos a ayudar de nuevo. Esto se hace sólo una vez. ¿Entendido?"

"Está bien".

Estaba confundida y le contestaba lo que creía que el otro quería oír.

Waino apuntó con la barbilla hacia un rincón.

"Mota", les dijo.

Había montones de paquetes apilados contra la pared.

"¿Mariguana?", se alarmó la Vampi.

Los muchachos del taller se le quedaron viendo.

"¡Al por mayor!", les dijo Waino.

"¿Coca?", preguntó Atómiko.

"Yo conocí a un mono al que le cortaron la nariz por curioso", le dijo el de los pants.

Atómiko se encogió de hombros.

"Yo sólo pregunté si tenían cocacolas", mintió.

Waino sonrió sarcásticamente.

"Si Waino no fuera mi sobrino, ya estarías muerto en medio

de la calle. Aquí movemos mercancía, no gente", dijo nuevamente el de los pants.

Abrió una portezuela que había en el piso. Metió la mano y encendió la luz.

"Bienvenidos".

Waino les sonrió y fué el primero en bajar.

Las muchachas lo reconocieron al instante. Lo habían visto en el Cine Pedro Infante, durante uno de los interminables festivales de Steve McQueen. Era el túnel de *El Gran Escape*; tenía focos colgados de cables y el piso estaba parejo, muy transitado.

Atómiko silbó largo.

"¡Qué suave!, podría ganarme un millón de pesos con un túnel como este".

"¿Uno nomás?", le preguntó burlón el hombre de los pants.

Atómiko se rió.

"El túnel tiene media milla de largo. Justo cruzando la línea, justo enfrente de las narices de la migra, se termina en una tienda de cortinas al otro lado. Ni los que trabajan ahí saben. Cuando anochezca, mis socios van a mover dos máquinas de coser y les van a abrir la puerta".

La Nayeli nunca había oído tal cosa. Los ojos de la Yolo y la Vampi estaban como platos. Esto era realmente asombroso.

"¿Qué pasa si los atrapan, digo, a los de las cortinas?", preguntó la Nayeli.

"Tenemos una alarma. Volamos el túnel de éste lado y nos vamos tranquilamente", le dijo riéndose.

Atómiko silbó otra vez.

"Pero es un montón de dinero, ¿me entiendes? Hay gente que sabe lo que hacemos, pero con el favor de Dios, las donaciones que hacemos son suficientes para protegernos".

Llevaba un crucifijo de oro colgando del cuello.

"...Con el favor de Dios", dijo la Nayeli, dudándolo.

El hombre nomás sonrió.

"Dios nos ama a todos".

Las muchachas se vieron entre sí; la Vampi sonreía dulcemente y la Yolo estaba muy seria. La Nayeli endureció el gesto con la esperanza de verse medio fiera.

"Bueno, váyanse, es todo derecho, ni modo que se pierdan".

"¿Hay chinacates?", preguntó la Vampi.

El hombre se rió.

"No, no hay".

"¿Ratas?"

"No, no hay ratas, lo único que hay es tierra, ¡ya váyanse!"

"¡Adiós y buena suerte!", les dijo Waino.

Tuvieron que agachar la cabeza cuando entraron al túnel, pero estaba pasable. Por lo menos no tenían que irse a gatas. Estaba bien iluminado, difícil de creer. La Nayeli se imaginaba las camionetas de la Patrulla Fronteriza transitando por encima de sus cabezas mientras ellos cruzaban. Levantaban polvo al arrastrar los pies; estornudó.

La voz de Waino les llegó por el túnel, detrás de ellos.

"¡Me mandan una postal!"

"Después de todo resultó ser buena gente", dijo la Yolo.

La Nayeli estuvo de acuerdo con ella.

"Nos trató bien".

El Guerrero, al final de la fila, les recordó: "Pero no es lo mismo que yo".

"¡Gracias a Dios!", exclamó la Vampi y las muchachas se rieron.

Vieron una enorme araña café en el camino, pero el resto del trayecto fue a lo largo de una monótona pared de tierra con el techo sostenido por vigas de madera.

"Ahorita me caería bien algo de esa cocaína", comentó Atómiko.

Las muchachas nunca habían conocido a nadie que consumiera drogas y lo vieron con nuevos ojos. Era taaan gangster. Los drogos de Tres Camarones se conformaban con su mariguana.

Llegaron al final del túnel y ahí había otra escalera. Encontraron tres cajas en el túnel y se sentaron en ellas. Atómiko se sentó en cuclillas a su estilo simio.

"¡Hey, miren eso!", les dijo la Vampi.

Había una concha de almeja pegada en la pared de tierra.

"Eso viene del diluvio de Noé", dijo Atómiko.

"No seas ridículo", lo regañó la Yolo.

Discutieron la evolución durante unos minutos y luego se quedaron en silencio.

"¿Y ahora qué?", preguntó la Yolo.

"Esperamos", respondió la Nayeli.

Al cabo de un largo rato, la Vampi les dijo: "Estoy aburrida".

La Yolo se estiró.

"Yo quiero ir a Kankakee", les comentó la Nayeli.

"¡Ah!, por tu papá", dijo la Yolo.

"¿Y eso dónde queda?", preguntó la Vampi.

"Por ahí cerca de Chicago".

"¿Y nosotros?".

"Nosotros vamos a visitar a Mateo", le dijo la Yolo.

Atómiko las sorprendió a todas cuando comenzó a roncar.

Oyeron unos ruidos allá arriba y el techo se abrió. "¡Apúrense!", les dijo una voz masculina.

Subieron a una bodega llena de alfombras enrolladas y mesas

cubiertas con rollos de tela. Las dos máquinas de coser que tapaban la entrada habían sido deslizadas a los lados y la alfombra levantada para abrir la tapa en el suelo. El cuarto estaba en silencio, aislado por todas las cortinas y las alfombras. El hombre les apuntó a una puerta.

"Por el garach".

Se fueron al garage y encontraron ahí una camioneta de entregas con la puerta de atrás abierta. Se sorprendieron al ver por la ventanita de la cochera que afuera ya estaba oscuro.

"Adentro", les dijo el hombre. Se subieron.

Se acomodaron entre rollos de alfombra. El hombre levantó la mano, jaló una correa de cuero y cerró la puerta con un fuerte golpe. Quedaron a oscuras. Las muchachas se abrazaron. Atómiko agarró firmemente su arma, aunque no parecía que pudiera romper la puerta con ella. Oyeron como cerraban la aldaba. El chofer se subió al frente haciendo chirriar los resortes. Encendió el motor. Oyeron cómo se abría la puerta de la cochera y salieron. Bajaron a la calle. Dieron varias vueltas, se callaron cuando hicieron alto en los semáforos. Podían oír los sonidos del tráfico de afuera. En la cabina se oía una estación de radio en español. De repente sintieron como aceleraba. Ya estaban en la autopista. Avanzaron y avanzaron, se hicieron a la derecha y aceleraron aún más.

Ninguno sabía qué tan lejos andaban. La camioneta bajó por una rampa y frenó bruscamente. Sonó el klaxon, alguien gritó una grosería, la camioneta dio vuelta a la izquierda y luego a la derecha, siguió avanzando unos minutos más y dio una vuelta muy cerrada a la derecha. Oyeron ruido de grava suelta. Pararon, pero el hombre dejó el motor encendido. La aldaba hizo ruido y la puerta se abrió. El frío aire nocturno se metió al vehículo.

"Pa' fuera".

Se bajaron de la camioneta y antes de que pudieran decir algo al chofer, éste se subió a la cabina y se fué, dejándolos en un enorme terreno baldío. Se quedaron ahí, en la oscuridad, tratando de ver a su alrededor. Allá en la distancia, a la derecha, se veía una iglesia tipo español encima de una loma. Enfrente de ellos, una pared de matas de adelfa y unos arbustos; al otro lado tráfico de carros. Si veían a la derecha, podían distinguir algunos cerros. Uno de ellos tenía arriba una cruz encendida. Detrás de ellos sintieron un vacío. Estaba negro y apestaba. Pero parecía que esa era la salida del baldío, así que se encaminaron en esa dirección. Llegaron a una calle y dieron vuelta a la derecha, en la dirección de la cruz y alejándose de la iglesia. Parecía que San Diego les ofrecía señales luminosas, cada una portadora del mensaje de que Dios los cuidaba.

Llegaron a un pequeño puente y al cruzarlo vieron la túrgida agua oscura del arroyo que pasaba debajo y les dio el olor pesado del agua salada. A su izquierda, vieron pasto y una enorme extensión de agua. Al parecer caminaban por una gran bahía. Estaba alumbrada por altos arbotantes. Cuando la Vampi vio un parque con juegos para niños al otro lado de la calle corrió hasta allá y empezó a mecerse en uno de los columpios. La Yolo y la Nayeli se sintieron grandes y serias, ya no en edad de andar jugando en los columpios. Pero Atómiko las sorprendió uniéndose a la Vampi. Puso a un lado su cayado para poder columpiarse.

La Nayeli los siguió.

"Niños", masculló.

La Yolo caminó a su lado.

"Mira, en los Estados Unidos tienen pasto".

En eso se encendieron las regaderas con un ruidoso pffffft y empezaron a arrojar agua, todos corrieron.

Embriagados con los Yunaites, se rieron alegremente. El aire olía delicioso, a agua salada y a jacarandas. Estaba fresco, demasiado fresco para las muchachas, pero la carrera las había hecho entrar en calor.

Había limpias banquetas que iban y venían por las lomas en las que se encontraban asaderos y más juegos. La Vampi se quería columpiar en todos. Atómiko se subió al iglú de las barras paralelas y se paró encima, sosteniendo el garrote sobre su cabeza y gritando.

"Parece King Kong", dijo la Yolo.

Estaban encantados de haber encontrado baños públicos bien iluminados y limpios. Las muchachas se apoderaron de tres y platicaban mientras hacían lo que tenían que hacer. Atómiko entró al de hombres con el cayado por delante, listo por si se encontraba algún ratero. Pero no había nadie. Usó el mingitorio y se sorprendió a sí mismo lavándose las manos. No podía creer que pudiera lavarse las manos con agua caliente. Le costó algún trabajo aprender a usar el secador automático de aire, de modo que acabó secándose las manos en el pantalón y se quedó haciendo guardia en la puerta del baño de mujeres esperando a las muchachas. Sus risas y pláticas hacían eco allá adentro. Se les podía oír por toda la bahía. Sintió que era eso un terrible problema de seguridad, pero en las actuales circunstancias ni modo de echarles un jarro de agua fría. La alegría de estos momentos los llevaría lejos en su misión, antes de que la desesperanza los frenara nuevamente. Plantó su garrote en el suelo y asumió una pose amenazadora.

Las amigas salieron del baño y emprendieron el camino a buen paso. Admiraron las estrellas. Vieron la brillante cruz arriba de la colina. A su alrededor había muchas casas iluminadas, equitativamente distribuidas en las laderas de las Lomas de Clairemont.

Un hombre que llevaba tres perritos pasó y les dijo "Good evening".

"¡Adióoos!", le contestó la Vampi.

La Nayeli le dio un codazo.

En el centro de visitantes se juntaron y observaron las máquinas de refrescos. Más luces. Palomillas chocando con las luces de neón. Dos policías en shorts y con cascos pasaron pedaleando sus bicicletas. Uno los saludó con la mano. La Vampi les devolvió el saludo y les dijo: "¡Adióoos!".

"¡Oye tú cállate, quieres que te deporten otra vez?", la regañó la Yolo.

Atómiko se rió.

"Esos son tránsitos, los reconoces por la Placa, a esos no les importa si tienes o no tienes papeles".

La Vampi se cruzó de brazos y dijo con indignación: "¿Lo ven?".

"Me encantan los Yunaites, los policías andan en bicicleta y se ponen shorts", les dijo la Nayeli.

"Esto fue una buena idea. Al principio no lo creía, pero ahora sí. ¡Está todo tan limpio!", exclamó la Yolo.

"Está demasiado limpio", se quejó Atómiko. "¿Onde están las fogatas? ¿Cómo te la vas a pasar bien sin fogatas?"

La Vampi apuntó hacia el agua. Se vislumbraban fogatas en una pequeña isla. Podían ver hombres gordos en sillas plegables bebiendo de unos botes.

"Tienes razón". Levantó el cayado y gritó: "¡Fiesta!".

"A lo mejor hasta podemos encontrar un perro muerto para que te sientas como en tu casa", le dijo la Yolo.

"Qué graciosita", le contestó el Guerrero.

Un vocho dio la vuelta en la glorieta. Iba lleno de gringuitas. Retumbaba el bajo de la estruendosa música del radio y las muchachas se reían. La Nayeli las podía oler desde donde se encontraba. Champú, perfume y cigarros.

"¡Eminem!", gritó la Vampi.

Las muchachas los saludaron y se perdieron en la noche.

"Es la hermandad de la música", entonó la Vampi.

La Yolo y la Nayeli nomás menearon las cabezas.

"Esta plebe es de más", se quejó la Yolo.

La Vampi estaba tan feliz que abrazó a Atómiko.

"¿Te gusta estar aquí?"

"Más o menos".

"Ay sí, ¡qué rudo!"

"Pero te amo".

"A mí y a todas".

"Pero tú sí que estás re buena, mi chiquita".

"Bueno pues, ya estuvo bueno". Lo soltó.

"Órale morras, ¿qué quieren hacer ahora que ya estamos en los Yunaites?"

Nayeli: "Encontrar a mi papá".

Yolo: "Encontrar a Mateo".

Nayeli: "También".

Yolo: "Encontrar al Tacho".

¡El Tacho! Las tres se echaron a llorar. Su querido Tacho.

Atómiko carraspeó y escupió. "Yo quiero ir a Disneylandia".

Lo vieron asombradas. Esperaban que les dijera algo así como *Quiero ir a un Antro,* o tal vez *Quiero meterme en un pleito de pandillas y matar a cien.* Se sintió incómodo por el modo en que lo miraban al tiempo que se limpiaban los ojos y las narices con las mangas.

"¡Qué!"

Las tres empezaron a reírse.

"¿A Disneylandia, Atómiko?"

"Hey, es que le quiero pegar al Mickey Mouse con mi garrote".

Las tres soltaron la carcajada.

"¡Tu garrote!", le dijo la Yolo.

"Si te sentías tan solo le hubieras pegado al Tacho con tu garrote", aconsejó la Vampi.

Se acordaron del Tacho y empezaron a llorar de nuevo.

Llegaron a una caseta telefónica.

La Nayeli se acercó al teléfono.

"Tachito", murmuró.

"Comida", proclamó Atómiko.

Apuntó con el garrote hacia un Jack in the Box al otro lado de la autopista.

"¿Trajiste dinero?", le preguntó la Nayeli.

"Nel".

"¿Qué se supone que yo voy a pagar tu comida?"

"Me lo gano con mi trabajo cuidándolas en su misión. Yo soy..."

"Sí, ya sabemos quién eres", dijo la Yolo.

"¡Eres Atómiko!", gritaron las tres al unísono.

Se encogió de hombros y miró inescrutablemente hacia la lejanía.

La Nayeli sacó la tarjeta del misionero Matt.

Ella y la Yolo se vieron.

"¿Lo llamo?"

"Tienes que hablarle".

"Estoy nerviosa".

"Nomás márcale".

La Nayeli levantó el teléfono, luego se rió y colgó.

"Cobarde", le dijo la Yolo.

"No es eso, lo que pasa es que ya no tengo dinero americano. Lo gastamos todo y este no acepta pesos".

Atómiko tosió y escupió.

"Comida", repitió.

Caminaron hacia el puente peatonal.

Capítulo veinte

Las muchachas nunca habían comido tacos de carne molida.

"Comida americana", dijo la Yolo.

La Vampi le sorbía al Dr. Pepper.

"Se llama Dr. Pimienta, pero no sabe nada a pimienta, parece coca con vaporrub".

"Dame una probadita", le pidió la Nayeli.

Arrugó la nariz.

"Sabe a jugo de ciruela".

"¡Déjame probar, déjame probar!", exigió la Yolo.

Le tomó un trago.

"Sabe a cerezas".

Habían tenido suerte. Todos los empleados en la lonchería eran mexicanos indocumentados, menos un guatemalteco. Les cambiaron los pesos por dólares a una tasa no muy favorable, pero por lo menos la Nayeli pudo comprar comida y tener feria para el teléfono.

Atómiko había fingido un violento ataque de náusea cuando pidieron tacos, a él no lo engañaban con eso. Pidió dos Jumbo

Jacks con queso, una orden grande de papas y una malteada de chocolate. Y un pay de manzana.

"Disfruta tu diabetes", masculló la Yolo.

"¡Están en los Yunaites, cabronas! Aquí puro apo pai, pay de manzana, eso es lo que comen".

"Si te dejamos aquí mucho tiempo vas a provocar una hambruna tú solito", le dijo la Nayeli.

"Todos los paisanos se van a regresar para que no los mates de hambre", corroboró la Vampi.

Las otras le aplaudieron como recompensa por haber dicho algo gracioso.

"Hay que pedir aros de cebolla", recomendó Atómiko.

Ma Johnston era una de esas mujeres buenas pero con mala suerte, que vivían en la sección de rentas congeladas del Paseo Clairemont. Su apartamento estaba en una línea enfrente unos de los otros, separados por unas franjas de pasto amarillo. Por un lado tenían la calle principal, mientras que las ventanas de la sala habían dado unas a otras durante cuarenta años. Ocasionalmente salía una palmera rumbo al cielo como fuego artificial congelado que parecía inclinarse un poco antes de caer al suelo. Había pichones y ratas en las ramas secas. El departamento de Ma estaba en la parte de atrás, no en la calle sino al lado del callejón que iba de la Clairemont a la Apache. Tenía dos recámaras, una cocineta y un baño con tina de fibra de vidrio. Mantenía una mesa llena de plantas en la ventana de la sala. Matt dormía en el cuarto de atrás, separado del de ella por el baño.

Había sido la primera mamá que permitió a sus hijos tener cable y HBO. Aunque sabía que sus amigos venían a ver viejas encueradas, le gustaba su compañía los viernes por la noche. No le importaba que fumaran ni que ocasionalmente se tomaran una cerveza, pero si fumaban mota tenían que hacerlo en el callejón y ella hacía como que no se daba cuenta.

Los locos surferos amigos de Matt siempre le llevaban algún regalito, estrellas de mar o caracoles, una bolsa de donas o un six de cerveza. Los gemelos ZZ eran surferos de tabla larga, de la vieja escuela, tanto que aún usaban camisetas de Hang Ten, ahora que todo mundo llevaba los colores sicodélicos. Zemaski y Zaragoza.

Cuando se convirtieron en *cristianos renacidos* trajeron sus biblias y sus CDs de música y cantantes cristianos. Todavía tenían el CD de Rick Elías y sus Confesiones en la parte de atrás de su estéreo, por un lado de la tele. Los ZZ eran sus favoritos y cuando Matt se había hecho misionero, abándonándola para correr a México a salvar a los mexicanos, los gemelos ZZ habían seguido visitándola, acompañándola, manteniendo a los malandrines a raya. Hablaban esa jerga surfera que ella no siempre entendía.

Las cosas andaban mal desde que Matt había regresado de las misiones, inseguro de su fe. Tenía muchas dudas. Bueno, de cualquier modo ella nunca había estado de acuerdo con su etapa de fanático de la Biblia. Había regresado de Mexico y había perdido la amistad con los ZZ cuando se peleó con ellos porque empezó a cuestionar el día del éxtasis final. Matt era de la opinión de que no iba a haber un éxtasis y nadie se iba a quedar a pelear contra el mal y las hordas demoníacas porque nadie se iba a ir a ninguna parte, sin importar lo que el libro favorito de los gemelos dijera. Los ZZ le hubieran perdonado la ruptura teológica, pero Matt había cometido la herejía de perder el interés en surfear. Eso sí que no podían creerlo. Abandonar las olas era realmente abandonar al Señor. "¡Hombre, bato! ¡El diablo te está hablando al oído!", le habían dicho.

Era una crisis de conciencia para el pobre de Matt. Ma Johnston sabía que pensaba mucho y que era dado a las ideas liberales.

Ella era un de esas republicanas de hueso colorado que seguían al pie de la letra las doctrinas de Reagan. Pero sabía que la gente joven siempre anda buscando algo. ¿No había andado ella también, en sus tiempos, en busca de algo? Esa búsqueda la había llevado de Virginia a San Diego, donde encontró al papá de Matt en 1957. ¡Ah!, pero eso era ya historia antigua. Se empinó el café.

Desde que se había retirado, las cosas estaban más apretadas que nunca. Haber sido secretaria de bajo nivel en el distrito escolar no le había dejado mucho dinero. Tenía que admitir que la etapa misionera de Matt casi la lleva a la quiebra. Pero entre su pensión y el Seguro Social de su finado esposo no le iba tan mal. La renta era baja. Matt se había ido a San Francisco a vender "prendedores de arte". Vendía unos prendedores de cerámica en forma de pezón que aparentemente se prendían en un seno. Jajaja. Matt le mandaba cheques de $50, a veces de $100, metidos en tarjetas chistosas, de esas que traen gatos colgados de una cuerda diciendo "Aguanta!" Matt era un buen muchacho.

Ella le tenía listo siempre su cuarto, aún cuando la visitaba poco. Todos sus discos de Steve Miller estaban acomodados en orden, tal como le gustaba. El banderín negro de Jimi Hendrix estaba pegado en la pared encima de la cabecera de su cama. A Matt le gustaba la música de antes, comentaba que la nueva no le decía nada.

Café instantáneo, macarrón con queso, comida para los gatos callejeros que alimentaba, mermelada de fresa. Salió del súper y pensó comprar donas de Winchell's, pero luego se acordó de que ya lo habían demolido. ¿Por qué la gente tenía que destruir todo lo bueno?

Estaba como a kilómetro y medio de su casa. Al día siguiente pasaban por la basura. Llegó y acomodó el mandado. Carla la flaca la vio entrar a su casa. Carla se llevaba en el callejón a ver si conseguía que los motociclistas que vivían enseguida de Ma le dieran algo qué fumar. Carla era amable y siempre saludaba a Ma.

Eso fue el jueves.

El sábado, Ma no salió a recoger sus botes de basura. Carla se había acercado a su casa para ver si estaba bien. Y encontró a Ma muerta en el piso de la cocina, con un frasco roto de mermelada a su lado.

Matt se dijo que ya estaba bueno de llorar.

Había empacado las últimas pertenencias de su mamá. Libros, carpetitas tejidas y figuras de porcelana. Álbumes de fotos de personas que él no reconocía. Había donado la ropa al Ejército de Salvación y había tirado a la basura la ropa interior. Carla casi se desmaya cuando le dió el prendedor de pezón. Se rió y se rió cuando se lo puso. Los motociclistas de enseguida trajeron cervezas y se quedaron un rato con él. A Matt le daban miedo, pero en realidad habían sido muy amables y le habían hablado muy bien de su mamá.

Carla se acercó y pasó la noche con él, un sueño melancólico y sin sexo. Aún desnuda no le provocaba ningún sentimiento. Estaba huesuda y con muchos tatuajes. Más que nada fué por el calor humano.

Le había gustado el banderín de Jimi Hendrix, así que se lo había regalado.

¿Cómo es que había terminado así? Juntándose con motociclistas y la flaca, drogadictos todos. En San Francisco salía con una bailarina de ballet y estaba aprendiendo a comer sushi. Iba a los museos. Pero bueno, nomás estaba haciéndose tonto. El romance con la bailarina se había acabado poco antes de la muerte de Ma. El viaje de regreso a casa había sido casi fácil.

Tenía las ventanas abiertas para ventilar el apartamento. Este apestoso complejo departamental era lo más deprimente que se pudiera imaginar. Se había asfixiado en su aire caliente todos los años de secundaria y preparatoria. El plan era salirse de aquí. No era la mejor historia de éxito. Cualquier lugar menos San Diego. Le había puesto muchas veces a su novia de entonces, Rockie Lee, la canción de Jimi Hendrix. "Volveré y compraré este pueblo y lo pondré todo en mi zapato", había cantado Jimi. No había visto a Rockie Lee en diez años.

Matt había pensado en sacar a Ma de este lugar antes de que fuera demasiado tarde. Solía decirle a Rockie Lee que el infierno estaba en Clairemont. Te morías y te ibas a la colonia de Ma y dabas vueltas y vueltas por calles sin salida, con esas palmeras muertas por todas partes. Otra misión cancelada.

Estaba sentado en el sofá, viendo la tele.

¿Y ahora qué iba a hacer?

Se tomó otra cerveza. Tecate.

Había renunciado al trabajo en San Francisco para ir a cremar a su mamá y esparcir sus cenizas en el mar. El hombre de la funeraria hacía que esparcir las cenizas sonara como regar una caja de cereal.

Se había venido manejando su Mustang '67 Fastback, que ahora estaba estacionado en el callejón, por un lado de la vieja miniván de su mamá. Estaba congelado, no podía pensar. Tenía miedo, sentía que estaba atrapado en una mala novela, donde las ramas malvadas del departamento de su mamá de algún modo lo atrapaban y lo consumían. Una historia de Rod Serling. ¡Tiriri ririri!

Se comió el macarrón con queso y tomó café instantáneo y cerveza y se quedó dormido en el sofá. No soportaba dormir solo en su cama y Carla ya se había ido. Claro que en la mañana era peor despertarse con ella a su lado. Cuando empezó a sonar el teléfono de Ma, lo que menos recordaba eran las tarjetas que había repartido en Tres Camarones.

Llegó al estacionamiento en la miniván de Ma. Esto era lo más extraño que le había pasado en su vida. En toda su vida. Se bajó del vehículo y llamó: "¿Nayeli?", pero no pudo decir nada más porque las tres muchachas se abalanzaron sobre él y lo abrazaron una y otra vez. Casi se cae sobre la van, pero ni así lo soltaron, lo seguían abrazando.

El bato ese del garrote como que no le inspiraba mucha confianza, pero estaba encantado de ver de nuevo a las muchachas. Pensó que no las recordaba tan chaparritas.

No sabía qué hacer, de modo que se las llevó a su casa. Bueno, la de Ma.

No podía creer que todavía tuvieran su número. En su mente habían permanecido como chiquillas desgarbadas y medio simples. Ahora eran otra cosa. Miró a la Nayeli, que estaba por un lado de él y luego a la Yolo y la Vampi. Ciertamente ya no estaban nada desgarbadas.

Decía: "¡*Wow*!" una y otra vez. "¡*Wow*!"

"¡Ay, Mateo!", le decía la Nayeli suspirando y moviendo la cabeza.

"Pero, ¡*wow*!"

"Mateo, Mateo, eres tremendo, Mateo".

A Atómiko la situación le sonaba medio loca y muy simple. Durante el trayecto se entretuvo viendo las casas, los carros y el brillante 7-Eleven de arriba de la loma. Un bato vivillo podía robarse una fortuna por estos rumbos. Le asombraba que todos los carros parecían nuevos. Tal vez se podría robar uno y regresar al basurero como potentado.

Matt estaba preparándose para pedirles disculpas por el estado del depa de Ma, pero en cuanto entraron, Atómiko silbó largamente. Se dejó caer en el sofá y exclamó: "¡Hey, tienes control remoto!". Encendió la tele y preguntó si había cerveza.

"Sí".

"¡Oye Mateo, tu casa es un palacio!", le dijo la Nayeli.

"Hay cerveza en el refri".

Atómiko apuntó a la Vampi.

"Órale, morra, ¿me traes una cerveza?"

La Vampi fue a la cocina y le trajo un bote.

"Mira qué padrotillo", dijo la Yolo.

Ella y la Nayeli abrazaban a Matt, una a cada lado. Él les puso un brazo sobre los hombros. Los pechos de ellas pegaban en sus costillas. ¡Wow! Su cabello olía medio grasoso y traían todos los pelos enredados.

"¿Les gustaría bañarse?", les preguntó.

"¡Ay sí, yo me quiero bañar en la tina!", gritó la Vampi, "¡Yo primero!".

Matt corrió al otro lado del callejón y consiguió un Mr. Bubble con Carla. Ella lo siguió de regreso para ver a los *ilegales*. La Vampi se metió al baño y se puso en remojo durante una hora. Cuando salió, Matt trajo una silla de la cocina y se quedó quieto, observándolas mientras veían MTV en la tele. La Nayeli y la Yolo lo volteaban a ver seguido y le regalaban sus mejores sonrisas. La Vampi estaba extasiada con la tele. Atómiko había puesto su cayado en el suelo enfrente del sofá.

"Quiero pankeiks", les dijo.

La Nayeli le cerró el ojo. Matt nomás los observaba.

Capítulo veintiuno

El Tacho estaba sentado frente a una mesa de triplay en un cuarto de color verde pálido. El triplay se veía lleno de astillas y de inscripciones de todo tipo. En algunos lugares tenía quemaduras de cigarrillos. Las paredes del cuarto eran de bloques de cemento y el piso de linóleo viejísimo. Notó el verde horroroso de los cuadros del piso. Parecían cubiertos de nubes. Esta gente no sólo era mensa, también tenían mal gusto.

Traía el ojo izquierdo morado y un labio inflamado. Se puso un trapo mojado en el labio. Hizo un gesto de dolor. Se tentó el diente con la punta de la lengua. Lo sentía flojo. Los picos de su cabello estaban aplastados y si se hubiera visto en un espejo se hubiera horrorizado de ver que se parecía al Julio Cesar romano, con los rubios rizos sobre la frente.

El Tacho se puso las manos en el vientre y subrepticiamente se tocó el cinto donde traía el dinero. No podía creer que estos pendejos no hubieran descubierto el dinero y se lo hubieran quitado. Mejor para él, pues con tanta lana a lo peor pensaban que era terrorista. Como quiera le habían dado una buena golpiza, aventándolo al piso y chocándole "accidentalmente" la cabeza contra la pared.

Un americano con un traje negro que no le quedaba muy bien, entró con un sobre manila en la mano. Lo puso en la mesa y sonrió al tiempo que se sentaba.

"Mr. Lora".

"Hmm", dijo el Tacho, ya enojado.

"¿Habla usted inglés?"

"Shur, ai espik gud inglish", le contestó con su pesado acento.

"That's good".

El hombre abrió la carpeta, movió tres papeles y se aclaró la garganta. El Tacho nomás lo miró despectivamente. El hombre olía a una colonia de almizcle. Eso era para plebes de trece años. El Tacho le recomendaría *Aramis*. Y un buen corte de pelo.

"Bueno, parece que ha habido un malentendido".

"Pues sí".

"Usted debe comprender que después del atentado de *nine eleven*, las medidas de seguridad... blah blah blah".

"An mai ass kiked gud by gringos", le interrumpió el Tacho.

"Yo... no puedo estar de acuerdo con eso. Tal vez hubo violencia involuntaria por parte de los agentes cuando lo aprehendieron".

"¡Ni que fuera partido de futbol, güey!"

"No, no es. De cualquier modo usted había entrado ilegalmente. Y cuando dijo el nombre de una organización terrorista..."

"¡Qué terrorista ni qué la chingada, es el nombre de mi restaurante!"

"Ejem".

De hecho ya habían llamado a Sinaloa y averiguado que en efecto La Mano Caída era una cantina, cuyo dueño y administrador era, en efecto, el señor Lora. La información en su licencia de manejar correspondía con el domicilio del lugar. Ahora tenían que asegurarse de que las formas estuvieran en orden. En estos días hasta los *ilegales* entablaban demandas judiciales.

"Aunque lo vamos a regresar a México, queremos extenderle nuestras disculpas por cualquier daño que le hayan hecho accidentalmente cuando se resistió al arresto".

El Tacho sonrió. Qué cabrón éste. Asintió.

El hombre se levantó y salió rápidamente del cuarto.

Un agente de la migra entró y lo llamó con el dedo. El Tacho lo siguió.

"¿Quiere poner una queja?"

"No".

"¿Va a volver a cruzar?"

"Sí".

Llegaron al autobús.

"Bueno, pues nos vemos la semana entrante", le dijo el agente.

"Hasta luego", le contestó el Tacho mientras se subía al camión.

De regreso en Tijuana. Llamó a la tía Irma.

"La Nayeli se fue a la casa de Mateo".

"¿De veras?"

"Ese es el plan".

"¿Entonces pudieron cruzar?"

"No sé".

"Dame el teléfono de Mateo".

"No me lo sé".

"Bueno, mija, ¿qué es lo que sabes?, porque te llamo para averiguar y no me estás diciendo nada".

"Calma, calma".

"¡Con una chingada no me digas que me calme!"

"Tacho, ¡contrólate! Ahora dime, ¿qué vas a hacer?"

"No sé".

La Osa escupió una maldición.

"Bueno, voy a ver cómo le hago para irme a San Diego, ni modo que deje que mis muchachas hagan todo ellas solas".

"Muy bien dicho".

El Tacho se talló la cara. Cruzar la línea otra vez. ¡Qué buen negocito! Justo lo que quería. Suspiró. Tenía una costra de sangre en la nariz. Se la quitó con la uña.

"¿Ya hiciste quebrar mi negocio?"

"Todavía no. Lo que hace falta es el toque femenino".

"Mira, no empieces conmigo, Doña, ¡no estoy de humor para tus pendejadas! Me arrestaron, me madrearon y me deportaron y no voy a quedarme aquí oyendo tus comentarios homofóbicos. ¡Ah, no, eso sí que no!"

Pero antes de que terminara su diatriba la tía Irma ya había colgado.

***

Llévame a un bar de gays".

El taxista ni pestañeó cuando el Tacho le dijo eso al subirse.

Cuántas veces había deseado ir a un bar gay. Bajar la guardia por una hora. Reír con hombres que no se rieran de él. Por un momento sintió el temor de que el taxista le dijera que no había bares gay en Tijuana. Pero el hombre le mencionó dos y el Tacho se recargó, cerró los ojos y le dijo: "Llévame al que esté mejor".

No estaba lejos del Hotel Palacio Azteca. El frente era de estilo mediterráneo. Los tubos de neón brillaban de arriba a abajo por los lados del edificio, haciendo que el crenelado de las paredes brillaran como ardientes sábanas de vidrio. No iba bien vestido ni limpio, pero no le importó. Podía oír la música que salía por la puerta. Podía oír risas. Oler cigarros y habanos.

Adentro, dejó que la oscuridad y las luces y las pesadas notas del bajo lo envolvieran. Estaban tocando Justicia y Kid 606. El bar brillaba de forma seductiva bajo luces color ámbar al final del salón. Se dejó llevar hasta allá por entre los asistentes. Se había ganado un trago. *Varios tragos.*

Conoció a Rigoberto al final de la barra, donde se había sentado a disfrutar su Martini de manzana verde y a escuchar la reconfortante música. Los hombres a su alrededor olían bien. Hugo y Versace. Gente que lo entendía. Un lugar donde podía sentirse seguro. Se había terminado su primer Martini y había resistido los avances de uno que parecía costal de papas con maquillaje fatal y pestañas postizas. El hombre traía un lunar pintado en un labio.

"Ahorita no", le había dicho el Tacho.

Un hombre guapo de mediana edad lo saludó cuando llegó al bar.

"Hola, señorita", le dijo al del lunar y el otro se fue molesto.

El Tacho aceptó el segundo Martini que le trajo el barman.

"¿Fumas?", el hombre le ofreció un cigarrillo negro.

El Tacho negó con la cabeza.

"Es un Sherman. De chocolate".

"¿Chocolate?"

"Los mejores del mundo".

El Tacho lo agarró.

"En realidad no debo".

"Pero vas a hacerlo".

El hombre encendió el cigarro del Tacho con un encendedor de lapizlázuli y luego de encender el suyo se lo puso en el bolsillo del saco.

"Muy rico".

"Te lo dije".

El hombre le hizo una seña al barman. No tenía que pedir, el camarero nomás asintió.

"¿Y tú quién eres?"

"Tacho".

"Un migrante".

El Tacho asintió.

"Sí, soy un extraño aquí".

El hombre se rió.

"Hermano, en Tijuana todos son extraños".

Le tendió la mano.

"Rigoberto. Me puedes decir Rigo".

El Tacho le estrechó la mano.

"Mucho gusto", le dijo medio mareado. Los martinis y el cansancio estaban a punto de tumbarlo.

Rigo se sentó en el banco enseguida y se le quedó viendo a la cara.

"¿Qué?"

"Tu cara". El barman le trajo un Johnny Walker azul, con un cubo de hielo. El Tacho levantó las cejas. Este Rigoberto tenía buen gusto. En la opinión del Tacho el hielo estaba de más, ocupaba mucho espacio en el vaso.

"Me he visto mejor".

"Te ves bien, nomás medio aporreado".

"La Patrulla Fronteriza".

"Ah, eres de los que cruzan", le dijo Rigoberto con un gesto desdeñoso.

El Tacho se rió.

"No me creerías si te contara".

"Inténtalo".

Y el Tacho le contó todo. Rigo lo escuchaba con la cabeza ladeada. Mantuvo una leve sonrisa todo el tiempo. Sorbía su whiskey, el hielo se quebró con un leve tronido.

"Estás bromeando", le dijo al Tacho cuando acabó.

El Tacho negó con la cabeza.

"Mira la basura que traigo puesta. En el mundo real me veo bien. No anduviera así si no acabara de escaparme de morir como terrorista".

Rigoberto soltó una carcajada.

Todos en el bar andaban bien vestidos. Los hombres bailaban, platicaban y se reían. El Tacho sentía que lo dulce del trago le corría por los brazos y le bajaba por las piernas, relajándolo casi tanto como la risa de los hombres. Rigoberto hizo un gesto hacia ellos.

"Profesores. Abogados. Administradores. La crema y nata de Tijuana". Pidió otro trago. "Aquí tú eres el único criminal. Qué exótico".

El Tacho no pensó que tomarse otro Martini fuera buena idea, pero Rigoberto le habló al barman y le apuntó al vaso y le trajeron otro.

"Hoy está aburrido, medio lento. Si quieres divertirte tienes que irte para San Diego".

"Sí. Dímelo a mí".

Rigoberto estudiaba a este misterioso extraño de los pelos pintados. Le *gustaba* el Tacho. Tenía aplomo. Pero tenía que conseguirle mejores ropas.

"¡Ay, Dios!"

"¿Qué?"

"Me siento como si estuviera en mi casa".

"¿En tu casa?"

"Nosotros…no nos juntamos. De donde yo vengo no hay bares gay".

"¡Aaah!, se siente bien ¿verdad?"

El Tacho sintió que los ojos le ardían. Estaba más cansado de lo que pensaba.

Rigoberto alzó su copa.

"Salud".

El Tacho chocó su copa con la de Rigoberto.

"Para tu conocimiento, soy doctor. Te podría atender el ojo. Y el labio inflamado". Sonrió. El Tacho pensó que Rigo era medio ladino.

"Quieres curarme el labio".

"Podría. Lo tienes un poco inflamado", le dijo sonriendo.

"Eres medio diablillo, ¿eh, Rigo?"

"Soy el mismísimo Diablo".

Se tocaron las rodillas.

El Tacho no podía creer que así de cansado como estaba, triste, harto y todo adolorido, Rigo lo estaba alborotando.

"Vámonos", le dijo Rigo.

"¿A dónde?"

"Podemos ir a tu casa".

El Tacho resopló.

"Solo que quieras ir hasta Sinaloa".

"Ah, es cierto".

"O a la estación de la Patrulla Fronteriza".

"No, gracias".

Rigoberto le habló al cantinero, le dió su tarjeta de crédito y apuntó a los dos vasos.

"Deja que te invite".

Firmó el recibo y se levantó.

"Supongo que entonces tendremos que ir a mi casa, digo, para ver lo de tu labio inflamado".

Ay Dios.

El Tacho siguió a Rigo y se sintió super a gusto cuando se acomodó en el asiento de cuero del BMW. Empezó a tocar un CD de Chet Baker. El Tacho cerró los ojos. No habían salido del centro cuando ya iba roncando, rumbo a las elegantes lomas del sureste de la ciudad.

Cuando Rigoberto lo despertó pensó por un momento que

estaba en su casa. Estaban rodeados de obeliscos. Buganvilias, aves del paraíso, palmeras y pequeños pinos. La jungla estaba alumbrada de rojo y azul.

"Bienvenido", le dijo Rigoberto.

El Tacho le preguntó si podía bañarse.

"Gracias, estaba a punto de sugerirlo".

Entraron a la casa, riéndose.

Capítulo veintidós

Nayeli está bien buena", murmuró Atómiko.

"Y Yolo también", le contestó Matt.

Atómiko no se había levantado del sofá. Matt había sacado el colchón de su cuarto y la Nayeli estaba allá adentro, dormida sobre la base en una colchoneta. La Yolo y la Vampi habían separado la cama de Ma y estaban hechas bola en la otra recámara. Los dos hombres estaban borrachos, riéndose como Boy Scouts. Matt apenas podía creer que hubiera vuelto a hablar español tan fácilmente, aunque su acento era atroz. A Atómiko no le importaba. Estaba disfrutando de sus conocimientos de inglés. Estaban platicando en una mezcolanza de los dos idiomas. Se habían tomado ocho Tecates, de modo que Matt podría estar hablándole en chino y de todos modos le entendería. Encontraron una botella de tequila entre las cosas de Ma y Matt ya estaba teniendo visiones de nopales.

"¡Chingado!", dijo Atómiko mientras se empinaba el tequila.

"Gracias, Dios mío", murmuró Matt.

Esto les hizo tanta gracia que los dos se soltaron riendo. Hundieron las cabezas en las almohadas para no despertar a las muchachas.

Se abrió una puerta en la oscuridad.

"Oh-oh", dijo Matt.

La Yolo salió con sólo una camiseta de Matt puesta. Apenas le cubría lo necesario. La podían distinguir en la leve luz que entraba de la callle brillando en el pasillo.

"Morra, ¡pégame, destrózame, mándame al hospital!", le dijo Atómiko.

"Estoy tratando de ser amable. ¿Podrían estarse quietos y dejarnos dormir?"

"Yo te ayudo para que te duermas, mijita".

La Yolo se regresó y cerró la puerta de golpe.

"Oh my God!", dijo Matt.

Otra vez se carcajearon en las almohadas.

"Oye gringo, ¿no tenías camisetas más cortas qué prestarle?"

Nuevas risas en las almohadas. La puerta se abrió.

"¡Estoy hablando en serio!"

Eso se les hizo todavía más gracia.

"¡Plebes idiotas!", les dijo la Yolo, azotando la puerta.

"Una vez, allá en el basurero, había una muchacha que se llamaba Alma Rosa. Estaba ahí un día que fueron los misioneros a llevar frijoles y papas. Yo les ayudaba a los gringos a repartirlos. Alma Rosa me llevó atrás de la casita de sus papás y me enseñó las chichis. ¿Tú crees? Supongo que quería que le diera más frijoles".

Matt estaba acostado de espaldas, viendo la oscuridad.

"Estoy perdido", anunció.

"Estás borracho".

"Nooo, bueno sí, estoy borracho. Pero es más profundo que eso, *dude*. Es como...bueno...estoy perdido".

"¡Aaaah, así sí!"

Se quedaron escuchando los ruidos del escaso tráfico que pasaba por Clairemont Drive. Los mongoles estaban enseguida, se podía oír su tele. Atómiko se pedorreó ruidosamente.

"¿Oíste un pato?", preguntó.

Se oyó un golpe en la pared de la recámara.

"Yolo aventó un zapato", dijo Matt.

"¡El mundo está perdido!, no nada más tú, Mateo. Mira el mundo, eseee. ¡Las capas polares! ¡Los pinchis árabes! Mira...la frontera y toda esa mierda".

Matt no podía beber más. Puso la botella en el suelo y como no encontraba la tapa la dejó tal cual.

"Mmmm".

"¡Yo era un soldado!", continuó Atómiko. "Así es. Estaba en el ejército mexicano. Era sargento. Pero bueno, todo mundo en el ejército llega a sargento. Mi nombre verdadero es Kiko. Así me decía mi mamá. Pero yo era ¡soldado! ¿Cómo crees que me hice Guerrero? ¿No crees que sea capaz de matar a alguien? Puedo matar a quien sea. Puedo matar a los pinchis mongoles ahorita mismo si quiero. Es más, ahorita voy écharmelos". Batalló simbólicamente para levantarse del sofá y luego se dejó caer. "Bueno, mejor más tarde".

"¿Y cómo fue que acabaste en el basurero?"

"Me agarraron robándome una gallina".

De repente les pareció graciosísimo. Vuelta a las carcajadas.

Después de un rato, Atómiko dijo: "Bueno, no es para tanto, todo mundo en el ejército mexicano se roba gallinas. Pero andaba de ilegal en San Ysidro".

"Wow!"

"Al ejército no le gusta eso".

"No".

"¿Alguna vez te has robado una gallina?"

"No".

"En el ejército mexicano nos enseñan inglés. Por eso lo hablo tan bien. ¡Soldado! Y no pagan en pesos, Mateo, pagan en dólares gringos".

"¿En el ejército mexicano les pagan en dólares?" Mateo apenas podía hablar, tenía los labios completamente entumecidos.

"Claro que sí, en Tijuana todo es inglés y dólares. Todo mundo sabe a dónde va cuando sale".

"Ya me voy a dormir".

"Yo también".

"Pero primero voy a pensar en la Yolo y esa camiseta".

"Yo también".

Las muchachas se levantaron temprano y lavaron su ropa en la lavadora-secadora de Ma que estaba cerca de la puerta de atrás. La Nayeli y la Yolo traían puestas camisetas de Matt y nada más. Andaban con cuidado, pues no querían que los muchachos las vieran. La Vampi había encontrado la vieja bata de Ma Johnston. Era toda una visión. Ojos góticos y pelo como ala de cuervo recogido en lo alto de la cabeza. La secadora hacía gran barullo, pero los muchachos no se despertaron. Las chicas se daban codazos y se reían de ellos. Atómiko dormía como si le hubieran dado un balazo en la cabeza y tenía la mano derecha metida en los calzoncillos. Matt era como un costal en el suelo. Tenía la cabeza hundida en la almohada. Se le veía el principio de sus blancas nalgas fuera de sus boxers de cuadros azules.

Las muchachas ya estaban vestidas y tomando café instantáneo cuando ellos se despertaron. Atómiko resopló, se sentó, las vio amenazadoramente y se sobó la cabeza rapada. Se levantó como zombie y le dio una patada a Matt. "Pankeiks", le dijo. Se fué tambaleándose hasta el baño, rascándose las nalgas. Se puso a orinar con la puerta abierta. La Nayeli se levantó y la cerró, azotándola. Movió la cabeza y exclamó: "¡Cochino!".

Matt se sentó. Los rubios cabellos le caían por la cara. Tenía los ojos hinchados. Su sonrisa era como el amanecer. La Nayeli quería besarlo y meterse con él debajo de las cobijas.

"Buenos días, hermosura".

La Nayeli se estremeció.

"Hola, guapa", le dijo a la Yolo, quien hacía como si todavía estuviera enojada porque no la había dejado dormir, aunque secretamente sonreía. La Nayeli estudiaba el truco. ¿Cómo le hacía para fruncir el ceño y sonreír al mismo tiempo? La cara de la Nayeli se plasmaba en una gran sonrisa y la hacía ver medio payasa.

"Buenos días, diosa", le dijo a la Vampi.

La Vampi no perdió tiempo pensando cómo lidiar con Matt. Se le acercó, se sentó enseguida de él y se tapó con sus cobijas. Lo vio y le sonrió.

"Hola, guapo", le dijo.

Ay sí, como cachorrito, pensó la Nayeli.

Atómiko gritó desde el baño: "¡Pankeiks!".

⁓

¿Qué son pankeiks?", preguntó la Vampi.

Iban en la miniván.

"Son jo-keiks", le contestó la Yolo.

"¿Jo-keiks? ¿Qué es eso?"

Pasaron el supermercado Von's donde Ma compraba el mandado y la biblioteca donde ella sacaba libros prestados, dieron la vuelta y se encantaron de ver Mission Bay enfrente de ellos. Parecía Mazatlán.

"¡Los jo-keiks son panquequis!", exclamó Atómiko.

"¡Qué!"

"Es como una tortilla, Vampi", le dijo la Nayeli.

Matt se estaba riendo.

"Le pones mantequilla y miel, ya sabes".

"No, no sé".

"Les ponen frutas o chispitas de chocolate".

"¿Frutas y miel en una tortilla? ¡Guácala! Yo voy a pedir huevos rancheros".

Llegaron al pequeño centro comercial en la base de la loma. Pasaron por el Jack in the Box en el que habían comido hacía diez horas.

"Yo ya había estado aquí", dijo Atómiko.

"Sí, ya eres veterano. Bueno, mejor deja tu garrote en el carro, no vaya a ser".

Entraron al restaurante. Estaba lleno de americanos gordos y felices. Viejitos con cachuchas de beisbol bromeaban con las meseras, quienes llevaban los cabellos tiesos de spray y unas falditas. En las paredes había cuadros de alces y águilas. Ellos no lo sabían, pero dentro del restorán era el año 1965.

"Hola, muñeco", le dijo una de ellas a Matt. Una etiqueta en su seno izquierdo proclamaba que su nombre era ¡Velma! "Hace mucho que no te veía".

"Bueno, ya sabes, con lo de mi mamá y todo eso…"

"Nos dió mucha pena enterarnos. Es una tristeza".

"Gracias".

"¿Cinco?"

"Sí".

Agarró cinco menús cubiertos de plástico de la barra y los guió a una mesa en una esquina.

"¿Está bien aquí?"

"Sí, gracias".

"¿Quiénes son tus amigos?", le preguntó mientras se sentaban.

"Viejos amigos de las misiones".

"Ah, misioneros".

Era difícil de explicar, de modo que Matt le sonrió.

"¿Mexicanos?"

Matt asintió.

"¡Bienvenidos a los Estados Unidos!", les gritó *¡Velma!* como si estuvieran sordos.

Todos sonrieron, preguntándose si la señora estaba enojada con ellos.

"Tienen que conocer al Brujo, anda por aquí".

La Vampi se puso alerta. ¿El Brujo?

"¿Les traigo café?"

Todos asintieron.

"Por favor", le dijo Matt.

"Cinco cafés. Ya los traigo, muñeco".

Veían por la ventana lo limpio que estaba Estados Unidos. Enfrente, en una gasolinera, la gente hacía fila para comprar gasolina a $5 el galón. No se veían perros por ninguna parte. Unos patinetos pasaron de bajada de la loma, casi volando.

El Brujo apareció con cinco vasos de agua. La Vampi volteó y se quedó congelada. Usaba un delantal y era igual de alto que ella. Llevaba el largo pelo negro recogido en una cola de caballo. Le vio un dragón tatuado en uno de los brazos. Pero lo mejor de todo era ¡la camiseta! La Nayeli le dio un codazo a la Yolo. Se le quedaron viendo mientras dejaba los vasos sobre la mesa y sacaba cinco juegos de cubiertos de su carrito. La camiseta era negra, con LOS 69 OJOS en rojo sobre el pecho.

"Ay, no", dijo la Yolo.

"Vampi", le advirtió la Nayeli.

Pero la Vampi estaba como sorda. Estaba congelada en su silla. Con la boca abierta.

El Brujo puso los cubiertos sobre la mesa y le echó una mirada a la Vampi. En el departamento de Matt se había maquillado los ojos como de muerta. El Brujo le dio una media sonrisa. Parecía guerrero azteca.

"Soy una vampira", le dijo ella suavemente.

"Ah, cabrón", dijo él.

Las otras ya no se acordaban de lo rápido que suceden los romances mexicanos. Esa noche, el Brujo había llegado hasta la puerta del departamento de Matt y se había llevado a pasear a la Vampi. Llevaba una camioneta Chevy '71 con una calcomanía de Los Héroes del Silencio en la ventana de atrás. Las otras muchachas estaban no solamente sorprendidas, sino también celosas.

"¿Así nomás?", preguntaban. "¿Así nomás?"

"No vinimos aquí a buscar novios", dijo la Nayeli.

"No estamos aquí para salir con muchachos", sentenció la Yolo.

"¡Venimos en una misión! No podemos perder el tiempo con muchachos, tenemos que salvar a Tres Camarones".

Matt entró a la cocina.

"Hola, Mateo", le dijo dulcemente la Nayeli.

"Ay, Matt", exclamó la Yolo.

"¿Jau ar yu?", le preguntó la Nayeli en su mejor inglés.

"¡Maaatt!", dijo la Yolo.

Matt las vio, les sonrió, se sirvió agua y se regresó a ver la tele con Atómiko.

"¡La Vampi está totalmente fuera de control!", dijo la Nayeli.

"Más le vale que se ponga en orden".

El Brujo estacionó la camioneta en el Monte Soledad. Las luces de San Diego estaban desparramadas enfrente de ellos. Ríos de luces de carros serpenteaban detrás de ellos en la I-5. Había una luz láser que salía del cerro, de algún proyecto artístico. En la distancia se veían las torres de una iglesia Mormona. Y arriba de ellos la brillante cruz que la Vampi había visto cuando se bajó del camión de cortinas. Apenas había sido ayer, pero parecía como si hubiera pasado mucho tiempo. Cada día se sentía como una semana para ella. Vio como iban bajando las luces de un avión en la distancia.

"¿Es mágico, no?", dijo el Brujo.

"Es lo más bonito que he visto en mi vida".

"Será que no te viste en el espejo esta mañana".

Ah, Brujo canijo.

Había muchas parejas estacionadas a su alrededor. Por las ventanillas entreabiertas salían música y humo. El Brujo —su verdadero nombre era Alejandro pero todo mundo le decía Alex— tenía el radio sintonizado en La Poderosa 690 y cuando ponían una buena canción la cantaba suavemente.

La Vampi estaba sentada a su lado, con la mano entrelazada con la de él, sobándole los nudillos con el pulgar. Veía su feroz perfil, la espesa melena que se había soltado para ella. El arete le hacía parecer pirata. Pensaba ella que a veces la gente nomás *sabe*. Se preguntaba si él pensaba lo mismo. ¿Sabía?

"La gente no lo cree por como me visto, pero no uso drogas ni pisteo".

"Yo tampoco".

"No fumo".

"Yo tampoco".

Aspiró el olor de su cabello.

"Tú eres mi droga, Vampira".

"¡Aay, Alex!"

"Esta loma es donde viven todos los pinchis ricachones".

"¿Ah sí?"

"Parte de la loma se cayó y se tragó un montón de mansiones". Sonrió. "Dios les recordó que deben ser humildes".

La Vampi suspiró. Se le acercó más y puso la cabeza sobre su hombro.

"Además, van a contratar muchos mexicanos para que se las arreglen".

Ella le levantó la mano y le besó los nudillos.

"Un día vamos a vivir aquí".

La Vampi se agitó.

"¿*Vamos* a vivir aquí?"

Se abrazó a él.

Se quedó quieto por un momento.

"Bueno, lo más probable es que no".

"Pero llevaremos la magia a donde quiera que estemos...¿no?"

Le hablaba a la altura del cuello. Quería mordérselo.

Él la abrazó.

"Debo haber hecho algo muy bueno para que llegaras a mi vida", le murmuró, y en ese momento se ganó su corazón para siempre, pues empezó a cantarle. Tenía la voz profunda, de barítono. Y le cantó: "*Just like a gothic girl, lost in the darkened world*".

La Vampi comenzó a llorar.

¡Alex sabía!

Sabía.

Se había venido al norte desde León, Guanjauato. Era guitarrista de una banda metalera conocida como Los Cuernos de Hielo. Pero en Guanajuato no había futuro para bandas metaleras. Y a la familia de Alex le estaba yendo mal. Su papá se había jubilado y había poco dinero para sus cuidados. Así que Alex se había venido a buscar su fortuna en los Yunaites. Después de todo, de ahí venían las bandas metaleras, ¿no? Black Sabbath, por ejemplo. No, Black Sabbath era de Inglaterra. Tal vez Cradle of Filth. No, ésos también eran de Inglaterra. Apuntó a su camiseta, pero la Vampi nomás le sonrió dulcemente. Esos eran de Helsinki, tal vez de algún lugar pagano.

"Me parece que esos adoran a Odín", le dijo.

Para su asombro, Alex se encontró con que en los Yunaites no había mercado para un metalero azteca sin guitarra, sin documentos, sin inglés. Había pensado que cualquiera podría ser estrella de rock en Estados Unidos. Creía que nomás ibas a MTV y te hacías rico. Creía que iba a abrir para Motley Crüe en una de sus giras. No pensó que tenía que esconderse de las autoridades y sentir cómo los ojos de los americanos te barrían en los supermercados. ¿Cómo iba a ser famoso si ni siquiera lo veían?

Le llevó uno o dos años aceptar que no iba a ser famoso. Que no volvería a tocar en una banda. Cayó en los barrios bajos de Logan Heights al sureste de la ciudad y fue subiendo hasta encontrar trabajo en un Taco Bell de Pacific Beach. Había compartido un departamento con otros cinco chavos de Chiapas y Guerrero. Eran jardineros. Un día que comieron en la casa de los panqueques vieron un letrero que decía que necesitaban meseros y le dijeron a Alex, quien de pronto se encontró en el círculo de ¡Velma! y sus compañeros.

Llevaba trabajando seis años ahí. Su papá se había muerto. ("Descanse en paz", le dijo la Vampi; Alex la abrazó, la miró a los ojos y empezó a besarla salvajemente sin poder contenerse). Tenía algún dinero ahorrado, pero tuvo temor de ir al entierro, así que se lo mandó todo a su mamá por la Western Union.

"¿Y ahora qué?", le preguntó ella.

"Pues no sé. Tengo esta camioneta. Supongo que seguiré trabajando otros seis años".

Ella se abrazó a él y él le sonrió. Esta chiquilla que olía tan rico. Y que era tan suave, tan dulce. Era mejor que un millón de dólares. Y estaba aquí, en su camioneta. Alex no había estado con una mujer desde… bueno, hacía mucho tiempo. No estaba seguro de saber lo que tenía que hacer.

"¿Eres mi novia?"

"¿Es esto una locura? ¿No se te hace que es muy pronto?"

"Pregúntale a la luna, o a las estrellas".

En opinión de la Vampi, Alex hablaba en letras de canciones. El laser de La Jolla regresó y esparció una luz verde sobre sus cabezas. Fue como una señal. A la Vampi todo le parecían señales del cielo.

"Mi verdadero nombre es Verónica".

Se sentó en el regazo de Alex y lo besó en la boca. Se recargó en el klaxon y asustó a los demás enamorados. El klaxon hizo eco al bajar por la ladera. Tomó la cabeza de Alex con sus dos manos y lo vio a los ojos.

"Podrías regresarte conmigo".

Y le contó toda su historia.

Matt y la Yolo buscaron en el directorio telefónico.

"S. Chavarín", dijo Matt.

"La 'S' ha de ser de Salvador, ¿no crees?"

"Sí. Salvador-Chava. Debe ser él", dijo la Nayeli.

"El novio de La Osa", dijo la Yolo.

"¡Noooo! ¿Tú crees?"

"Sí".

Matt y Atómiko no sabían por qué le daban tanta importancia.

"Tú háblale", le dijo la Nayeli.

La Yolo sonrió nerviosamente y marcó el número. Sonó tres veces. Arrugó la cara. Respondió la voz de un hombre.

"¿Aló?"

"¿Señor Chavarín?"

"¿Sí?"

"Venimos de Tres Camarones".

"¿Queeé?"

"Tres Camarones. Venimos de allá de parte de Irma Cervantes".

"¡Dios mío!"

"Es la presidente Municipal de Tres Camarones", le reportó la Yolo.

Se atragantó.

"¿Presidente Municipal? ¿Irma?"

"Nos pidió que lo llamáramos".

"Espéreme, tengo que sentarme".

Don Chava trabajaba en el turno de noche en el boliche Hillcrest. No quería que fueran hasta allá. La Yolo lo leía en el tono de su voz. Pensó que tal vez le daba vergüenza. Pero no era nada para avergonzarse. Ella había trabajado en el boliche de Tres Camarones. Le dijo que lo volvería a llamar en la mañana y colgó.

"¿Cómo es?", le preguntó la Nayeli.

"Triste. Viejo. Agradable".

Se enredó el cordón del teléfono en los dedos.

"Me dijo dónde trabaja. Pero no quiere que vayamos".

"¿De verdad crees que era novio de la tía Irma?"

La Yolo sonrió.

"En los tiempos en que *Lucía Murguía*, Nayeli, casi le da un ataque cuando mencioné el nombre de La Osa".

"¿De veras?"

"Sí".

Se sonrieron una a la otra.

"Vamos a verlo", dijo la Nayeli.

"Sí, vamos".

Voltearon a ver a los muchachos.

"Mateo, ¿estás muy ocupado?", le dijeron con dulce voz las amigas.

Capítulo veintitrés

Salvador "Chava" Chavarín había sido dueño de la primera bola transparente de boliche que hubiera en Sinaloa. Era de color naranja pálido y parecía una joya. Nadie rodaba la bola tan bien como Chava. La soltaba como bailarín, el brazo levantado enfrente de su cara, deteniéndolo ahí mientras sus caderas parecían dirigir la bola para hacer chuza. Sí, Chava Chavarín era el gurú de Irma. Lo siguió a los boliches de Mazatlán, Acaponeta y Los Mochis. Cuando se mandó hacer una camisa estilo americano ella ahorró todo lo que pudo para mandar traer una verdadera camisa americana de Los Ángeles. La camisa de él tenía vivos naranjas sobre fondo blanco y azul, con su nombre al lado izquierdo, sobre el corazón. La de ella era negra con plateado y tenía bordada una bola estrellándose contra los pinos.

Había sido Chava quien había llevado a Irma al cine. Cuando era chiquilla había sido medio salvaje. Siempre andaba nadando en el río, pescando jaibas o subiéndose a los árboles a cortar fruta. Cosas como la música y las películas no le interesaban. Hasta que vio a Chava acompañando a otras muchachas al cine. ¡Era exquisito! Su bigote era una delgada línea sugestiva sobre sus suaves labios. Fumaba cigarrillos con una boquilla que le salía por la boca como a aquel presidente gringo —Franklin Roosevelt. Se gastaba todo el dinero que ganaba en ropa fina. Lo que ganaba en los torneos de boliche le daba para ser cada día más elegante. Y como vivía en la casa de su mamá siempre tenía dinero para gastar. Además, ella le mantenía la ropa bien planchada y almidonada. A veces usaba un saco blanco. Siempre traía una anforita de ron y una cigarrera de plata y golpeaba en ella los cigarros tres veces, *¡zas! ¡zas! ¡zas!*, antes de ponerlos en la boquilla. Encendía los cigarros de las damas con un viejo Zippo que hacía aparecer con un giro de mano a la Fred Astaire, lo que revelaba el falso reloj Cartier, que brillaba con diamantes de vidrio. Siempre estaba riendo y la gente decía de él: "Ese Chava...es lo máximo".

A veces, cuando caminaba por las calles, iba tan ensimismado en su propia música que tronaba los dedos y daba un pasito de lado como para mantener el ritmo.

Irma, sintiéndose gorda y desgarbada, iba al cine, pero veía más a Chava que a las películas. Se retorcía de envidia cada vez que él pasaba su brazo por los hombros de su última conquista, abanicando a los dos con un abanico de cartón de los que regalaba la cervecería, con fotos en blanco y negro de artistas como Lola Beltrán. ¡Qué galante!

Por supuesto que en aquellos tiempos nadie se besaba en público. Pero no había duda de que cuando Chava empezaba a abanicar a su pareja iba a cosechar montones de besos. Todo mundo suponía que cuando se apagaban las luces era como un demonio. A Irma le subía la temperatura nomás de pensar en eso.

Su momento de gloria llegó precipitadamente, en un boliche de doce líneas, con una capa de humo de cigarro que daba casi hasta el techo y el sonido de la tambora como música de fondo mientras el sudor le corría por la espalda.

Fue la noche de la final de boliche de parejas varonil y femenil en Culiacán. Chava había perdido contra un aventado de El Rosario. No hubo manera de ganarle al bombardero güero Beto Murray. ¡Maldito! Así que Chava se había ido a llorar su derrota en la sección de Tres Camarones, entre las mujeres que habían ido a echarle porras a Irma. Y ella había estado magnífica. La sensación de su ardiente mirada puesta en su trasero la mandó como flecha por la línea. Su mirada estremecía su ser y la ponía de puntillas. Sus tiros fueron devastadores. Los pinos parecían deshacerse en palillos de dientes mientras ella tiraba chuza tras chuza. ¡Irma la magnífica! Chava se paró. Le echó porras. Gritó. Cuando ganó, brincó sobre el tubo que los separaba y la levantó del piso en un enloquecido abrazo. Irma no podía creer que un hombre la pudiera cargar: Aquello era desconcertante y la vez excitante.

Hicieron el amor por primera vez en el asiento de atrás del carro de Chava, estacionado al lado de una enorme siembra de frijol. Las chicharras bombardeaban el carro y unos toros en brama se acercaron a oler las ventanillas. Había sido el primero de Irma, el único. Francamente no creía que fuera la gran cosa y además se hacía un lío. Chava, con mucho estilo a pesar de tener los calzoncillos en los tobillos, sacó un pañuelo de seda y la limpió, un acto de ternura que ella no olvidaría nunca. Pero más que sentir las manos de Chava limpiándola cuidadosamente con la fresca seda, Irma siempre recordaría la borrosa media luna que se asomaba por la ventana de atrás. Años después, cuando veía que la luna llena empezaba a menguar, se ponía melancólica. Si hubiera sido buena para la música se hubiera puesto a cantar baladas al cielo.

Chava tenía un barquito pesquero en los esteros. Cuando había veda, pescaba atún y mojarra y a veces manejaba un camión de carga. Fue en uno de esos viajes largos en que llevaba mango y plátano que perdió la cabeza y partió el corazón de Irma. Llevó la carga a Tijuana. Ya otras veces había ido a Tijuana, todos los bolichistas seguían ese mismo camino. Pero sorprendió a todos cuando no regresó. Tal vez debieron verlo como el principio del flujo migratorio de años después. Ese Chava siempre había sido muy adelantado. Era 1964 y él ya se había ido al norte.

Mandó decir que había encontrado trabajo. Había encontrado una casa barata e iba a solicitar su tarjeta verde para trabajar en las enlatadoras de atún de San Diego. Las cartas y telegramas que le mandaba a Irma estaban llenas de inocencia y de gozo. Cuentos increíbles de brillantes días americanos y limpias playas gringas. ¡Boliches automáticos! Cuando se fue en un corto viaje de torneos, le mandó postales de los boliches de Tucumcar, Nuevo México; El Paso, Texas; Benson, Arizona. Cuando le tocó a ella competir en el norte de México, en 1965, se reunió con Chava. Llegó en un vuelo de Mexicana, con una bolsa de charol negro y con tacones por primera vez en su vida. Estaba segura de que se casarían.

Pero Chava se había quedado en el norte por otras razones. Cierto que le pagaban bien en la enlatadora. La casita que tenía en la Colonia Independencia estaba bonita. La forma en que metió a Irma a los Estados Unidos para su presentación en el boliche de San Diego fue memorable. Pero había estado medio distante con ella y al final la había enviado de regreso con un casto beso en la mejilla.

Cuando Irma regresó a Tres Camarones se enteró por la mamá de Chava de que éste había embarazado a una americana. Nada más y nada menos que a una güera. Una mesera del boliche Aztec Lanes de San Diego. Chava se iba a casar con ella. Ese día fue el final de Irma. La Osa, su alter ego, apareció en toda su despiadada gloria para inspirar disgusto e imponer penitencia en su tierra.

Matt los llevó a Hillcrest. La Yolo se agandalló el asiento de enfrente mientras la Nayeli le obsequiaba al joven beatíficas sonrisas desde el asiento de atrás. Los aromas de las muchachas llenaban la miniván. Matt estaba intrigado con esta visita. ¿Qué era lo que querían? Era lo que los gemelos ZZ hubieran definido como "segura experiencia alucinante".

Atómiko estaba despatarrado en la tercera fila, roncando de nuevo.

Matt llevaba la dirección escrita en un pedazo de papel. Tomaron la I-5 hasta la Washington y cortaron por la loma. El Boliche Hillcrest estaba enfrente de una dilapidada central médica. Se metieron al estacionamiento, que estaba casi vacío. Atómiko se quedó durmiendo en el asiento de atrás. Un borracho callejero les habló en sabrá Dios que idioma babilónico. Matt le dió un dólar y se alejaron de él.

La Nayeli enlazó su brazo al de Matt para cruzar la calle. Lo veía de cierto modo que lo hacía feliz. Los sonidos del boliche los envolvieron como marejada, el rugir de la bola rodando y el golpear de los pinos. Matt oyó la voz de Patsy Cline saliendo de la rockola. Parecía que hubiera una ley que dijera que todas las rockolas de todos los boliches tuvieran las canciones de Patsy Cline.

Preguntaron por Chava en la entrada.

"¿Quién?"

"El Señor Chava", repitió la Nayeli.

El hombre nomás se le quedó viendo.

Volteó para atrás y gritó: "¡*Hey, Sal!*, ¿conoces a alguien que se llama Chávez?"

"Chava", lo corrigió la Nayeli.

"Como sea, pues".

Voltearon a ver a "Sal". Llevaba una cubeta con agua y un trapeador. Iba saliendo del baño de mujeres. Usaba unos guantes de hule azul que le llegaban casi hasta los codos. Zapatos de suela gruesa y pantalones grises bien planchados. La camisa blanca abotonada hasta el cuello. El cabello sin goma había regresado a sus rizos naturales. Sólo que ahora era blanco, igual que su bigotito.

Los miró con una sonrisa media congelada en los labios.

La Nayeli se adelantó.

"¿Don Chava?", le preguntó. "¿Chava Chavarín?"

La Yolo y Matt estaban jugando una línea. Atómiko llegó, saludó con una inclinación de cabeza a Chava y la Nayeli, diciéndoles: "¡Órale güey!". Luego fue a sentarse con Matt y la Yolo y empezó a insultar a los demás jugadores.

"Ese muchacho me acaba de decir güey", comentó Chava.

Él y la Nayeli estaban sentados en una mesita tomándose un refresco.

"Es medio raro".

"Raro. Pues sí".

Chava estaba nervioso. No le daba la cara a la Nayeli. Le ofreció un popote.

"Gracias".

"El root beer está muy bueno".

"¿Qué fue lo que le dijo a ese hombre tan grosero?"

"¿Cuál? Aquí no hay de otros. ¡Ah!, ¿mi jefe?, *take five*. Así dicen aquí. Quiere decir que me voy a tomar un descanso. Aquí tienen una serie de frases que debes aprenderte. Como *easy on the ice*".

"*Easy on the ice*", repitió la Nayeli.

"Sí. Cuando pides un refresco. Siempre le ponen mucho hielo para ahorrarse dinero. Pero tú quieres que te den lo que te corresponde, así que le dices que no ponga mucho hielo en tu vaso".

"Easy on the ice".

"Easy on the ice, take five, see you later".

La Nayeli le sonrió y tomó un trago de su refresco.

"Bueno...¿Y cómo andan las cosas por Tres Camarones?", le preguntó él como si hubiera salido casualmente a la conversación.

"Hace mucho calor".

Se rieron.

Chava se talló la cara.

"Vas a pensar que soy un malvado".

Y le contó la historia de cómo traicionó a la tía Irma muchos años atrás. La Nayeli lo escuchó atentamente, suprimiendo una sonrisa cuando le dijo que le había hecho el amor a La Osa.

"Éramos jóvenes. Bueno, ella era joven", le dijo.

Su rostro era trágico cuando le contó lo de la güera. Agachó la cabeza, le daba vueltas y más vueltas al vaso.

"¡Sal!", le gritó el hombre de la entrada.

"In a minute, boss!". Volteó a ver a la Nayeli. "¡Pendejo!", masculló.

Los dos se rieron.

Se aclaró la garganta.

"Y...¿Qué me cuentas de Irma?"

"Está sola".

Chava Chavarín como que se estremeció.

"Mi tía nunca se casó".

Chava dejó escapar lentamente el aliento.

"Me parece que ya le conté que ahora es la presidente Municipal".

Chava soltó una carcajada.

"¡Ésa es mi Irma!"

"Pero don Chava, ¿qué pasó con la güera y con el niño?"

"¡SAL!"

"¡Espéreme tantito, jefe!"

Puso las palmas sobre la mesa. Se miró las manos.

"Ya me tengo que ir".

Se incorporó y se volvió a sentar.

"No voy a ir".

Atómiko pasó por ahí rumbo al baño. Le alborotó el pelo a la Nayeli. Chava se le quedó viendo.

"Se fue. Me dejó por un marinero. No quiso quedarse con un pobre mexicanito que trabajaba en las enlatadoras. Agarró un autobús para Texas y nunca los volví a ver. Ni a ella ni al niño".

Cerró los ojos. La Nayeli se recargó en la silla. Chava estaba llorando.

"No podía regresar al pueblo. Estaba muy avergonzado".

Golpeó la mesa con el puño.

Atómiko reapareció.

"Cálmate, papi", le dijo.

Chava se repuso viendo como Atómiko le pedía a la Yolo que le diera una lección de boliche como pretexto para que ella lo abrazara. Chava se secó los ojos. "No sé si ese muchacho me cae bien". Tenía la cara más triste que la Nayeli hubiera visto jamás.

"¡Muévete, Sal!"

"Sí, jefe, es que estoy en tiempo mexicano".

La Nayeli puso su mano sobre las de él.

"Ahora es mi turno de contarle una historia".

Sólo después de que la Nayeli le asegurara que todos en Tres Camarones lo recibirían con los brazos abiertos, se voluntarizó Chava Chavarín para incorporarse a la misión. Todo había quedado en el pasado y en Tres Camarones lo necesitaban. Hasta Irma lo necesitaba. Se tallaba las manos. *Irma*, repetía. Asintió una vez, le estrechó la mano a la Nayeli y regresó a su trabajo. La Nayeli volteó a ver a la Yolo y levantó el dedo pulgar. La Yolo vino a donde estaba ella.

"¿Oye, no está muy viejo?"

"Pues sí, pero es muy sabio".

"Yo pensé que lo que queríamos eran jóvenes".

"Pero él sabe hablar inglés y entiende a los americanos. Es muy complicado".

La Yolo se quedó pensando.

"Pues no es ni soldado ni policía".

"Pero Irma nos dijo que lo buscáramos".

La Yolo asintió lentamente y después sonrió ampliamente.

"Bueno, éste es para la tía Irma".

Chocaron las manos.

Matt y Atómiko tiraban todas las bolas al canal. Cuando por fin las muchachas lograron despegarlos del juego, la Nayeli les hizo el reporte completo. Matt los llevó de regreso al departamento. Le encantaba toda esta historia, tenía que admitirlo. Era como adentrarse en uno de los libros que había estado leyendo en la universidad antes de irse a México. Era una locura.

Llegaron y encontraron la puerta abierta y todas las luces encendidas. La Vampi estaba en el patio con Carla la drogadicta. Habían encendido un brasero. Por lo visto a nadie le importaba que estuvieran cocinando *hot dogs* a medianoche. En el departamento de enseguida, Sundog el Mongol y Alex el Brujo estaban enredados en una competencia bilingüe del juego Guitar Hero III.

La Yolo saludó a la Vampi y levantó el pulgar.

"Conseguimos uno más".

La Vampi sonrió y le apuntó a la puerta de enseguida.

"Dos", le dijo.

Capítulo veinticuatro

Rigoberto no dejaba que el Tacho pagara nada. Éste se sentía incómodo, pero a Rigo parecía encantarle hacer cosas por él. Tenía unos prismas de cristal colgando en la cocina y con los rayos del sol reflejaban arco iris por todos lados. En el baño había botellas de champú y acondicionador de aceite de almendras. El Tacho olía sabroso. El ama de llaves y la sirvienta de Rigo eran de las playas de Tijuana y le pusieron al Tacho el tinte de cabello y además hicieron omelettes enormes que se comieron con unos panes llamados *English Muffins*. El Tacho no había comido nunca panes de esos.

"Tomemos algo de té", dijo Rigo.

Las muchachas pusieron una tetera transparente en la mesa y le echaron un puño de bolitas secas.

"Mira esto", le dijo Rigo.

Le echaron agua hirviendo. Las bolitas se desdoblaron en hojas y pétalos, como un pequeño jardín en la tetera. El Tacho se quedó viendo esto con una sonrisa y con la boca ligeramente abierta de asombro.

"Me encanta", comentó Rigo.

Su amante, Wilivaldo, andaba en el DF haciendo un comercial de pan Bimbo. Al parecer Wili también era rubio oxigenado y sus ropas le quedaban más o menos bien al Tacho. Rigo le proporcionó unos pantalones Jordache de mezclilla blanca y una camisa de seda negra. Le puso unos lentes oscuros italianos y sonrió.

"¿Cómo lo ves?", le preguntó a la cocinera. Ella asintió.

"Exactamente".

"¿Exactamente qué?", preguntó el Tacho.

"No te quites los lentes", dijo Rigo.

Salió de la cocina y regresó con una foto en un marco dorado. "Wili", le anunció.

Wili se parecía mucho al Tacho o por lo menos al Tacho con lentes. El cabello en picos, el color de la piel. El Tacho se parecía al Wili como si éste hubiera dejado de ir al gimnasio por un año. Los mismos lentes. Parecían hermanos.

"La audacia es la única solución", sentenció Rigo.

Metió la mano en el bolsillo y sacó el pasaporte de Wilivaldo.

Rigo sonrió. Las muchachas sonrieron. El Tacho sonrió.

"¿Quién quiere ir a San Diego?"

"¡Yo, yo!", dijo el Tacho.

***

Todo es diferente en un BMW", le dijo Rigo.

Estaban haciendo fila en el tráfico lento de la entrada a los Yunaites. Tenían los vidrios arriba. El mundo estaba en silencio. Adentro del carro estaba fresco y oscuro. Olía a piel y al cabello almendrado del Tacho. Rigo se había echado un poquito de XX y la loción olía a dulce. En el toca CD's se oía Manu Chao. El Tacho sostenía una taza de cartón con café con canela.

"Por supuesto que es diferente".

Todas las casetas estaban abiertas. Los agentes hacían preguntas. El Tacho veía como a veces caminaban alrededor de los carros y cómo les abrían las cajuelas. En el puente sobre las casetas se podían ver cámaras cada cierta distancia observando el tráfico. Vendedores ambulantes de curiosidades andaban con mandiles azules circulando entre los carros, ofreciendo una gran variedad de artículos. Calaveras de yeso, barcos piratas de vidrio soplado, brillantes macetas, rebozos, sombreros, zarapes, figuras de Bart Simpson, cuernos de toro, flores de papel, churros. Los ubicuos niñitos indígenas vendiendo chicles resbalaban por entre los autos. Falsos voluntarios de la Cruz Roja pedían dinero con sus latas blancas con rojo. Un hombre sin piernas impulsaba su silla arriba y abajo, asomándose por las ventanillas de los carros. Le hizo una seña al Tacho. Al bajar el vidrio le dió el impacto de los ruidos y el olor a escape. Le dio al hombre sus monedas mexicanas. El hombre ni las gracias le dio, simplemente volteó la silla y siguió hasta el siguiente carro.

"No les des alas, Tacho".

La ventanilla subió dejando afuera los ruidos y la luz.

"Cuando lleguemos a la caseta no digas nada".

"No hay problema".

Rigoberto sonrió y le apretó una rodilla.

"Te voy a extrañar, criminal".

El Tacho se rió.

"Te la debo".

"Nada qué".

"Más de lo que te puedo decir".

"No seas simple".

Se movieron un poco para adelante.

"Hoy es un buen día. Normalmente se tarda uno tres horas para cruzar, pero hoy va rápido. Andan buscando iraníes, a nadie le importamos nosotros".

Tacho volteó para las lomas del otro lado de la frontera y vio las camionetas que los observaban. Un grupo de agentes paseaban a un perro pastor alemán que andaba entre los carros, oliéndolos. Jalaba la correa y movía la cola.

"¿Tú qué crees que andan buscando, drogas o bombas?"

"A lo mejor a nosotros", dijo el Tacho.

Se acercaron un poco más.

"Quiero que te veas relajado, pero cabrón. Te sorprendería lo lejos que puedes llegar en un BMW. Deja que yo hable".

El Tacho se arrellanó en el asiento y puso su mejor cara de perro.

"Perfecto. No te quites los lentes".

Llegaron a la caseta y Rigo bajó el vidrio. Se quitó sus lentes oscuros. Le sonrió a la mujer sentada en el banco. Ella se paró, se ajustó el cinto de la pistola y estaba ya viendo al siguiente carro cuando extendió la mano pidiendo los papeles. Registró las placas del otro carro en la computadora y volteó a ver a Rigoberto.

"¿Nacionalidad?"

"Mexicano, por supuesto".

Rigo le dió los dos pasaportes, abriéndolos como cartas de baraja.

La mujer los agarró y se agachó para asomarse por la ventanilla.

"¿Usted es Rigoberto?"

"Correcto".

"¿Y usted?"

El Tacho la ignoró.

"¡Usted!"

Rigoberto le pegó al Tacho en el brazo.

"¡Oye, cabrón!".

El Tacho se volteó a ver a la mujer.

"¿Qué?"

Rigoberto vio a la mujer y se puso colorado.

"Por favor disculpe a Wilivaldo. Es que veníamos peleando".

"Peleando".

"Pensé que un fin de semana de compras...la estancia en un hotel...usted sabe. Estoy tratando de ponerle más amor a la relación".

El Tacho estuvo a punto de reírse cuando vio la cara de la mujer.

"Amor".

"Bueno, si no amor, por lo menos *sexo*", le dijo suavemente Rigoberto.

Ella se le quedó viendo con una expresíon totalmente vacía.

"Espero que eso que dicen del sexo en los hoteles sea verdad", dijo Rigo.

Ella le devolvió los pasaportes.

"Que tengan muy buen día", les dijo. Se regresó a su caseta. Rigo subió el vidrio y salió rumbo a California mientras se reían y ponían el estéreo a todo volumen.

El Tacho nunca había visto una carretera tan amplia. Y tan limpia. No había perros ni burros por ninguna parte. Tampoco basura. Sonrió cuando pasaron una camioneta de la Patrulla Fronteriza y el agente ni siquiera volteó a verlos.

"Te va a gustar aquí. Los Yunaites son un buen lugar".

Se estacionaron en el barrio de las candilejas, en el centro. Rigo lo llevó a Croce's y comieron jambalaya y pan de maíz. Se tomaron unas cervezas Heineken y comieron en paz. El Tacho trataba de alargar la comida para que no llegara el inevitable momento del adiós. Rigo lo entendió. Pero sabía que el Tacho tenía que continuar. Tampoco era como si se hubieran comprometido para casarse. Checó la hora y empujó su celular para el lado del Tacho. El Tacho llamó a la tía Irma, quien había conseguido el teléfono de Matt con la mamá de la Nayeli. "Diles que no se vayan a ninguna parte hasta que yo hable con ellas", le ordenó al Tacho.

El Tacho marcó el número de Matt.

Una voz rasposa le contestó.

"¿Qué onda?"

"¿Matt?"

"No está aquí, eseee. Bye".

"¡Noooo!, espérate, ¿está la Nayeli?"

"¿Nayeli? ¿Pues con quién crees que se fue?"

"Ah".

"Hey, ¿es el maricón?"

"Ay no, eres *tú*".

"Soy Atómiko".

"Después de todo, creo que Dios me odia".

Rigoberto dejó al Tacho en el centro de visitantes en Mission Bay. No le gustaban los adioses con lágrimas ni besuqueos. Se pegaron en los brazos, se empujaron y se dieron un abrazo con palmadas en la espalda. Parecía como si estuvieran celebrando el triunfo de su equipo favorito de futbol.

Rigoberto se subió al BMW, se fue rumbo a la rampa de la autopista y ascendió. El Tacho empezó a caminar alegremente, por si Rigo lo veía por el retrovisor. Cuando el carro negro se perdió en el tráfico, el Tacho se sentó en una banca y se puso la cabeza en las manos. No iba a llorar. Ni que fuera una plebita; no era la Vampi ni nada de eso. ¡Chingado! Se limpió los ojos. Caminó hasta el agua y se regresó.

Llamó a la casa de Matt desde un teléfono público.

Las muchachas explotaron en gritos, alaridos y sollozos. El Tacho se sonrió. Como a los quince minutos, una vieja camioneta llegó al estacionamiento. Un tenebroso indígena cubierto de tatuajes se bajó y lo vio fieramente. Llevaba en la camiseta un horrible símbolo de lo oculto y las inescrutables palabras: fields of the nephilim. Fuera lo fuera no parecía nada bueno. El Tacho no sabía lo que estaba pasando. ¿Lo iba a madrear? ¡Jíjoles!, él no era tan bueno para los fregazos como la Nayeli. El monstruo metalero se le iba acercando. Las muchachas le habían dado al Brujo una contraseña. Él no la había entendido, pero las muchachas le aseguraron que el Tacho iba a saber. Le dijeron que buscara un muchacho con los rubios cabellos en picos. La mayoría eran viejitas y señoras con carreolas. No había más, tenía que ser este bato.

El Brujo llegó hasta la banca donde estaba el Tacho.

Volteó para todos lados sin hacer contacto visual.

"Yul Brynner", le dijo.

Capítulo veinticinco

_____

Pobre Matt Johnston. Nunca había escuchado tantos gritos ni presenciado tantas lágrimas. Parecía como si algún artista de cine hubiera llegado a los departamentos. O la reina de Inglaterra, jajaja. Se sobaba la panza. De hecho lo hicieron a un lado para llegarle al muchacho. Ya nadie se peinaba con picos, ¿qué se creía el bato ese?

Se fué a recostar en el sofá de Carla.

"¿Qué pasó, te corrieron?"

"Son demasiados. ¿Dónde me iba a recostar? Hay tres chicas y dos morros allá".

Inhaló profundamente de la pipa que ella había puesto en la mesa de centro.

"Recién horneados", le dijo ella.

Se estuvieron drogando mientras se reían de todo.

"Justo como los hacía mi abuela, jajaja".

"Matt va a dormir con Carla esta noche", le dijo.

Ella se pegó a la pipa y aspiró durante un minuto.

"Muy bien, bato".

"Realmente es increíble. ¡Ilegales!"

"_Whoa!_"

"¿Qué, no es cierto?"

"Hay que hacer una barda".

"Ya pásala, no te quedes pegada".

El humo llenaba la casa como de azul niebla. Olía a incendio en tienda de mecates. Carla agarró un puerquito de peluche y lo hizo bailar en la mesa. Se reía como enajenada. La cara de Matt la hacía reír todavía más.

"Como sea, Carla. Te estoy contando mi historia".

"Sí, claro".

Aparentemente él no la escuchó. "Vuela como águila" estaba saliendo a todo volumen del estéreo en la repisa.

"Debería llamar a la Patrulla Fronteriza para que vengan por ellos".

Matt se rió. Ella se rió.

"*Wow!*", dijo ella.

"El problema con los ilegales es que llegan, se instalan como si el lugar fuera de ellos, y luego no te puedes deshacer de ellos".

"Sí, y hablan español y toda esa mierda", dijo Carla.

"Tienes razón. Rojo, azul y blanco, ¿no? Esos son nuestros colores y... no se despintan".

Pausa.

"Eso es profundo, Matt, muy profundo".

Larga pausa.

"Esto aquí es lo que es profundo", le dijo agitando la pipa.

Ella sonrió. La vieja Carla todavía las podía, aunque ya se le estuvieran cayendo los dientes.

Matt trastabilló hasta la cocineta y se asomó por la ventanita desde donde se veía el departamento de su mamá al otro lado del callejón.

"Pero tengo que admitir que la plebe esa me trae muerto".

"¿Cuál plebe?"

"La bonitilla".

"Ah", le dijo Carla.

Tuvo que prender la pipa de nuevo con el encendedor. Echó humo y tosió, arrugó la nariz y empezó a fumar de nuevo.

"La verdad es que yo no distingo a una de la otra".

Estaban bailando. Alex el Brujo se había ido para allá saliendo del trabajo y estaba guisando carne y frijoles. El Tacho había encontrado una estación con música disco y la tenía a todo volumen. A Atómiko no le gustaba eso. Sí se alegraba de que el maricón se hubiera escapado de la migra y todo eso, pero la música disco nomás no le pasaba. Meneó la cabeza. Estaba sentado en el portal de enfrente, fumando un cigarrillo y con una Tecate media tibia en la mano. El cielo estaba nublado.

Atómiko podía ver las leves luces de la ciudad brillando a través de las nubes. Se preguntó si su Jefito y su Jefita podrían ver las luces desde el cielo. Hacía mucho que se habían muerto. Le dolía pensar que ya casi no se acordaba de la voz de su mamá. A veces encontraba un poco de su risa en sus recuerdos. Sacudió la cabeza para aclarársela. Se empinó el bote y lo tiró al jardín. Agarró su garrote y empezó a picar el zacate seco.

Le gustaban los Yunaites. Como decían los gringos: *Hasta ahora, todo bien.* El aire era fresco y limpio aquí. Los carros se veían muy bien. Las mujeres estaban muuuy bien. A lo mejor se podía conseguir una de estas altísimas güeras ¡Ay, Caray!

Pero extrañaba su casita del basurero. Él mismo la había construído. Tablones como pisos. Puertas de cochera de esas de madera conformaban dos de las paredes. Había pegado pedazos de tabla de aquí y allá para completar la tercera pared. La cuarta pared era de tela de alambre con cartones reforzados con alambrón. Había cubierto la tela de alambre con bolsas de plástico rellenas de periódico que había pegado por dentro con cinta aislante. Su casita estaba bien chida, era a prueba de agua. Como puerta había colgado una alfombra vieja. Adentro tenía un galón de plástico para el agua, una estufita que había fabricado con un calentador y la chimenea era de latas aplastadas. Tenía algunas revistas viejas, algunas pornográficas, hinchadas de humedad. Su favorita era una de los años cincuenta, de esclavitud sexual en blanco y negro. De cama tenía una enorme caja de cartón rellena de papeles y un viejo saco de dormir de los Boy Scouts encima. Dos cobijas de gruesa lana lo mantenían calientito cuando hacía frío. Se ponía toda la ropa que tenía y se echaba encima unas cuantas bolsas de plástico. Y cuando hacía mucho frío se acostaba debajo del saco de dormir, aunque fuera incómodo. El calorcito era mejor que la suavidad de la cama. El techo era de tablas, pedazos de plataformas y papel alquitranado que había comprado con lo que sacaba de reciclar botellas. Le daban $1 por cada 150 libras de vidrio. El cobre se vendía a mejor precio, igual que el aluminio. A él le importaba poco. Trabajo es trabajo y dinero es dinero. Un dólar a cambio de vidrio era lo mismo que un dólar por latas de Pepsi. Compraba las mismas tortillas. La misma cerveza.

Como todos los demás en el basurero, había quemado colchones viejos para sacarles los resortes. Servían muy bien para hacer cercas y Atómiko tenía una que iba desde la parte de atrás de su casa hasta casi 6 metros por enfrente. Para entrar, si venías de la calle, tenías que desenrollar el alambre de púas que mantenía la reja cerrada. Frecuentemente se llevaba perros abandonados para cuidarlos hasta que se reponían, de modo que siempre tenía guardias leales en el patio. Nadie se iba a meter con él.

Se acostó en el piso de cemento del portal y sintió el calor del día irradiándole la espalda.

"¿Qué puedo decir?, vivo una buena vida", murmuró.

Era la noche libre de Chava Chavarín. Era algo muy raro para él tener a dónde ir y olvidarse de sus penas. Las muchachas lo habían invitado a conocer a su amigo, recién llegado de Tijuana después de escaparse de la migra.

Le encantaban. Se daba cuenta de que nadie más que ellas lo podían transportar a Tres Camarones, ese sitio que invadía su mente noche tras noche, su mundo viejo que no lo dejaba dormir, ni leer un libro ni ver una película completa. Cada hamburguesa que se comía le sabía a cartón cuando pensaba en los camarones en aguachile de su tierra. Su pulcro apartamento en Kensington se sentía como una tumba cuando recordaba las empedradas calles de su juventud, los callejones cuajados de flores rojas y rejas de madera. Los mismos callejones que se inundaban cada junio al llegar las lluvias después del día de San Juan; por donde pasaban gallinas, llantas de carro y ramas de árboles en medio de la corriente rumbo al río. En Camarones nunca había sentido frío, ni siquiera una vez. Había sido fuego sobre dos pies, un vals humano y un tango caminando, había llevado música y loción a la plazuela cada húmedo y misterioso sábado en la noche. Platicar con la Nayeli lo transportaba de nuevo a todo aquello, dulce y rico.

Manejaba su viejo carrito compacto por el carril lento, pensando en la nalgona de Irma. Como sus blancos calcetines habían inspirado su pasión. Cómo habían bailado al compás de "Volver a empezar" en el baile de Año Nuevo del Club de Leones, él con un saco color marfil y una pequeña rosa en el ojal y ella con una falda ampona resplandeciente de lunares blancos y sus pies arropados en zapatos de correa.

¿Quién entendía esas cosas, la gracia y la magia de esas cosas? La casi insoportable promesa erótica de aquellos calcetincitos. Le daba vergüenza admitir que en su solitario cuarto daba rienda suelta a sus impulsos sexuales al recordar cuando aquellos calcetines desnudaban los blancos pies de Irma. ¿Quién en los Yunaites podría saber el secreto que estas guerreras-niñas de Tres Camarones guardaban en lo más recóndito de su ser? ¡La sonrisa de la Nayeli! ¡El modo en que la Yolo se echaba el cabello para atrás! ¡Los gestos de las manos de la Vampi! Todo era como ritos ocultos que lo transportaban a los años sagrados de su juventud. A la perdida religión de las mujeres sinaloenses.

Se cambió de carril y se le atravesó a una camionetita Toyota. El chofer le pitó y lo rebasó haciéndole gestos obscenos. Chava Chavarín ni cuenta se dio. Veía con la mente el río, el cine, los pintados troncos de los árboles y las luces navideñas de su tierra sagrada. También estaba nervioso. Preocupado porque ahora, en el ruinoso estado en que se encontraba, además de su vieja vergüenza pudiera Irma verlo con repulsión, o peor aún, con lástima.

Como si fuera conduciéndose solo, el carro se salió de la autopista y comenzó su ascenso por la loma.

***

¿Qué onda, güey?", le dijo Atómiko cuando llegó a la casa de Matt.

Adentro, Chava le dijo a la Nayeli: "Este muchacho me sigue llamando buey".

Bailó un rato con la Nayeli, manteniéndola a una distancia decente, y se sorprendió agradablemente con el guiso del Brujo. El Tacho se veía bastante agradable. Fue una muy buena noche para Chava y le entristeció darse cuenta de que muy pocas veces había tenido experiencias tan agradables. Si no estaba trabajando se iba solo al cine Ken o leía libros en el restorán Golden Dragon. Le gustaban los poemas de Alí Chumacero. A veces compraba flores y las llevaba al departamento. La pequeña Nayeli y sus amigos le hacían ver cuán solo se encontraba.

En una pausa del baile y la comida, llamó a la Nayeli a un lado.

"Hay algo que quiero mostrarte", le dijo.

"¿Sí?"

Asintió.

"Tengo un amigo—en realidad es un muchacho. Es bueno. Trabaja en las pizcas. Vive en un campo. No sé, pero pienso que tal vez... bueno, podría darte una mano con tus bandidos. Estuvo en la Marina mexicana y creo que sabe judo o algo así".

"¿Tenemos Marina en México?"

"Sí, es más, creo que hasta un barco tenemos".

Se rieron.

"Si no te importa que te lo diga, puede que esté más preparado para lo que tú necesitas que yo... o que el Brujo".

La Nayeli volteó hacia la cocina. El Brujo le estaba enseñando los cuernos del diablo a la Vampi y ésta brincó para que él la cachara con sus dos brazos. Tenía tatuado el 666 en la muñeca izquierda.

"Ya estoy viejo y probablemente no sea muy sabio. Pero Ángel es joven y fuerte y muy buen muchacho".

"Me gustaría conocerlo".

"¿Mañana?, si quieres puedo pasar por tí".

"Sí señor, me encantaría".

"No te vas a arrepentir".

Atómiko, que iba pasando, comentó: "Así dicen todos".

La batalla del Campo Guadalupe comenzó sencillamente. Chava Chavarín tocó la puerta del departamento de Matt a las ocho de la mañana siguiente. La Nayeli ya estaba lista, recién bañada, perfumada, con el pelo bien cepillado y con la camiseta de Depeche Mode de Carla. Llevaba la bolsita del Tacho colgada del hombro. Le dio a Chava su abrazo mañanero y un casto beso en la mejilla. ¡Ah!, ¡qué ejemplo de muchachita mexicana, producto de la buena crianza y de los buenos modales!

"¿Lista?"

"Lista".

Salieron por el portal.

"¡Espérenme!", les gritó el Tacho.

"¿Y eso?"

"El Tacho también quiere venir, si no le importa".

"Claro que puede venir, no importa".

El Tacho salió en unos pantalones de mezclilla ajustados y tenis Vans de cuadritos, cortesía de la boutique Rigo. Chava estuvo a punto de comentar que no era atuendo para ir a un campamento de migrantes, pero se contuvo. Estos muchachos de ahora hacían todo a su modo.

Se encaminaron al carro y oyeron la voz rasposa de Atómiko: "¡Hey, güey, no se vayan sin mí!".

Chava, irritado, le echó una mirada fulminante a la Nayeli, pero ella lo tranquilizó con una de sus mejores sonrisas.

"Pero no te vas a llevar el garrote, ¿verdad?"

"*La mera neta del planeta*", proclamó el Gran Cholo.

"¿Qué fué lo que dijo?", preguntó Chava.

"Dijo que sí", tradujo el Tacho.

Se subieron al carro.

"¡Hey, Abuelo, cómpranos unos pankeiks!", dijo Atómiko.

Chava iba rumbo al norte. "No queremos irnos muy al norte porque la Patrulla Fronteriza tiene retenes en esta autopista y lo más probable es que nos paren y si nos agarran me meten a la cárcel". Este pensamiento lo sorprendió. No lo había considerado antes.

La Nayeli se volteó a ver al Tacho. Atómiko ya iba roncando.

"Conocí a Ángel una vez que se me descompuso el carro. Estaba parado en el camino cuando pasó una vieja guayina llena de jornaleros. Cuando se paró y se abrieron las puertas pensé que me iban a robar, pero se bajó un muchacho de Michoacán. Yo no sé mucho de carros, pero Ángel arregló el mío en unos cuantos minutos y no quiso que le pagara nada. Ha ido a visitarme al boliche. Ya les dije a las muchachas de la fuente de sodas que le den de comer gratis cuando vaya".

"Además es muy guapo", le dijo a la Nayeli.

"¡Ay qué bueno!", dijo el Tacho desde el asiento de atrás.

Chava lo vio por el retrovisor con una media sonrisa.

Llegaron a Del Mar, a un lado de La Jolla. El mar estaba de un azul de locura. La Nayeli creyó ver delfines en las olas, nadando rumbo al norte. Había surferos corriendo las olas hacia la playa. Coloridos papalotes surcaban apaciblemente el cielo.

De repente, la Nayeli dijo: "Todavía quiero ir a buscar a mi papá".

"¿Tú crees que se quiera regresar?", le preguntó el Tacho.

"Yo creo que sí, si yo se lo pido".

"Ay, mija, aquí lo único que hace falta son unos globos de muchos colores para que sea el paisaje perfecto". Un poco más adelante vieron como aparecía en el horizonte un globo. "Ta visto que en los Yunaites se puede todo".

Chava se aclaró la garganta. Le pusieron atención.

"Yo he ido a este campamento varias veces y siempre que voy paro en el camino y les llevo mandado. La vida es...medio difícil...ahí donde viven".

Se salieron de la autopista y entraron al pueblo. Todo verde: palmeras, fábrica de hielo, helechos en los patios, pinos, jardines, pasto. Grandes haciendas por todos lados, o por lo menos las versiones gringas de techos rojos. Carros finos. Todo brillante. El Tacho pensó que decididamente podía quedarse a vivir en Del Mar. Atómiko se despertó y vio algunas señoras ricas con sombreros. "Qué bien", dijo. Llegaron al supermercado. Atómiko se quedó en el carro mientras los de Tres Camarones entraban al súper siguiendo a Chava Chavarín.

Todas las comidas del mundo. Los pimientos más amarillos. Las manzanas más rojas. Los más tronadores espárragos. Cajitas con champiñones que parecían pequeñas bolas de nieve. En el departamento de las verduras, periódicamente se oía la música de "Cantando bajo la lluvia" y empezaba a caer sobre ellos un rocío fresco. La Nayeli metió las manos bajo el agua y se rió.

En la sección de carnes nada de sangre, los cortes perfectamente acomodados como libros en biblioteca. Pescado en montecitos de hielo, sin olor. El Tacho encantado de ver que los frijoles refritos venían en diferentes sabores. Vendían frijoles tradicionales y vegetarianos (se le hizo raro, pues después de todo los frijoles eran vegetales, ¿o no?), picantes, con jalapeño, con chorizo. También frijoles bajos en grasa. La Nayeli perdió el interés en la comida mexicana y se fue a ver los cereales. Para ella era verdaderamente asombroso. ¿Quién era ése *Count Chocula*? ¿Qué era un *Boo-Berry*?

Dos gringos jóvenes con la cabeza rapada los observaban desde el final del pasillo.

El Tacho insistía en que el hombre de la avena Quaker era gay. "¡Nomás míralo!", le decía a la Nayeli apuntando a un bote de avena, "si hasta se parece al travesti que la hace de Elizabeth Taylor". Ella se rió y lo hizo a un lado.

"¡Ay, Tacho, nomás a ti se te ocurre!"

La hacía reír tanto que apenas podía respirar. Estaba feliz de que el Tacho hubiera regresado.

Se fueron por el pasillo del café. Ahí estaba un chavo bloqueándoles el paso. Era Sully.

"Hey, Jimbo", dijo el muchacho.

"Sí, Sully".

Voltearon hacia atrás y vieron al que se llamaba Jimbo. La rapada cabeza ostentaba un tatuaje "88". Era tan alto como la repisa de arriba. Voltearon a ver a Sully, quien llevaba una chaqueta militar y botas de trabajo negras con cordones rojos.

"Chécate a los mojados", dijo Sully.

"Los puedo oler desde aquí". Se rieron disimuladamente.

La Nayeli y el Tacho se quedaron donde estaban, viendo a Sully. Él les sonreía. ¿Por qué le tenían miedo?

"¿Son ilegales, amigos? ¿Mojados?"

"Parece que también son mudos", dijo Jimbo.

Sully movió la cabeza.

"Aquí tenemos leyes, *¿comprende?*"

"Sí", dijo la Nayeli tomándole la mano al Tacho y tratando de escurrirse por un lado de Sully.

"Hey, ¿no quieres un baby americano? ¿A eso vienes, no?, por un baby americano para poder quedarte para siempre".

"Gente de mierda", comentó Jimbo.

"Yo te cogería, pero tú sabes... no quiero que me dé sida".

Jimbo emitió una risita.

"Chécate al puto", dijo Sully.

Estiró la mano para tocar al Tacho justo cuando Chava Chavarín le dio con el carrito del súper en los tobillos.

"¡Ouch!", gritó Sully.

"Oh, disculpe jefe, disculpe, fue mi culpa".

Encaminó al Tacho y a la Nayeli fuera del pasillo hasta la caja registradora antes de que los otros dos se repusieran de la sorpresa.

"¿Quiénes eran esos?", preguntó la Nayeli.

Chava nomás movió la cabeza.

"No volteen a verlos".

Los gringos reaparecieron y les echaron miradas fulminantes, pero como había más gente ya no pudieron hacer nada. Cuando iban saliendo, Jimbo les apuntó y les gritó: "*See you later!*".

"Hay gente aquí que nomás no nos quiere", dijo Chava.

La Nayeli no tenía idea de dónde se encontraba. Habían cruzado la autopista por un puentecito, alejándose de las playas y los magníficos edificios. Las lomas estaban secas, amarillas. Había valles y pequeñas cañadas sombreadas. En la distancia, los campos y las colinas se veían rojos, rosas, amarillos, azulitos.

"Son flores", les dijo Chava.

"¡Órale!", dijo Atómiko.

Chava se salió del camino y se estacionó enseguida de una barrera de metal. Se bajaron y cada uno cargó una bolsa de mandado. Atómiko llevaba la bolsa en un brazo y su garrote en el otro, recargado sobre el hombro derecho.

"Este es el país más rico del mundo", les dijo Chava. Los vio a todos. "Este es el estado más rico del país, y esta es probablemente la ciudad más rica del estado más rico del país más rico del mundo. Vámonos".

Se brincó la barrera y caminó hacia abajo de la loma, adentrándose en una de las secas cañadas. Los amigos se vieron y se encogieron de hombros. Lo siguieron. No estaba lejos. Allá en el plan llegaron a un arroyo en el que corría agua verde. Atómiko se quedó encantado viendo que había pescaditos. Caminaron arroyo arriba, hacia un grupo de cedros y bambúes. El olor del campamento les llegó antes de que lo vieran: Humo, basura, excremento. Atómiko se sintió como en su casa.

Chava gritó: "¡Buenos díaaas, aquí venimos puros amigos!".

Tenía la costumbre de hacerles saber a los paisanos que era una visita amigable antes de llegar hasta el campo, pues le partía el corazón verles la cara de susto o que salieran corriendo. Odiaba eso. Por eso siempre avisaba. Aún así, se quedaban tensos hasta que lo reconocían. "¡Quiubo paisanos!", les gritó.

Se metió por entre el bambú y los demás lo siguieron. Se pararon y se quedaron viendo el panorama. Un perro salió a recibirlos, ladrando. Atómiko se sentó en cuclillas y emitió algunos rugidos y amigables maldiciones. El perro le movió la cola y le saltó al pecho.

Unos hombres flacos y prietos los miraban. Humo. El suelo estaba lodoso, más oscuro que los hombres. Habían colocado en semicírculo unas tiendas de campaña improvisadas. Unos palos todos espinosos sostenían sábanas de plástico. Había cafeteras y sartenes de peltre en las fogatas que ardían dentro del pequeño círculo central. Los hombres asentían. Algunos vieron a la Nayeli y apartaron tímidamente la mirada. Habían construido un pequeño altar de madera, sostenido por un grueso tronco. En una repisita cubierta con un techito de teja, estaba la imagen de la Virgen de Guadalupe.

Los zapatos y los pantalones del Tacho estaban llenos de lodo, pero no le importaba. "Les trajimos mandado", les dijo.

"¿Son misioneros?", les preguntó un hombre con una dentadura horrible. El Tacho y la Nayeli se vieron. El tipo era igualito a don Porfirio el del basurero. ¿Cuándo había sido eso? ¿Hacía un año?

"No, paisano, nomás somos sus amigos. Yo soy cuate de Ángel", les dijo Chava.

"Ah, es cierto, ya me acordé, usté es don Salvador". Se adelantó a saludarlo con un apretón de manos y una amplia sonrisa.

"Es el jefe del campamento, don Arturo", les dijo Chava a los muchachos.

Don Arturo los saludó a todos de mano.

"Bienvenidos al Campo Guadalupe. ¿Quieren un cafecito?"

Atómiko se fué directo a la cafetera más cercana. Uno de los paisanos le dio una taza. "¡Órale, carnal!", dijo. Se sirvió y le echó un trago. Los paisanos checaban su garrote. "Nomás he matado como veinte cabrones con él", les explicó.

"Ángel se está cambiando, no tarda. Siéntense, siéntense", les dijo don Arturo.

Se sentaron en jabas de madera alrededor de la fogata. Chava le dio a don Arturo una caja de donas.

"Ah caray, donas".

Las repartió entre su gente. Todos dijeron *gracias* suavemente, casi en silencio, asintiendo con la cabeza y con la mirada baja.

"¿Viven aquí?", preguntó la Nayeli.

"Sí".

"¿Y qué hacen?"

"Cortamos flores".

Todos asintieron, murmurando *sí, sí.*

"También pizcamos chiles y tomates y cuando cambia la estación nos vamos al norte a pizcar fresas y manzanas".

Ey, dijeron los paisanos.

"¿Y es trabajo pesado?"

Don Arturo se rió.

"¿Usté qué cree, señorita?'

"Yo creo que sí".

Todos se rieron.

"El que nace para clavo no se queja del martillo".

Los paisanos asintieron.

"Cuarenta hermanos acampamos aquí y trabajamos en las granjas. Compartimos gastos, comida, todas esas cosas".

"También la cheve", dijo un paisano y todos se rieron.

"Como quiera, mejor pobre y buenisano que rico y enfermo".

"Mejor rico y bueno y sano", dijo Atómiko.

"'Ta claro".

Atómiko se sirvió más café.

"Hervimos agua del arroyo para poder tomarla. Algunas iglesias nos donan ropa, pero a veces cuesta tanto trabajo lavar los pantalones que mejor los tiramos", les explicó don Arturo.

La Nayeli se fijó que había ropa regada por los matorros.

"Es una vergüenza, pero no nos alcalza para pagar cuartos de hotel".

Se abrió el bambú y un muchacho guapísimo apareció frente a ellos.

"Él es Ángel", dijo Chava Chavarín.

Detrás de él venían Sully y Jimbo, seguidos de cuatro tipos.

Sully traía una cadena colgando de su puño derecho. Jimbo llevaba un bate de béisbol. Los otros cuatro no iban armados. Sully movía la cadena como péndulo.

"¿Qué pasa aquí? ¿Qué es lo que tenemos aquí?"

Chava jamás se había visto involucrado en un pleito. Levantó las manos tratando de aplacarlos y lo irritó su propia actitud.

"¡Esto es una redada de la migra!"

Los paisanos empezaron a hacerse hacia atrás.

"Me agarraron en el arroyo, no fue mi culpa", les dijo Ángel.

Jimbo le dio un empujón a Ángel y este cayó de rodillas.

"Ahí quédate, perrito".

Sus amigos se rieron.

"Frijoleros", dijo Sully "Qué gente. ¿Ven lo que esta gente de mierda le hace a los Estados Unidos? Esto parece Calcuta". Escupió a los pies de Chava. "Ustedes apestan".

"Vienen para acá y convierten a nuestro país en tercer mundo, ¿o no, Sully?", explicó Jimbo a sus socios.

"Exac-to".

Atómiko bajó la taza y eructó sonoramente.

"¡Saapo!", exclamó.

Hasta dónde son capaces de arrastrarse estos brinca-bardas, pensó. Nomás agachan la cabeza y hacen como que retuercen sus sombreros, amiedados por estos cabrones gringos. Si quieren saber lo que's el miedo deberían ir a Tijuana a enfrentarse a la chota. Lástima que no haya morras aquí, hubiera sido buena onda quedar bien con una prietita. Bueno, por lo menos ay 'tá la Nayeli, aunque no me haga caso.

Se levantó, tiró lo que le sobraba del café en la fogata, colgó la taza de un clavo. Todos lo miraban atentamente. Se rascó la ingle, miró a los malandrines y soltó una risita.

"¡Hey, batos!, ¿me ayudan a rascarme los huevos?, ¡traigo una comezón de la chingada!", les gritó.

Ángel empezó a reírse y volteó a ver a los rapados como si Sully y sus amigos fueran los changos más divertidos del zoológico.

"¿Qué me ves, José?", le espetó Sully.

La Nayeli se volteó con el Tacho y le preguntó: "¿Qué le dijo?"

Atómiko se rascaba ahora la barbilla. Tenía el garrote atravesado sobre los hombros y la otra mano colgaba del lado donde estaba la bola. Parecía herramienta para la pizca.

Les contestó en su inglés mocho. "No sé bien lo que veo, pero lo voy a averiguar muy pronto". Se rió y viendo a Ángel, le preguntó: "¿Y estos qué son, hermano?".

"No sé, nunca había visto tipos como ellos".

"¿Quieren bailar conmigo?", les preguntó el cholo esta vez a los pelones.

Sully le enseñó la cadena a Atómiko, quien dijo, "¡Ooooooh!".

"Bueno, pues yo no quiero bailar con ustedes, lo que quiero es romperles el hocico y luego ir a su casa a hacerle unos beibis a su madre".

"¿Quéee?", dijo la Nayeli.

"Ya nos metimos en un varejonal", murmuró el Tacho.

"¡Ah!" La Nayeli se levantó.

"¡Tú siéntate, perra!", le gritó Sully en inglés.

"¡Ora sí firmastes tu sentencia de muerte, pendejo!", le dijo Atómiko.

La Nayeli se volteó hacia el Tacho.

"¿Me dijo una grosería?"

"Lo siento, mija, pero sí".

La Nayeli le apuntó a Sully con el índice y lo movió, regañándolo.

"Nayeli", le advirtió Chava.

"No, morra, no te metas en camisa de once varas", le dijo el Tacho.

"Ellos empezaron".

"¿Cómo te llamas?" le preguntó Ángel, todavía de rodillas.

"Nayeli".

"*What? Speak English, greaser!*", exigió Sully.

"¿Qué?", preguntó Atómiko.

"*Damn beaner!*"

"¡Te va a cargar la chingada!"

"*What?*"

"¡Aguas con la cadena!", dijo la Nayeli.

"¡Silencio!", gritó Sully.

"Simón, la tengo bien wachada".

"¡Yo mando a los frijoleros al hospital!", dijo Sully.

Sully se veía confundido. La costumbre dictaba que a estas alturas los grasientos empezaran a rogar por sus vidas o a correr para escaparse. Como que faltaba el miedo. Estos dos nomás estaban ahí parados. Luego Ángel se incorporó.

Atómiko quitó el garrote de sus hombros y empezó a darle vueltas por enfrente.

"¿Y tú te crees porrista, o qué?", se burló Sully.

"Se cree bastonera", agregó Jimbo.

"No, soy samurái".

Le dio un garrotazo tan rápido en la cara a Sully que parecía como si una nube se hubiera cruzado enfrente de él.

La nariz le tronó como trique, la sangre explotó por toda su cara. Ángel agarró a Sully y lo empujó contra el bambú de donde salió rodando hasta el arroyo. La Nayeli le dio a Jimbo un golpe de karate en la rodilla y éste cayó al suelo agarrándose la pierna y aullando de dolor. Su bate de beisbol nomás rebotó inocentemente en el piso. Trató de sentarse pero ella le dio otro fregadazo, ahora en la quijada. La cabeza le rebotó en el lodo y se orinó en los pantalones. Sully salió del arroyo agitando ciegamente su cadena, con las lágrimas y la sangre nublándole la vista. Sus amigos extendieron los brazos tratando de rodear a la Nayeli.

Atómiko estaba parado con las piernas separadas y el garrote vertical frente a la cara. Lanzó un tremendo grito y atacó cuatro veces, *pac, pac, pac, pac*. El cuero cabelludo de Sully se abrió arriba de las cejas y la cara se bañó de sangre. Cayó de rodillas cuando uno de los golpes de Atómiko le pegó en un hombro.

Ángel se movía como cangrejo y parecía que le estuviera haciendo caravanas a todo mundo, pero cada vez que se agachaba salían pelones volando por los aires.

"¡Yeah!", gritó el Tacho, incorporándose. Uno de los rufianes se lo descontó de una trompada. La Nayeli se le echó encima al gringo arañándolo en el cuello y alrededor de los ojos, como gata salvaje. El pelón se tambaleaba con ella encima de su espalda, por el frente, en un hombro, por todos lados. "¡Quítenmela, quítenmela!", gritaba. Trató de darle un abrazo de oso, pero ella le dio un cabezazo en la cara.

Ángel estaba frente a Chava y don Arturo, defendiendo a los mayores.

"¿Estás bien?", le preguntó a la Nayeli.

"Sí, todo bajo control", le contestó ella.

Uno de los pelones trató de quitarle a la Nayeli de encima al otro y Atómiko le dio un garrotazo en las corvas. Cayó todo despatarrado en medio de una de las fogatas. Empezó a gritar. "¡Se me quema el pelo, fuego, me estoy quemando!" Con la cabeza como antorcha corrió entre el bambú y llorando se aventó de cabeza en el arroyo. La Nayeli se bajó de un brinco de la espalda del otro.

Los restantes malandrines encerraron a la Nayeli y a Atómiko en un círculo. Jimbo se había levantado y cojeaba, agarrándose la pierna por arriba de la rodilla rota. Los dos amigos estaban espalda con espalda. Atómiko hacía figuras con el garrote, dándole vueltas y vueltas, cubriendo a la Nayeli primero a la izquierda y luego a la derecha. Cuando los tres rufianes se acercaron, el Tacho y Ángel los atacaron por la espalda con una sartén y el bate de Jimbo, que sonó horrible al chocar contra la cabeza de éste. Pobre Jimbo. Cayó al suelo como saco de frijoles.

"Este pinchi bate es de aluminio, a mi me gustan más los de madera", comentó Atómiko.

¡*Pac!* Tronó el garrote al estrellarse contra el cuello del gringo que tenía enfrente. El bato cayó de rodillas, ahogándose. Atómiko lo remató con otro golpe en el plexo solar con la punta del palo y luego en ambas orejas nomás pa' que se acordara bien de ese día.

La Nayeli le brincó enfrente al que quedaba. Respiraba pesadamente toda bañada en sudor. Le corría por el pelo. Pero sonreía. Eso fue lo que más miedo le dio al pelón: ¡La frijolera loca todavía *sonreía!* Ella se chupó los labios. Levantó los puños.

"Hola, beibi", le dijo.

El plebe salió disparado corriendo por entre el bambú y se perdió rumbo a la cañada.

La Nayeli volteó a ver a Ángel y le preguntó: "¿Quieres chamba?".

Chava los dejó en la casa cerca de la medianoche. Ángel se iba a ir con él para bañarse y comprar algo de ropa. La Nayeli apenas podía contener las ganas de levantar el pulgar para ver la sonrisa de la Yolo, pero le dolían tanto los brazos por la pelea que dudaba que pudiera levantarlos. Las piernas le temblaban.

El Tacho se bajó del carro cojeando, como si él solo se hubiera despachado a los maleantes.

"Mija, ya estoy demasiado viejo para esto. Y demasiado guapo".

Ella se rió.

"Yo estoy más bonito que tú", le dijo Atómiko.

Cruzaron el jardín y se encontraron a Carla. Alguien había instalado una alberca inflable en el pasto y Carla se remojaba en el agua. Atómiko se quitó la mugrosa camisa, aventó los zapatos y se dejó caer en la alberca, levantando una ola que fue a dar al pasto.

"Esa es la única agua que ha regado el pasto este año", dijo Carla.

"¿Oye y la Vampi?", preguntó la Nayeli.

"Se fue con el bato satánico".

Atómiko hacía burbujas debajo del agua.

"¿Y la Yolo?"

"Adentro, con el Matt-ster".

"Gracias".

"No prob".

Atómiko salió a la superficie.

"Cosa bonita", le dijo a Carla mientras nadaba como cocodrilo.

El Tacho se quedó viéndolos como si fueran parte de un documental especial del National Geographic.

La Nayeli entró al departamento.

"¿Yolo?"

Los oyó antes de que la puerta se cerrara. ¡*Oh-oh-oh-oh-mmmh*!

Olía a incienso. Casi todas las luces estaban apagadas. ¡*Oh-oh-oh*! Debió haberse regresado, salido inmediatamente, pero no pudo. Caminó hacia los ruidos.

La cama rechinaba como si estuviera temblando la tierra. En el cuarto de Matt. La puerta estaba entreabierta. La Nayeli los vio, Matt estaba encima de la Yolo. Los podía *oler*. Las nalgas de Matt se veían azulitas bajo la luz que entraba por la ventana. Los muslos de la Yolo oscuros, como sombras. Sus pies se entrelazaban en la espalda de Matt.

"Sí, sí, siiiií", decía, "¡Mateoooo!".

La Nayeli se regresó. Se fue de puntillas hasta la sala y salió al portal. Llevaba una mano sobre el estómago. Se puso la otra en la boca. ¿La Yolo?, ¿Matt y la Yolo?

"Hey, te hablaron por teléfono", le dijo Carla.

La Nayeli nomás se le quedó viendo.

"Cuando estabas adentro".

Carla hizo la mímica de contestar el teléfono para que la Nayeli le entendiera.

"Tú sabes, *riiiing, riiiing*".

"¡Cástigame, mujer-diablo!, ¡rómpeme los huesos!", le dijo Atómiko a Carla.

"¿Eh?"

La Nayeli tragó gordo y se bajó del portal. Los ojos se le llenaron de lágrimas. Pero bueno, realmente ya no eran niños. Todos eran adultos. ¡Hasta medio criminales! Y ella no era la dueña de Mateo. Pero aún así…

"Era una señora", insistió Carla, tratando de quitarse de encima a Atómiko con una mano.

"¿Mi tía?"

"Dijo que era Irma. ¿Es ésa?"

"¿Y qué dijo?"

"Preguntó por Nayeli. Dijo que volvería a llamar. Está en un hotel".

Atómiko le echó agua a Carla.

"Te amo", le dijo.

"¿Está aquí?"

"Sí, en un hotel. Escribí el número. Está aquí. Llegó hoy en avión".

"¿Aquí?", preguntó alarmado el Tacho.

"Sí, hombre. Y por si les interesa, anda media loca por el bato ese, Chava".

Atómiko abrazó a Carla y la hundió en la alberca.

Se oyó un largo gemido de la Yolo proveniente del departamento.

El Tacho levantó las cejas. La Nayeli se cubrió la cara con una mano. Se fue caminando rumbo al callejón para estar sola.

"Ah, ya veo", dijo el Tacho.

Los zapatos del Tacho estaban todos enlodados. La parte de abajo de sus pantalones blancos estaba manchada de un color café horrible. Traía la camisa desgarrada. De modo que ya había llegado la tía Irma, y la Yolo se había robado al misionero.

"Vaya día", suspiró.

Capítulo veintiséis

El bikini de Carla le quedaba apretado a la Nayeli, parecía que la iba a partir en dos. Se hundió en el agua de la alberca inflable. Ya era tarde y el cielo estaba medio nublado, casi no se veían las estrellas. Pasaban pocos carros por la calle Clairemont. Pensó: *Ninguno de esos que pasan saben que yo estoy aquí.*

La traidora de la Yolo estaba dormida en los brazos de Matt. La Vampi se había ido con el Brujo, así que el Tacho dormía en su cama. Atómiko roncaba como tractor en el sofá. Todos muy civilizados. Todos muy en paz.

Ella era la única que no podía dormir.

¿Cómo iba a poder?

Se sumergió, sintiendo cómo se le levantaba el cabello y la fría agua encogía su cuero cabelludo. Sacó la cabeza y se quedó viendo la borrosa silueta de la luna en el nebuloso cielo. Las hojas de las palmas producían sonidos esqueléticos. Vio pasar a un vapuleado gato callejero que hizo una pausa para acercarse a la alberca y mearla antes de encaminarse al callejón.

"Nomás eso me faltaba. Ahora sí que todo está perfecto".

No alcanzaba a procesar en dónde había estado, lo que había visto, a quién había conocido o lo que había perdido. Ahora que La Osa estaba aquí se daba cuenta de que estaba lejos de su hogar y todavía más lejos de cumplir con su misión. Había perdido a la Yolo y había perdido a Matt. ¿La Vampi? Bueno, en realidad nunca había tenido a la Vampi. Ni siquiera la Vampi tenía una relación cercana con la Vampi. Pero ahora hasta ella se había ido con ese mesero satánico. También pensó en Chava. Ahora que lo habían encontrado, ¿perdería también a la tía Irma? ¿Por amor? ¿Sería esta absurda experiencia como un servicio de citas para La Osa? De todos los peligros que podían dar al traste con la misión, nunca se hubiera imaginado que el romance fuera el peor.

Y ahora, con la tía Irma aquí tal vez se acabaría el proyecto. La Osa no permitiría que nadie más que ella hiciera el reclutamiento de los guerreros. La habían rebajado de categoría, aunque Irma no tuviera la intención de hacerlo.

Manoteó el agua. Su mundo se estaba desmoronando. Pronto solo quedarían ella y el Tacho. KANKAKEE, se dijo para sí misma. Lo único que le quedaba era KANKAKEE.

Cuando la Nayeli, el Tacho, la Vampi y la traidora Yolo llegaron al Hotel Bahía en Mission Bay, encontraron a la tía Irma sentada en un sofá del salón de la entrada hablando de boliche con una pareja de jubilados de El Paso. Se veía resplandeciente con sus pantalones negros, una blusa amarilla y los cabellos rizados. Llevaba calcetines plateados.

"Mira nomás, se pintó el pelo", murmuró la Vampi.

"Shh", la calló la Nayeli.

"¡Mis muchachas!", les dijo Irma levantándose del sofá con alguna dificultad. Las abrazó y las palmeó y las besó y levantó a la Nayeli del piso en un abrazo de osa. Volteó a ver al Tacho. "Y tú", le dijo dándole un golpe en el brazo.

Vio a Atómiko y el Brujo medio agachados detrás de la puerta de vidrio."¡Ay, Dios!, ¿y éstos qué son?"

"Pues...", dijo la Nayeli.

La Osa les echó una mirada fulminante.

"¿Esto es todo lo que pudieron encontrar? ¿De todo Estados Unidos lo único que me traen son dos drogadictos?"

Antes de que la Vampi pudiera hablar para defender al Brujo, la tía Irma se metió un cigarro en la boca y se encaminó a la puerta. Abrió y se acercó a ellos. Los miró de arriba a abajo.

"¿Y ustedes qué?", les espetó.

"¡Yo soy Atómiko!", anunció el Guerrero.

Alex la vio sin decir nada.

"¡Órale, bato, préndele el cigarro a la señora!", regañó Atómiko a Alex.

"¡No mames, güey!", masculló Alex, pero se apresuró a encender el cigarrillo de Irma. Se quedaron ahí intercambiando miradas de machete.

"Así que ustedes, par de degenerados, se agandallaron a mis muchachas".

Ángel, el mecánico del Campo Guadalupe se acercó.

"Disculpe, señora, pero yo no soy ningún degenerado".

Los otros dos resoplaron.

"Yo no he tocado a las señoritas".

"Anda detrás del Tacho", dijo Atómiko.

El Brujo y él se rieron.

Irma inspeccionó a Ángel. Agradable y limpio el muchacho. Músculos como melones.

"No pareces mucho. ¿Cómo te llamas?"

"Ángel".

"Pues tienes nombre de padrote". Le echó el humo en la cara. "¿Ya llegaste a la pubertad?", le preguntó suavemente.

Amedrentado, Ángel se retiró un poco.

Irma seguía fumando.

"Yo soy Alex".

"Cuéntame".

"Soy el novio de la Vampi".

"¿Ah si? ¿Y los dos se van a pintar el pelo de lila para la boda?"

El Brujo encendió un cigarro y la vio a través del humo.

"No es mala idea, tiíta".

"¡Santo Dios! ¿Y tú, hombre del palo?"

Atómiko le mostró su garrote.

"Yo soy su protector".

"¿Y tú con quién te vas a casar?"

"Nel, esa".

"¿Qué?"

"Dijo que no", le explicó Alex.

"¿Y por qué no me lo dice y ya?"

"La mera neta, beibi, estoy casado con la libertad".

"Mejor me voy a meter al hotel antes de que estos degenerados me provoquen un ataque cardíaco".

La Nayeli tocó otra vez a la puerta de Chava.

"¿Don Chava?", le llamó.

"¡Váyanse!"

"Soy yo, Nayeli".

"Ya sé quién es".

"Déjeme entrar".

"¡No estoy!"

"Abra la puerta, don Chava".

"¿Vienes sola?"

"El Brujo me está esperando abajo".

"Pero *ella*, ¿viene *ella* contigo?"

"No, pero ella me mandó".

Después de una pausa oyó que quitaba la cadena y el pasador. Abrió la puerta y se le quedó viendo.

"¿Ella te mandó?"

"Me temo que sí".

"Pero…¡si ya estoy viejo!", balbuceó.

La Nayeli se sorprendió de verlo todavía con su piyama de franela. No se había rasurado. Tenía los cabellos parados.

"Ella también está vieja", le aseguró la Nayeli.

"¿Y ahora qué voy a hacer?"

"La va a tener que enfrentar, don Chava".

La dejó pasar.

"Báñese y arréglese. ¡Y no se le olvide rasurarse!", le dijo la Nayeli.

"Sí, Nayeli".

Ella se sentó en el sofá tapizado de plástico y hojeó *Selecciones* mientras lo esperaba.

Después de bañarse y afeitarse, salió en pantalones grises y camiseta interior, los pies cubiertos con calcetines negros metidos en unas pantuflas.

"Así está mejor", le dijo la Nayeli.

Se sentó frente a ella sobre la mesita de centro. Se veía como el más desolado de los seres.

"Ya sé que está preocupado. Entiendo las tragedias románticas que los han separado, pero La Osa tiene una misión, tiene que ayudarla ahora y preocuparse después por lo que pasó".

"¿Pero yo cómo puedo ayudar?"

"Tengo que ir a buscar a mi papá, usted tiene que ayudarla a encontrar el resto de los siete".

Le escribió el nombre del hotel en el que se hospedaba Irma, el número de teléfono y su número de habitación. Chava Chavarín nomás miraba fijamente el papel.

"Lo intentaré", dijo con voz tenue.

"No hay que intentarlo, hay que hacerlo". La Nayeli sonaba como Irma. Le gustó.

Antes de que la Nayeli se fuera, Chava le dió su tarjeta de la gasolina y $300 que sacó de debajo de la cama.

"¡Gracias!", le dijo ella.

"Vé con Dios", le dijo y le dio un beso en la frente.

"Usted también. Creo que necesita más a Dios que yo".

Irma se mostró profundamente indignada al enterarse de que la Vampi le había prometido a Alex control total del Cine Pedro Infante un día a la semana.

"¿Conciertos de rock?", casi se ahogaba. "¿En Tres Camarones? ¡'Tás loca!"

Las brutas de sus muchachas habían venido a San Diego y les habían entregado el mundo a estos refugiados. Al buenazo de Ángel se le podría conseguir un taller mecánico. Sin duda alguna Chava Chavarín esperaba abrir una escuela de baile. Curiosamente, Atómiko le había caído bien. Había asumido el papel de su guardaespaldas inmediatamente y se aposentaba muy amenazador en cualquier recinto en el que ella se encontrara.

Irma invirtió en la renta de una de las salas de conferencias del primer piso del hotel, ordenando un par de mesas y varias sillas. Ahí, entre ella y Chava Chavarín, si algún día se fajaba los pantalones y aparecía; junto con la Yolo y la Vampi, entrevistarían a los prospectos para los cuatro candidatos que faltaban. Como si fuera un negocio. Como debió haberse hecho desde un principio. Todo este asunto romántico, ¡ja, ja! Esa no era manera de realizar una operación gubernamental.

La Osa no podía convencer a Atómiko de que fuera a Sinaloa. Estaba terco. Qué lástima. Si lo bañaba y le compraba otra ropa podría ser el primer nuevo agente de policía del pueblo. Le dio a la Nayeli una tarjeta de débito del Bank of America para su absurdo viaje a Kankakee.

"¿Qué te crees?, ¿que soy una provinciana falta de recursos? ¡Tú no sabes de lo que soy capaz!", le gritó. Y también: "Los hombres no traen nada bueno".

"Mi papá es bueno".

"Tu papá es un perro como todos los demás perros".

"Te voy a probar que estás equivocada".

"Vas a probar lo que vas a probar".

"¿Y eso qué quiere decir?"

"Significa lo que significa, ya lo sabrás".

"¡Ay!"

Matt abrió su mapa de carreteras en la mesa de la cocina del departamento. "No se pueden ir por la I-5 porque de seguro los pescan en el retén de la Patrulla Fronteriza".

"¡Ay, Mateo!", se maravilló la Yolo. Era tan inteligente él. Le sobó el brazo. Cuando su mano se elevó hasta el hombro, Matt puso su mejilla en ella. La expresión del rostro de la Yolo anunciaba, *¡gané!*

La Nayeli resopló.

"Kankakee... hombre, eso está muy lejos", dijo Matt.

Ángel y el Brujo estaban afuera, afinando la miniván, cambiándole el aceite del motor y el anticongelante del radiador.

"Pero se van por la 15, ¿ven? Van a tener que pasar por Las Vegas".

"¡Vegas, *but of course*!", dijo Carla desde el sofá.

"¿Está bien?", les preguntó Matt.

"*Wow*!", desde el sofá.

"Después de Las Vegas se siguen al norte. El cañón de la

Virgen es fantástico. Y luego se van por San Jorge, Utah, ¿'ta bien?"

El Tacho tomaba nota.

"Está muy fácil. Pasando San Jorge agarran la I-70 *bro*, y ahí se siguen de frente".

La I-70. Se iban a ir por ése *freeway* cruzando las montañas rocallosas de Colorado y las planicies del medio oeste hasta Illinois. Pero tenían que prometer que iban a salirse en Estes Park en Colorado y visitar el Parque Nacional de las Montañas Rocallosas.

"¿Qué hay ahí?", preguntó la Nayeli.

Carla se levantó y se estiró. Le tronaron todos los huesos.

"Montañas".

"Es la tierra de Dios", les prometió Matt.

Cuando el Tacho y la Nayeli se fueron a la mañana siguiente, todos los demás estaban todavía dormidos.

Capítulo veintisiete

La luz de la mañana era roja. Interestatal 15. Tenían toda la carretera para ellos solos.

El trayecto a Las Vegas atravesando el desierto americano fue decididamente aburrido. Gasolineras desiertas. Letreros de No-quiero-vivir-aquí en ruinas a los lados del camino. Camionetas de la Patrulla Fronteriza en las rampas, ignoradas por los mexicanos que en carros jurásicos los rebasaban entre nubes de humo. El denso smog de Los Ángeles se dejaba sentir al cruzar por abandonados cines al aire libre y descarapeladas neverías. Pasaban gringos güeros en camionetas con perros en la caja a los que les volaban las orejas. Viejos remolques descoloridos. Edificios industriales y moribundas palmeras, mesetas alkalinas y bases militares. Lotes enormes de casas rodantes abandonadas, las pálidas cajas acomodadas como vacas de metal. Pequeños banderines triangulares ondeando en el incesante viento. Y piedras encima de más piedras, lomas enteras llenas de lomas de piedras.

Filas de pájaros color café se alineaban sobre los cables de teléfono cual cuentas de algún collar barato de Tijuana. La Nayeli llevaba el viejo diccionario Español-Inglés de Matt. *Bañera/bathtub*, estudiaba. *Barbecho/fallow land*. La palabra en español era nueva para ella aunque le daba vergüenza reconocerlo. Apuntó hacia afuera del carro y declamó: "Barbecho".

El aire acondicionado disminuía la potencia del carro en las cuestas hasta que parecía que iban a gatas, así que lo apagaban y se asaban de subida y lo encendían de nuevo en las bajadas. La miniván cascabeleaba y gemía tanto de subida como de bajada. Oyeron en la radio voces americanas muy enojadas diciendo que no querían a los mexicanos y que los migrantes traían enfermedades y además ayudaban a los terroristas. ¡Sólo inglés!, gritaban. Inglés era el idioma oficial de los Estados Unidos.

"¿Qué tanto están diciendo?", preguntó la Nayeli.

"Nada", le contestó el Tacho.

En la estación siguiente, una doctora aconsejaba a una radio escucha que se pusiera camisón de encaje negro para seducir a su esposo en lugar de al estilista que le gustaba.

"¿Qué?", preguntó la Nayeli.

El Tacho se encogió de hombros y le picó a los botones del radio. Música Country. Más pláticas. El Rushbo. Je-sús. Música Country. Entrevistas deportivas. Je-sús. El Tacho apagó el radio.

La Nayeli observaba el esplendor del paisaje. 7-Eleven. Subway. Motel 6. 7-Eleven 24Hr. Supertienda para adultos. 65 MPH. 7-Eleven. 29 Palms. Carl's Jr. 70 MPH. Super 8. 7-Eleven.

Por lo visto la numerología reinaba en los Yunaites.

<hr />

El desierto es muy árido", dijo la Nayeli después de estarlo viendo durante una hora.

El Tacho levantó un hombro. Últimamente encogía mucho los hombros. Iba pensando en Tijuana. En la tetera mágica de Rigoberto.

"Los desiertos de México son más brutales", le dijo a la Nayeli.

Ella miraba por la ventana. Pensó que veía un dinosaurio de concreto en la distancia. Numerosos motociclistas gritaban a su alrededor y casi volaban por la carretera, con calaveras sonrientes en sus espaldas. Los cuervos se paraban en los esqueletos de animales a los lados del camino. Parecían hacer caravanas a los pedazos de piel de conejo, las colas de zorrillos. La luz del mediodía era muy blanca.

Matt les había dicho que se salieran de la carretera en Baker, California. Lo iban a encontrar justo antes de entrar al estado de Nevada. Lo iban a reconocer por el termómetro más grande del mundo, les había dicho riéndose. "No se preocupen si no ven el termómetro, de todos modos hay un letrero".

El Tacho no sabía qué tenía eso de gracioso. No había estado en los Estados Unidos el tiempo suficiente como para haber visto las estatuas del Gigante Verde y otras cosas por el estilo. No sabía que Matt estaba tan orgulloso del termómetro más grande del mundo, que su fervor rayaba en patriotismo. No podría entender, por ejemplo, que una estatua de Babe, el buey azul con una manguera saliéndole del pene como para que estuviera orinando constantemente, fuera tan sagradamente americana. En México esas cosas hubieran sido demolidas, o robadas, o ya lo hubiera convertido en su hogar una familia de desarrapados, con espacio hasta para los puercos. Se salió de la carretera en Baker.

El anuncio en una pared rosa leía: EL CAPITÁN CORAZÓN DE VACA DURMIÓ AQUÍ.

"¿Qué es eso?", preguntó la Nayeli.

"Es un misterio", masculló el Tacho.

En tan poco tiempo, ya estaba aburrido de los Estados Unidos.

No, el termómetro gigante no impresionó nada al Tacho. Sin embargo, tenía que admitir que el gordo ese que se veía corriendo en el letrero de Bun Boy era bastante chistoso. Matt les había dicho que llegaran al Mad Greek a probar las mejores malteadas de California. La Nayeli pidió una malteada de dátil y el Tacho una de egg nogg, que Matt le había dicho que sabía como a rompope. Pero no sabía nada a rompope. Tal vez si le echaran un buen chorro de ron.

La miniván de Ma Johnston tenía más que suficiente espacio para ellos dos, pero la Nayeli ya tenía planeado cómo llenar el que sobraba.

Creía no sólo que iban a encontrar a su papá en Kankakee, sino que lo iba a convencer de que se regresara con ella a Tres Camarones. Iban a necesitar el espacio extra para su equipaje, tal vez algo de sus muebles, los más pequeños. Sería bueno que se llevara una tele a colores. Y aunque el Tacho tenía sus dudas acerca de este proyecto, la Nayeli era su amiga, ¿qué iba a hacer?, pues manejar y manejar. Y cuando se cansara, para reponerse podría manejar más.

Y siempre habría para dónde manejar. Una cosa era obvia: los Yunaites eran grandísimos. ¡Estaban cruzando una distancia del tamaño de algunos países nomás para llegar a la pinchi Las Vegas!

Con razón los americanos les parecían locos a la demás gente. Estaban solos en estas tierras ridículamente extensas. Iban de un lado a otro, parándo y yéndose de nuevo a otro lugar. ¿Qué era lo que buscaban? ¿Qué había en Las Vegas? Y realmente, ¿para qué tanto pancho? ¿Por qué no se podían quedar a dormir en el Bun Boy? Pero no, Matt había insistido en que atravesaran Las Vegas. En primer lugar, eso de *las vegas* era una burla. ¿Vegas? "¿Planicies fértiles?" Afuera no había más que cachoras muertas y carreteras negras adornadas con el brillo de un millón de botellas de cerveza rotas.

La Nayeli había andado de malas desde que la Yolo se había

acostado con Matt. El Tacho suspiró. No era fácil entablar conversación con la *Señorita Decepción*. Aventó su malteada de "rompope" a la basura. Ella se bajó del carro y cuidadosamente tiró la mitad que le quedaba en el bote. Le chocaba cuando se hacía la muy señoritinga. Y ademas, ahora se estaba cuidando de no engordar. Se volvió a subir sin decir palabra y de nuevo agarraron camino.

Ya era media tarde. El Tacho se sorprendió y se alegró de ver adelante de ellos una casa rodante envuelta en llamas. Cantidades masivas de humo negro salían del techo del vehículo. Un grupito de gringos estaba parado como a 15 metros viendo atentamente lo que pasaba. Ni que fuera una revelación divina. El Tacho pasó lentamente, bobeando como hacen todos los transeúntes cuando alguna desgracia arruina el día de alguien más.

La Nayeli parecía estar rezando. El Tacho se sintió culpable de no ser más espiritual, pero aún así estiró el cuello para ver el mitote.

Pasaron por un pueblillo loco en la frontera de Nevada, brillante, con una montaña rusa que pasaba sobre la carretera. Arena por todos lados.

"¿Nevada? ¿Cae mucha nieve aquí?", preguntó la Nayeli.

Soltaron la carcajada.

"A lo mejor ya se derritió", dijo el Tacho.

TONITE! GALLAGHER!

Casinos.

LOO$E $LOTS!

El edificio más grande parecía un barco enorme.

BONNIE AND CLYDE'S DEATH CAR!

"Ya vimos esa película", dijo la Nayeli.

Notó que había una cárcel en una loma de ese pueblo del desierto.

"Debe ser extraño acostarte en tu litera y ver por la ventana, al otro lado de kilómetros de arena, a la gente que está libre y divirtiéndose".

"Sí, así como la gente en Tijuana ve hacia el otro lado de la barda".

El Tacho, ¡provocador zapatista!

Pararon a echar gasolina y pagaron con la tarjeta de Chava Chavarín. Esto era sin duda un proyecto familiar. Llovió durante más de una hora mientras se adentraban en el desierto. Al caer la oscuridad vieron cómo las vastas planicies a los lados de la carretera se teñían de púrpura, con una pequeña capa de agua extendiéndose hasta el horizonte. Bien podían estar en el camino de Guaymas que habían cruzado en el Tres Estrellas en que habían venido al norte.

La luz nocturna era violeta.

Y luego—

LAS VEGAS.

La Nayeli lo iba a recordar siempre así, en letras mayúsculas. Explotó de repente en la oscura planicie, como chueco nido de neón y relámpagos. Pirámides negras lanzando líneas de luz hacia la luna. "Ahí están tus luces brillantes, nena", le dijo el Tacho. Primero ella no podía dejar de reír. Era tan absurdo como sus sueños de niña. Lo único que faltaba eran las alfombras voladoras y las gaseosas naves espaciales. Asombrosas calles curvas que cruzaban a través de brillantes cañadas interrumpidas por enormes cuadras con techos de luces. Apuntó hacia un enorme letrero que lastimaba los ojos. Decía: CELINE DION!

Cientos de turistas deambulaban en la noche, siniestramente risibles. Cuando les tocó un semáforo en rojo se acercó un hombre y le dio a la Nayeli un panfleto con fotos de mujeres desnudas y un número telefónico 1-800. Se lo enseñó al Tacho.

"Viejas feas", opinó éste.

Se estacionaron detrás de una enorme esfinge y se bajaron a

caminar. Fueron empujados por la calle, con las cabezas viendo para todos lados y las bocas abiertas. Un Elvis de yeso estaba en una banqueta: mujeres regordetas en brillantes atuendos lo abrazaban mientras los esposos, en shorts de cuadros y sombreros de golf, les tomaban fotos. La Nayeli tomó al Tacho de la mano. Más allá del Elvis se veía un gorila blanco que al parecer no significaba nada. El Tacho compró una cámara desechable e hizo que Nayeli le tomara fotos con el gorila cargándolo como si fuera Fay Wray, la artista del *King Kong* original. Saltaron. Corrieron. Cruzaron puertas de vidrio topándose con cavernas donde millones de campanas sonaban ensordecedoras. Viejitas sentadas frente las tragamonedas, monedas que caían en recipientes de cartón por todas partes, *ka-link, ka-link*.

Cambiaron billetes por monedas e inmediatamente perdieron $75 en las maquinitas. ¡Era un robo!

El Tacho, afectado gravemente de la fiebre de las maquinitas, se quitó el cinturón para sacar más dinero. La Nayeli casi se desmaya cuando vio lo que traía escondido. Se fueron a una jaula a cambiar dinero y el Tacho le puso un puño de pesetas en la mano. Ganó $35 en un juego de Slingo.

El Tacho le echó pesetas a una máquina hasta que consiguió tres cerezas juntas. ¡Bong, bong, bong!, las luces se prendieron y salieron monedas de la máquina.

"¡Gané, gané cincuenta dólares!", gritó el Tacho.

"Por los cuales pagaste ciento veinticinco".

"Estoy de suerte".

"Vámonos".

"Pero estoy enrachado".

"Vámonos".

¡Afuera, a la calle! A una tiendita minúscula en la que vendían cactos en macetas con forma de payasos con los pantalones bajados y los cactos fálicos saliéndoles por las braguetas abiertas. El

Tacho se asombró de que vendieran penes de cuerda que se paseaban encima de la mesa. "Popping Peckers", decía el letrero.

"No te preocupes, los de verdad son más grandes que éstos", le dijo el Tacho a la Nayeli. "Bueno, pero a esos no se les da cuerda…"

La Nayeli lo sacó de ahí.

"Podríamos comprarle uno a la Yolo", sugirió el Tacho.

A ella no le hizo nada de gracia la sugerencia.

Fueron por la miniván y anduvieron dando la vuelta hasta que encontraron el hotelucho en el que Matt les había reservado una habitación, al otro lado de la autopista. Hasta en este lugar había maquinitas con luces intermitentes en los olvidados confines del lobby. Se registraron como Shakira y Ricky Martin.

La mujer del mostrador ni siquiera se dio cuenta de la broma. Había cajas de cartón en el mostrador con toda clase de panfletos, con encabezados de colores: *FREE!, FREE!, FREE!*

En el restorán de *Todo lo que puedas comer* que había enseguida, unos mexicanos gorditos y varios viejitos jubilados se inclinaban sobre platos copeteados de puré de papas bañado en una salsa gris. Había sombreros vaqueros y cachuchas de beisbol por todos lados. Nadie hablaba. Después de cenar, ya en el cuarto, abrieron las cortinas y se quedaron viendo aquella locura durante un rato y luego cayeron rendidos en sus camas. La televisión por cable presentaba un programa de noticias latinas con perturbadores videos de violencia gangsteril, mujeres semidesnudas y cuerpos consumiéndose en el fuego. El Tacho le estuvo pasando hasta que encontró un show americano de un detective vampiro. Se dijo que le iba a contar a la Vampi.

La Nayeli se arropó hasta el cuello.

"¿Tú crees que algún día vamos a regresar?", le preguntó al Tacho.

Se quedó callado. Apagó la televisión. Se recargó en la cabecera de la cama.

"No lo sé", confesó.

Cuando la Nayeli se durmió, se fue al lobby a las maquinitas. Estuvo ahí una hora, pero no ganó nada.

El sol de la mañana era como una bofetada color ocre. Compraron lentes de sol baratos y apenas podían creer que a la luz del día la maravillosa luminosidad eléctrica de la noche anterior no fuera más que una fea pila de cemento y banquetas cuarteadas. Fortificados con café y roles de canela del McDonald's, abandonaron Las Vegas, encaminándose hacie el noreste, con aviones de guerra zumbando por encima de ellos, bombardeados por un montón de traileros en camino a Denver o a Salt Lake.

En cuanto te escapabas de la isla de cemento y neón todo el mundo era ruinas quemadas, agujas de vudú, remolinos de polvo y colgantes líneas eléctricas.

Pedazos de llantas semejantes a gordas cachoras, manchas de pelo y de sangre en el camino. Oleadas de calor sugestivas de extenso mercurio en el lejano horizonte. Chocaron con ramas secas, se extrañaron con letreros de HIGH WINDS MAY EXIST y más adelante, EAGLES ON THE ROADWAY. Pensando en la tía Irma allá en San Diego. Corriendo por la gran Norteamérica.

Capítulo veintiocho

El Tacho encontró canciones viejas en una estación en FM. Donovan cantaba, "¡primero hay una montaña, después no hay montaña, después sí hay!". La Nayeli entendió cada palabra de la canción. Le encantó. Le recordaba los extraños dichos zen del Sensei Grey de su pueblo. Extrañó su dojo, extrañó el olor de la mañana, de las iguanas y del pequeño Pepino loco y su bicicleta oxidada.

"Extraño los mangos", dijo ella.

"Yo extraño el gel para el cabello", respondió el Tacho. "¿Traes gel?"

Le respondió negativamente con la cabeza y lo ignoró.

En la violenta mañana del desierto las montañas se asomaban detrás de St. George, los campos de golf excesivamente verdes se extendían debajo de ellas. La Nayeli compró unas donas de chocolate en la gasolinera.

Le preguntó al Tacho, "¿Quién es ese San George?"

"Quién sabe", le contestó. "¿No será George Clooney?" Él disfrutaba la tarea de cargar gasolina. Eso era tan varonil. Vestía una camiseta negra sin mangas y sentía que los músculos se le veían más marcados esa mañana. "¿Qué no fue uno que mató a un dragón o algo así?"

La Nayeli levantó la cabeza: dragon/dragón.

"¿Sabes qué?, tú y yo nos parecemos más de lo que creeemos", lo aleccionó.

¡Uta!

Al lado de un cemeterío había un letrero que decía TAXIDERMY. La Nayeli lo tradujo con el diccionarío de Matt. La incongruencia les dio risa durante las siguientes 20 millas. Continuaron hacia un paisaje desolado. El horizonte hacía que pareciera como si el suelo fuera levantándose frente a ellos. Se encontraban a la izquierda de la meseta Markagunt, pero no sabían lo que era. Pasaron por Washington, Leeds, Cedar City. Pronto se encontraron en lugares con nombres extraños: Enoch, Parowan, Paragonah.

"Esos nombres suenan como a planetas de *La Guerra de las Galaxias*", observó el Tacho.

La meseta Sevier se asomaba a la distancia. Nunca habían visto camiones tan grandes, algunos rodaban sobre dieciocho llantas y remolcaban tráilers dobles y triples. Llegaron a Beaver.

"¿Qué quiere decir *beaver*?", preguntó el Tacho.

La Nayeli consultó su diccionario. "Es un castor", explicó.

"¿Un castor?, ¿un castor?, ¿aquí?, ¿en este desierto?", reclamaba a nadie el Tacho.

Cerca de 30 millas al norte de la legendaria Beaver, llegaron a la salida de la autopista I-70. Salina, Utah, les hacía advertencias terribles:

PRÓXIMOS SERVICIOS A 70 MILLAS. Y: ¡AQUÍ ES LA ÚLTIMA OPORTUNIDAD DE CARGAR GASOLINA! El Tacho le dijo en español al que los atendía: Sal-i-na. Éste lo corrigió: ¡Sal-AY-na!

"Estás en América, *Bud*", ofreció sabiamente.

Llenaron el tanque. Comieron sándwiches de jamón. El Tacho probó un refresco Mountain Dew y lo escupió. La Nayeli se mantuvo moralmente superior y tomó jugo de naranja; cada trago era un regaño para el Tacho por lo saludable que era esa bebida. Se lanzaron por la orilla de la meseta Wasatch, descendieron al calor, avanzaron a través de la parte inferíor de Castle Valley, sobre San Rafael Swell, por un costado del desierto de San Rafael.

Al frente sólo había sol.

～

Cometieron un error táctico en Green Valley al cargar gasolina y buscar alivio del infinito vacío de la autopista. La vegetación fluía en silencio hacia el este del pueblo, hacia la laguna, entre un verde cortante y fresco que rodeaba los depósitos de chatarra y los edificios viejos. La Nayeli miraba fijamente una balsa amarilla llena de gringos de piel roja, musculosos. Mientras se trasladaba con mucha dignidad hacia Moab, la nave pasó bajo la autopista I-70 y fue consumida por los resplandores, la vegetación de las márgenes y los relieves que se difumaban bajo la luz del día. El aire era tan seco que ardía el interior de la nariz.

Nadie reía en la gasolinera y eso puso de nervios a la Nayeli. Había notado que Estados Unidos era un país donde todo mundo se creía cómico. Los gringos tenían un modo sardónico de decir cosas, su comportamiento era atroz para con los demás, bastaba que inclinaran la cabeza o alzaran una ceja para que las carcajadas se apoderaran de todos. Había visto cómo gente que se encontraba haciendo alguna fila de pronto gritaba alguna frase absurda a otros desconocidos mientras unas viejitas con camisetas multi-colores con imágenes de Mickey Mouse chillaban de gusto y los hombres se carcajeaban. Pero en Green River sólo vio hombres flacos como varejones, vestidos con shorts descoloridos; vio camionetas y jeeps doble tracción todos plovorientos. Vio cuervos, pero nada de risas. El dependiente de la gasolinera los miraba sin decir nada. Escuchaba a ZZ Top en la radio, pero parecía estar enraizado sobre el suelo seco.

Se dirigieron a un restorán mexicano. Estaban tan llenos de

nostalgia y extrañaban tanto su hogar que sólo pensar en probar chorizo o chilaquiles o tacos les provocaba mareos. Irrumpieron por la puerta y sintieron un gran alivio cuando les llegaron los deliciosos olores mexicanos. Frijoles y ajo y tomatillo y arroz; cebolla y pollo y limón y salsa.

"¡Aquí se siente como si estuviéramos en casa!", le dijo la Nayeli al Tacho.

Se sentaron. El cocinero, un mexicano que se asomaba de la cocina, les gritó, "¡Bienvenidos!"

"¡Hola!", dijo la Nayeli.

"¡Buenas tardes!", contestó el Tacho.

La mesera se acercó a la mesa con dos menús y dos vasos de agua.

"¡Ay, gracias, señora!", suspiró la Nayeli.

La mujer la observó y se alejó. La Nayeli supuso, correctamente, que era la esposa del cocinero. Regresó en un instante con una canasta de plástico con totopos y un plato hondo con salsa.

"Gracias, señora", repitió.

La mujer le informó, "Aquí hablamos inglés".

La Nayeli nomás parpadeó. La siguió con la mirada mientras se dirigía a la cocina y platicaba con el cocinero. Él los observó sobre la barra.

"¿Qué dijo?", preguntó el Tacho, enguyendo totopos y salsa cual prisionero hambriento.

"Me dijo que hablara en inglés".

"¡Vieja fea!", dijo el Tacho.

La mujer regresó.

"¿Les puedo tomar la orden?"

"Guan nomber tri, plis", pidió la Nayeli en su mejor inglés.

"¿Chile rojo o chile verde?"

"Para mí rojo".

"¿Y tú?"

El Tacho se recargó en su asiento. "Pos, se me antoja pura machaca, con frijoles caseros".

A la mujer no le pareció gracioso su tono insolente.

Escribió en su libreta. Se retiró.

El Tacho la llamó: "¡Oiga!, ¡y una Coca por favor!".

Trajo una lata de Coca con un popote.

"¿Me puede decir de dónde es usted, por favor?", preguntó la Nayeli.

"De Colorado", respondió.

"Pero... ¿cómo se dice en inglés...?"

"Colorado".

Se miraron unos a otros.

"Bueno, mis padres vinieron de Durango", aclaró finalmente. "Mi esposo es de Shihuahua".

La Nayeli le lanzó una de sus famosas sonrisas al cocinero; él asintió con la cabeza y correspondió a la sonrisa.

La comida llegó rápido. El número tres de la Nayeli traía chiles rellenos y frijoles. La machaca del Tacho estaba aguada, los huevos no estaban bien cocidos. El cocinero salió, limpiándose las manos con un trapo blanco.

"¿OK, amigos?"

"Sí", dijo la Nayeli, "gracias".

"Muy sabroso", mintió el Tacho por pura educación.

"Hablen en inglés", los corrigió el cocinero.

"OK", respondió el Tacho, "*Buddy*".

Sonrió para sí: en su opinión había producido una obra maestra de comicidad.

"*Are you on vacation*?", preguntó el cocinero.

"No precisamente", respondió la Nayeli.

"*Doing what then*?"

"Luquin for worc", ofreció la Nayeli, no muy segura de lo que decía, deseaba haber podido consultar el diccionario.

El cocinero bajó el trapo.

"Trabajo", dijo.

Volteó sus ojos rojos hacia su esposa.

"Trabajo", repitió.

"Hui ar fron Sinaloa", terció el Tacho, agotando su dotación de inglés de ese día.

"¿Cómo llegaron hasta acá?"

La Nayeli, pensando que estaba entre paisanos, creyendo que era parte de una gran historia y aventura, cometió el error de cerrarle el ojo al cocinero.

"Yu nou".

"*Me? What do I know?*"

Ella inclinó la cabeza coquetamente.

"Pues... cruzamos"

El cocinero la miró fijamente.

"You are illegals".

"Pues...", comenzó a decir el Tacho, pero el cocinero lo interrumpió.

"¡No!", les dijo, "¡Not here! ¡Out!"

"¿Perdón?", preguntó la Nayeli.

"¿Qué, qué?", dijo el Tacho.

"¡Fuera de aquí, ilegales! ¿Y nosotros qué? ¿Qué hacemos nosotros, cabrones? ¡Yo vine aquí LEGALMENTE! ¿Me escuchan?, ¡L E G A L! ¡Ustedes son criminales, vienen sin que los inviten y nos quieren hacer quedar mal! Lo siento, pero se tienen que ir. ¡Lárguense de aquí!"

Temblaba de ira. Agitaba las manos.

Su esposa gritó: "¡Más les vale que se vayan ahorita mismo!".

"¡De por sí la pasamos de la fregada!", gritaba el cocinero. "¡Me lleva! ¡Y de pilón ustedes...! ¡Ustedes! ¡Lárguense, pero ya!"

Agacharon la cabeza y salieron apurados, con la cara ardiendo de vergüenza. Corrieron lo más rápido que pudieron hasta la van, azotaron las puertas y le pusieron el seguro; temblaban y lloraban totalmente confundidos. Los invadía una terrible sensación de soledad.

Fruita no les divirtió. La Nayeli trataba de pronunciar el nombre pero no le salía. Parachute no los intrigó. Las barrancas de Cliffs, de Roan y la poderosa meseta de Battlement, hicieron su mejor esfuerzo por asombrarlos, pero el Tacho y la Nayeli estaban ciegos por la impresión y la vergüenza. El paisaje parecía reprocharles algo. Estaban seguros que cada auto que pasaba iba lleno de maldiciones y acusaciones en su contra.

El Tacho sabiamente se detuvo en Rifle a comprar unas nieves y a visitar una tienda de esas de orilla de carretera. La Nayeli, llena de remordimientos, se compró un *souvenir* de plata de las torres gemelas y lo puso en el tablero de la van. Luego pegó una calcomanía de la bandera americana en el parabrisas, como procurando un desagravio para ese país al que según el cocinero habían deshonrado. El Tacho se compró una camiseta con una foto de guerreros apaches armados. Decía: NATIONAL SECURITY SINCE 1492. Nunca se le ocurrió pensar que Gerónimo y sus guerreros lo hubieran matado en un segundo.

Capítulo veintinueve

Chava Chavarín boleó sus zapatos por quinta vez. Le echó un salivazo al cuero y los talló con una franela. Destapó el aplicador de tinta para bolear y con mucho cuidado coloreó las orillas de las suelas. Logró que los tacones se vieran como nuevos. Luego envolvió los zapatos en un periódico que estaba doblado sobre la mesa y los puso a secar. Pero primero les echó talco Quinsana adentro para que olieran bonito.

Se puso unas truzas blancas que sacó directamente del paquete original y unos calcetines largos de nylon negro que le llegaban más arriba de las pantorillas. Se ajustó la camiseta blanca que le ayudaba a medio ocultar la barriguita y se la fajó en la truza antes de vestirse con una camisa de algodón color durazno con delgadas lineas blancas. Había mandado a la tintorería unos pantalones gris perla que se fajó con un cinto café de hebilla metálica dorada en forma de moneda. Su pañuelo era color durazno y luego de ubicarlo en un bolsillo trasero derecho, insertó al frente un clip dorado con siete billetes nuevos de a veinte, dos de a diez, tres de a cinco y diez de a uno. Su cartera de piel delgada entró a su bolsillo posterior izquierdo. Había comprado un reloj Invicta Dragon Lupa que ofrecieron en un canal de televentas. El cacharpón era enorme, el mismo Ronald Colman lo hubiera usado con orgullo, con su carátula de cristal de aumento que lo hacía verse aún más grande. Su corbata de color blanco opaco resaltaba las líneas de su camisa. En un principio rechazó usar un pisacorbata, pero después decidió que traer papaloteando la corbata se veía indecente, incluso vulgar. Sujetó la corbata con un clip de oro con la palabra CHAVA, y con pequeños circonios escondidos en cada letra A. Agregó al bolsillo de su camisa un pañuelo color turquesa pálido y se observó en el espejo.

"¡Bien, bien, vamos, pueh!", susurró.

Se salpicó con Aqua Velva y exclamó: "¡Listo!". Difícilmente podría estar más listo. Se peinó el diminuto bigote una última vez, se lanzó besos frente al espejo mientras el bigote se retorcía en su cara como gusano. ¡Como si fuera otra vez 1961! Tomó las llaves y empezó a silbar un sentimental bolero para levantarse el ánimo. Cerró la puerta con llave y bajó los escalones, pero cuando sus pies se posaron sobre el pasto de afuera se percató de que había olvidado ponerse los zapatos.

Se sentía bién manejando rumbo al hotel. Era otra vez uno de esos días azules de San Diego; la bahía brillante, la arena blanca, las gaviotas traviesas, los papalotes, las niñas y la brisa que acariciaba las palmeras. Una sola nube blanca flotaba sobre todo como si fuera un ángel vigilante desde las alturas. ¡Era casi como Mazatlán!, ¡pero mejor! ¡VIVAN LOS YUNAITES ESTAITES!

Se sintió un poco tembloroso al entrar al estacionamiento del Hotel Bahía. Imaginaba que la poderosa Irma lo estaría observando desde una ventana. Su Irma perdida. ¡La reina de las chuzas! ¡Emperadora del split 7-10!

¿Qué número era su habitación? Se estacionó e intentó salir del vehículo con un movimiento fluído, cual si bailara como aquellas noches tropicales de hace tanto tiempo, como si los años no lo hubiesen aplastado y cansado, como si su cabello no estuviera ya delgado y gris, como si no se reflejara la luz por entre los huecos ralos cuando el sol golpeaba su cabeza. Enderezó los hombros, se acomodó el saco y caminó hacia la puerta sintiendo en todo momento ojos, esos ojos fantasmas, quemándolo. Mantuvo aquel paso espléndido y posó una mano plana sobre la barriga para enfatizar el excelente estado de su cuerpo esbelto.

No había nadie en la salita de la entrada. Se dirigió audazmente a la recepción y anunció el nombre de ella. El joven llamó a la habitación y balbuceó algo. ¡Aquella escena era como un misterio de Humphrey Bogart!

"Sí señora", dijo el joven. Colgó el teléfono. "Habitación 227", entonó.

Chavarín tecleó el mostrador con los dedos y sonrió con menos entusiasmo del que hubiera deseado. Se dio la media vuelta, estaba completamente aterrado, pero sacando fuerzas de flaqueza se dirigió incierto al elevador.

Caminó por el pasillo de puntitas. Se dijo que todavía había tiempo para irse. Podía desalojar su departamento en cuestión de horas y tomar la autopista a San Francisco. Habitación 219, la 221; se acicaló el bigote nuevamente. La 223. Tosió. La 225. Le dieron ganas de hacer pipí. 227.

Se quedó ahí parado por un momento, luego se estremeció y se preparó para tocar la puerta.

La puerta se abrió a la primera.

Salió Atómiko.

"¿Qué onda, güey?", le dijo y se siguió por el pasillo.

Irma lo llamó desde adentro: "¿Eres tú, Chava?".

Se alejó un poco de la puerta. Giró hacia la derecha, giró hacia la izquierda, se dirigió al elevador. Atómiko estaba ahí. Con un gesto le indicó a Chava que debía regresar a la habitación.

"¡Yo que usted le atizaba a esa doña, jefe!", ladró Atómiko. Se abrió la puerta del elevador. Se metió. "¡Buena suerte!", le dijo. La puerta se cerró y Chavarín se quedó solo en el pasillo.

"¡CHAVA CHAVARIN!", resonó la voz de Irma. "¡VEN ACÁ EN ESTE INSTANTE!"

Volteó. Estaba parada en la puerta de la habitación. Unos 20 kilos de más que la última vez. Con el pelo pintado. Con unos pantalones elásticos negros y una blusa de satin rojo. Magnífica. Él sonrió. Dio un paso. Ella se sonrojó.

"*¡Ay Dios!*"

Ella se rió. "¡Ay, Chava, todavía las puedes!"

Aflojó el paso. Se enderezó y después se inclinó indeciso. Se deslizó hacia ella. Cuando estuvo lo suficientemente cerca pudo oler su perfume de violetas.

Le dijo: "¡Hola, mi amor!".

Ella regresó apresurada a su habitación. Él la siguió y sin hacer ruido cerró la puerta.

Capítulo treinta

Al día siguiente la Nayeli y el Tacho partieron de Grand Junction y subieron hasta Glenwood Springs. Las montañas los engañaban, se acercaban y se alejaban hasta que de una se aparecían frente a ellos con toda esa masa tenebrosa. Allá se apreciaba la gran tormenta reposando sobre los manantiales ardientes mientras un pequeño incendio forestal torturaba a las cañadas detrás del Burger King.

La Nayeli y el Tacho se sentaron en una mesa de cemento y observaron como los helicópteros soltaban cubetadas de agua sobre las delgadas líneas del incendio. Unas morras metaleras con sus camisetas negras y bolsas de cadena sorbían unas malteadas mientras fumaban como chacuacos. Todas miraban a los helicópteros.

"Oigan", les habló una de ellas. "¿Son paquistanos?"

El Tacho meneó la cabeza y respondió: "¡Mexicano! ¡Y puñal también, a mucha honra!".

"Órale", respondió ella aventando la ceniza de su cigarrillo. "Que no los oiga mi papá".

Los helicópteros salieron disparados, sus aspas lanzaban destellos plateados a la luz del sol.

"¿Qué tal la hamburguesa?"

"¡Como si el propio creador la hubiera cocinado!", respondió con fingida delicia.

"Eres chistoso, bato".

Todos disfrutaron el amigable intercambio cultural.

"Ay nos vemos", se despidieron las muchachas mientras se marchaban.

El Tacho condujó la van hacia Glenwood Canyon por la autopista elevada; a su derecha, la corriente del río Colorado se veía verde y fría, del otro lado del torrente una locomotora amarilla arrastraba un tren hacia un acantilado detrás del cual lo ocultó y desapareció.

La Nayeli dijo: "¿Por qué le pondrían *Colorado* si es verde?".

"Es que aquí es el otro lado mija", le contestó. "Hacen lo que les da su regalada gana".

Vieron unos balseros que flotaban en el agua. Al parecer una avalancha había destruido parte de la carretera elevada y por eso había unos trabajadores desviando el tráfico. Los tráilers y los camiones sonaban el claxon y pujaban. Más adelante, un vehículo guía comenzó a dirigir por el único carril abierto a la línea de carros que venían en sentido contrarío. A su izquierda, mientras seguían atascados en el embotellamiento, el Rey Tormenta y sus súbditos formaron un muro sólido. Los álamos se sacudían a su alrededor y asomaban la cresta sobre la autopista. Sus hojitas amarillas brillaban como monedas en la pálida luz.

De repente una nube de cigarras surgió del desfiladero. Eran millones de cigarras que se elevaban en remolinos dorados sobre las aguas verdes del Colorado, flotando cual metálica nieve revuelta silenciosamente por el viento.

La Nayeli no paraba de reir.

"¡Mira que hermoso!", exclamaba. "Es una señal, ¿no crees? Dios hizo un milagro especialmente para nosotros".

Un indio americano con casco protector les indicó que podían pasar. El Tacho pasó despacito y le mostró su camiseta de National Security Apache. El hombre levantó el pulgar derecho en señal de aprobación. "¡Eso mero!", festejó el Tacho entusiasmado.

La manejada los llevaba cada vez a mayores alturas. La Nayeli apenas podía respirar. Estaban muy arriba. Nunca había estado a semejante altitud. Le produjo un dolor de cabeza. Sus pulmones no alcanzaban a jalar suficiente aire y se mareó. El Tacho apretó el volante fríamente y se inclinó hacia el frente, como si pudiera forzar a la miniván a escalar la cuesta que se hacía cada vez más empinada.

Pero eso no era nada. Cuervos, halcones, águilas. Venados al lado de la carretera. Abetos y pinos tomaron el lugar de los álamos, cual enormes postes verdes que se alzaban rectos como lanzas hasta alturas insospechadas. Llegaron a la cima de una de las cuestas y vieron frente a ellos enormes valles y cordilleras de color amarillo-anaranjado que se extendían hasta el infinito, con sus picos nevados recortados a contraluz. El cielo se veía parcelado en bloques grandiosos de nubes, trozos de blanco, azul, naranja, violeta. La Nayeli suspiró. Al ver aquella majestuosidad se le salieron las lágrimas.

"¿Será siempre así?", preguntó a nadie en particular.

De repente, el Tacho gritó: "¡Mira nada más! ¡Cabras monteses!".

Ahí estaban, tres malhumoradas cabras monteses, de color blanco sucio, con las barbas respingando mientras masticaban flores al lado de la carretera y observaban los carros pasar.

En la zona de descanso de Frisco hicieron pipí con enjundia y fueron emboscados por unas marmotas. La Nayeli pensó que eran castores. Abrió un paquetito de Gansitos y cuando estaba a punto de comérselos descendió en picada un pájaro cual avión bombardero y le arrebató su golosina sin detener el vuelo. El alado ladrón fue perseguido de inmediato por dos urracas cuyos colores blanco y negro las hacía parecer vacas voladoras.

"¿Pos dónde estamos", dijo el Tacho, "¿en el Edén?".

<hr/>

El túnel Eisenhower los esperaba a 3.700 metros sobre el nivel del mar. Ahí era la Divisoria Continental, donde los ríos partían de un lado hacia el este y del otro hacia el poniente.

ENCIENDA SUS LUCES EN EL TÚNEL.

"¿Un túnel?", preguntó la Nayeli.

El Tacho encendió las luces y se lanzaron al interior, pero estaba bien iluminado y cubierto de azulejos como si fuera baño.

"¡Aaaahh!", dijo él, "tenebroso".

Los carros comenzaron a sonar sus klaxons para oír el eco. El Tacho también. La Nayeli bajó su ventana y gritó: "¡Ajúuuua!".

Salieron disparados del túnel y el sol explotó en sus rostros como si fuera una bomba casera de esas que usan en Irak.

"¡En la madre!", exclamó el Tacho.

Encontraron valles llenos de álamos y casas adornadas con madera de colores. Bajaban y bajaban rumbo al valle. El Tacho tuvo que frenar con el motor de la miniván para no acabarse los frenos.

VISTA PANORÁMICA BUFFALO.

"¡Mira ese señalamiento!", gritó la Nayeli.

TUMBA DE BUFFALO BILL.

"¿Quién es?", preguntó el Tacho.

La Nayeli nomás se encogió de hombros.

"¡Búfalos! ¡Búfalos!", gritaba.

El Tacho suspiró —papá tenía que mantener felices a los niños— y se salió de la carretera. Se estacionaron y ahí estaba la manada de búfalos de Buffalo Bill. Eran monstruosos, todos.

Reflejaban sabiduría con sus largas barbas y jorobas apestosas. La Nayeli se colgaba de la reja. Las bestias ignoraron los ruidos y los besos que el Tacho les tiraba y siguieron meciéndose sobre las colinas verdes como lánguidos barcos en tranquila bahía.

Un azulejo regañó a la Nayeli mientras recogía piñones de la grava.

El Tacho comentó: "Aquí hasta los pájaros odian a los mexicanos".

Llegó el atardecer antes de que se dieran cuenta y empezó a hacer frío. La Nayeli no podía creer lo frío que se había puesto tan rápido. "¡Estoy temblando!", dijo. Era la primera vez que le agarraba esa temblorina. El Tacho le movió a todos los botones de la miniván hasta que empezó a salir aire caliente del tablero. "¡Mira!" Los brazos de la Nayeli se le habían puesto como piel de gallina. El Tacho francamente no entendía qué tenía de divertido congelarse el trasero.

Encontraron un hotel en una barranca morada y oscura bajo las montañas cercanas a Golden y se registraron como "Sr. y Sra. Vicente Fox". La amable señora que los recibió, les ofreció una naranja a cada uno. La oficina estaba en la sala de su casa. Detrás de ella se alcanzaba a ver un viejo conectado a un tanque de oxígeno y con la vista perdida frente a la televisión. La oficina olía a ensalada de atún. Un pequeño cuadro en la pared decía: SI TE MURIERAS ESTA NOCHE, ¿SABES A DÓNDE TE IRÍAS?

"¿Para dónde se dirigen muchachos?", preguntó la mujer.

"*Estes*", dijo la Nayeli. "¿Lo dije bién? ¿*Estes*?"

La mujer sonrió.

"¡Les apuesto a que no hay en Irak nada parecido al Parque Estes!", rugió. "¡Apá, apá!", le habló al viejo. "¡Estos chamacos iraquíes van pa'l Parque Estes!"

"Ah, sí", balbuceó.

Los saludó con una mano blanca.

"Dios los bendiga", les dijo.

"Es muy lindo", explicó la señora.

En la misma calle cargaron gasolina en una gasolinera BP. La Nayeli compró sándwiches, galletas, Fritos, y cocas en el supercito que allá le llamaban *convenience store*. El Tacho estaba cansado, de malas y con mucho frío. Manejó de regreso al hotel todo enchimacado, de prisa por llegar a su habitación, la 113, y prepararse un baño caliente. La Nayeli se comió su sándwich mientras veía a Jack Sparrow en HBO.

Su padre aún estaba a un millón de millas de distancia.

Gracias por traerme", dijo la Nayeli.

"No tienes que agradecérmelo", respondió el Tacho.

Siguieron las instrucciones de Matt. Se fueron bordeando la cordillera de las Rocallosas sin saber el nombre de esas moles de granito. La Nayeli se imaginaba que era la Sierra Madre. El Tacho solamente las llamaba *Las Montañas*. No disfrutaron su paso por Boulder porque había demasiado tráfico, demasiada gente flaca vestida con ropas ridículas corriendo apuradas por las calles.

En Lyons, viraron hacia las montañas y otra vez se enfrentaron a cuestas rodeadas de oscuros pinos, casi negros, y picos de granito pálido. Las mariposas escapaban de las hierbas al lado de la carretera cual recortes de papel revoloteando en el aire. Los cuervos se aparecían implacablemente por doquier. La Nayeli no había visto nunca glaciares. Nuevamente le dolió la cabeza y tuvo problemas para respirar como si hubiese subido una escalera corriendo. "¡Mira, una cascada!", gritaba una y otra vez. Aparentemente en las Rocallosas sobraban las cataratas.

Cuando empezaban a temer que nunca llegarían, salieron de una curva y se encontraron frente a un gran valle rodeado de picos nevados. En el corazón del valle vieron un lago turquesa. La Nayeli suspiró con el poco aliento que le quedaba. En una ocasión, la Yolo la había hecho leer una traducción de *Heidi* y ahora este enorme valle en medio de las montañas le recordaba las imágenes que aquel viejo libro desgastado le había dibujado en su imaginación. Por un instante pensó lo que todos los viajeros piensan cuando salen de entre los pinos y descubren la espléndida vista que se despliega dramáticamente frente a ellos: *Me voy a quedar a vivir aquí.*

En medio del valle, sobre el verde zacate a la orilla del lago se observaban grandes animales peludos que parecían caballos con cuernos.

"¿Podemos parar aquí?" preguntó la Nayeli, la chica naturaleza. "¿Qué serán esos animales?", se preguntaba.

Al Tacho le dolía el fundillo. Además estaba enfadado. *Montañas*, pensaba, *moteles, venados grandes y feos; gringos.* ¿Quién estaría atendiendo su restorán ahora que Irma andaba en San Diego? Se preguntaba si la iguana gigante estaría rondando por sus cajones.

"Son robots", dijo, "los pusieron ahí para atraer a gente *indiorante*".

Saboreó con fruición poder decir en voz baja sin que ella escuchara: ¡*Pendeja*!

La Nayeli prácticamente saltó muy entusiasta de la van, pero de inmediato se arrepintió: Se estaba congelando. El viento helado descendía de los picos nevados y se humedecía al pasar por encima del agua del lago. Los animales comían hierbas, se podían escuchar sus dientes masticando. Eran seres magníficos.

Un pescador solitario se encontraba parado a la orilla del lago ignorando a la Nayeli y a los animales. Vestía una chamarra militar gruesa, tenía una barba enredada y su nariz parecía haber sufrido miles de quemaduras de sol. Giró la cabeza.

"Hola", le dijo la Nayeli.

La miró de reojo.

"Quiúbole", gruñó.

Enrolló la piola de la caña de pescar y volvió a lanzar su carnada.

"¿Me puede decir por favor qué es eso?, ¿qué... son?", dijo apuntando a las bestias.

"¿No tienes frío mija?" respondió el hombre.

"Sí".

Se le salío la sonrisa. Trató de controlarla pero no la pudo detener, se escapó traviesa. Él le correspondió con su propia sonrisa. Es una señorita muy chula, se decía a sí mismo. Recargó su caña contra unas rocas, caminó a su camioneta y sacó una sudadera con capuchón.

"Ven", le dijo, "no muerdo".

La Nayeli volteó a ver la miniván. El Tacho parecía estar dormido. Se acercó al hombre cuidadosamente.

"Ten", le dijo, "ponte esto antes de que te mueras de frío".

Le aventó la sudadera.

Ella se la puso. Traía en la espalda un letrero que decía STEAMBOAT SPRINGS SEARCH AND RESCUE y una imágen de un San Bernardo enfrente. Le quedaba larga, la parte inferior le llegaba hasta las rodillas. Tuvo que enrollar las mangas. El pescador pensó que parecía un duende.

"Gracias", le dijo.

"No hay de qué", le respondió en español sorprendiéndola. "Pa' que no digas que nunca te doy nada". El comentario le hizo mucha gracia.

Ella volvió a apuntar a los animales.

"¿Por favor, qué son?"

"Son alces".

"¿Alces?"

"Ajá".

Corrió a la miniván y sacó su librito: *alce*. No sabía nada sobre los alces, ni siquiera en español.

"Son magníficos", le dijo al pescador cuando regresó.

"Buenos pa' comer", respondió él. "Se marina un filete de alce en jugo de arándano toda la noche y luego se echa al asador. Delicioso".

En menos de diez minutos ya le estaba enseñando a pescar. Le mostró por dónde bajaban de las cañadas las águilas hacia el agua. Le comentó que se habían visto algunos cóndores por ahí también, probablemente colados por entre las montañas desde California. De alguna manera ella entendía todo lo que le decía. Cuando era hora de partir la abrazó y ella le dió un beso en la mejilla. Se dió cuenta de que ni siquiera sabía su nombre.

Siguieron hasta la entrada principal del Parque Nacional de las Montañas Rocallosas. La mujer guardabosques en la caseta le cobró al Tacho. Él sólo le mostró unos billetes y le dijo: "¿Por favor?".

Ella contó la cantidad necesaria y le regresó la feria junto con un ingenioso mapa. Ninguno de los dos estaba preparado para lo que encontrarían en aquel parque. Picos imposibles de creer, más glaciares, más alces, águilas, venados. El Tacho, a pesar de que odiaba la naturaleza, chilló cuando vio un lince sentado tranquilamente sobre una roca alta al lado de un torrente.

"Pero si no es más que un robot", le recordó la Nayeli.

Ríos. Cascadas. Caminaron alrededor del Lago Bear. Hacía

mucho frío, no encontraron a nadie. Al otro lado del lago, bajo el pico de una extraña montaña cuadrada, se comenzaron a ver blancos copos que bajaban danzando desde las nubes.

"¿De dónde salieron tantas plumas?", preguntó el Tacho.

La Nayeli gritó: "¡Tacho, Tacho, es nieve!"

"No, no es".

Pero sí era.

La lamían del aire, corrían, gritaban y brincaban.

La Nayeli nunca había experimentado un mundo tan silencioso. Los azulejos y las urracas y los demás pájaros murmuraban con preocupación. Podía escuchar la nieve caer al suelo. El Tacho traía plumillas en las pestañas. La Nayeli se las quitó de los ojos con los labios. Caminaron de regreso a la miniván agarrados de la mano.

Cuando continuaron el viaje se subió el gorro de la sudadera que le regaló el pescador y fingió estar dormida para que el Tacho no la viera llorar otra vez.

Bajaron de un jalón. Llegaron a las planicies. Denver, tenebroso y confuso, no sabían si estaban viendo fábricas o montañas rusas. El motor de la miniván comenzó a hacer un ruido raro. Siguieron hacia las tierras amarillas y cafés, hacia el viento solitario a través de las altas y vacías planicies hasta un motel en la frontera con Kansas donde se quedaron a pasar la noche. Los hombres de la habitación de al lado golpeaban la pared si hablaban demasiado fuerte o se reían. La Nayeli encontró una oración en la pared que espiaban las palomillas atraídas por la luz. Como les daban miedo los vecinos hablaron en voz baja y decidieron no prender la televisión.

A la mañana siguiente, al seguir su camino los cegó el viento. Infinidad de basuritas azotaban sus ojos. Maniobraron de un lado a otro mientras el Tacho trataba de navegar las ráfagas. Se toparon con un tráiler que había volteado el viento en la autopista I-70. Estaba recostado sobre un costado. No vieron a nadie más en mucho tiempo.

Pararon para echar gasolina en un lugar llamado Kanorado. La Nayeli mantuvo la capucha de su sudadera puesta como protección contra el viento que la cortaba como tijera a través de la ropa. Un policía estatal se acercó a la bomba de gasolina y encendió su sirena. "¡Ándenle!", les gritó. "¡Amenaza tornado!" Siguieron al policía a la tiendita de la gasolinera y se refugiaron con otras personas mientras tomaban café recocido.

"Está soplando tan duro el viento que hasta chifla", comentó alguien.

El policía preguntó, "¿A dónde van?".

"A KANKAKEE, ILLINOIS", explicó la Nayeli.

"¿Ah sí? ¿Qué te parece?" Volteó a ver a la mujer que trabajaba en la tiendita.

"Vicki, ¿cómo la ves?, a un americano trabajador no le alcanza para llenar el tanque de su troca, pero los ilegales pueden viajar a través de todo el país".

El tornado nunca llegó, así que pagaron la gasolina y se fueron.

Capítulo treinta y uno

———

Eran las nueve de la mañana. El tribunal de la tía Irma se sentaba a la ancha mesa de banquete en la Sala de Conferencias 1A del Hotel Bahía, conocida como la "Sala de los Pelícanos". Los empleados del hotel, dos batos de Tamaulipas que habían entrado a Estados Unidos por un punto al sur de Ajo, Arizona, una noche nublada de 1998, colocaban manteles de papel en la mesa del tribunal y le traían a La Osa cafeteras y jarras de agua. Atómiko tomaba tanto café que lo mismo le hubiera dado dejar la taza y beber directamente de la cafetera.

"Oye, tía", le dijo, "¿me puedes ordenar unas donas?, ¿o un poco de pan dulce?, ¡chingado hombre, no seas coda!".

Para sorpresa de todos, la tía le pidió a los tamaulipecos que trajeran una charola con pan. Atómiko casi se ahogó cuando probó un pan de linaza.

"¡Esto es comida de pájaro!", se quejó. Pero se quedó callado cuando descubrió el sabor sublime de los panes daneses con su relleno de queso.

La tía Irma se sentó en el centro de la mesa con una libreta amarilla frente a ella y una variedad de plumas de cortesía del Hotel Bahía acomodadas como abanico sobre el mantel. A su derecha estaba el deslumbrante Chava Chavarín, recientemente nombrado secretario del ayuntamiento de Tres Camarones, Sinaloa.

Había ido a rasurarse a una peluqueria y le brillaba la piel. Al lado izquierdo de la tía estaba Yoloxóchitl. Del otro lado de Chava se sentó la Vampi; tenía su cuerpo agachado mientras jugaba con su cabello. Estaba distraída. Atómiko y el Brujo eran los guaruras del tribunal, cada vez que veía ella los ojos del Brujo se reía y se sonrojaba. Vestía una falda y sin temor alguno cruzaba las piernas para mostrarle los calzones. El Brujo le lanzaba miradas reprobatorias y sacudía la cabeza.

Atómiko no se daba cuenta de nada. Se lamía el betún de los dedos para que su garrote no quedara todo pegajoso.

Matt y Ángel se sentaron en sillas plegables en la esquina, como niños castigados de primaria. Matt se sirvió una taza de café y se preguntó cómo le estaría yendo a la Nayeli en su viaje. La Nayeli buena onda. La Yolo utilizaba todos los poderes síquicos que tienen las mujeres para ligarse a los hombres, mientras volteaba y lo veía fíjamente.

"¡Órale, pues!", Matt le susurró al Ángel, "está pensando lo mismo que yo".

"Déjate de pensar en fregaderas", le advirtió Ángel.

Chava había publicado anuncios en varios periódicos. Atómiko y los muchachos habían corrido la voz en taquerías y en tiendas de abarrotes en los barrios. Nadie sabía qué resultaría de todo eso. Hipólito, uno de los tamaulipecos, se asomó a la sala.

"Aquí tenemos unos solicitantes", les dijo.

"Pásalos", proclamó la tía Irma.

Chava se empezó a sentir emociononado. ¡Era un momento histórico! Le dio a Irma un empujón con su rodilla bajo la mesa. Ella nomás sonrió. Entró una pequeña fila de hombres. Cinco, seis, diez. Algunos de ellos con la cabeza cubierta. Atómiko les apuntó con su bastón y gruñó. Se quitaron las gorras. Sonrieron temerosamente. Doce. La puerta se abrió nuevamente. Trece. Se estaba llenando la Sala de los Pelícanos.

"¡Queremos sólo siete!", entonó Irma, "¡que sean soldados o policías!"

Los hombres murmuraron entre sí.

"Ya tenemos tres, solamente puedo usar a cuatro más".

La puerta se abrió. Catorce, quince, dieciséis. Hipólito se asomó y meneó la cabeza.

"¿Qué pasa?", le preguntó Irma.

"Hay más gente acá afuera", informó.

"¿Cómo cuántos más?"

Se asomó hacia afuera.

"¡Un friego!"

Irma le hizo una seña a Atómiko.

"¡Sí jefa!", le dijo y salió volado hacia la recepción del hotel.

Había allí una larga fila de hombres. Los empleados del hotel estaban preocupados.

"Carnal", dijo uno de los hombres "llévanos de regreso a México".

"¡Por favor!", rogó otro.

Las voces aumentaron.

"Está muy dura la situación, queremos irnos".

"Nomás nos falta contar con una chambita".

"¿Nos van a dar chamba?"

"¿Y una casa?"

"¿Hay morras?"

"Yo quiero una esposa. ¿Hay mujeres pa' casarse?"

"¿Puedo traer a mi familia?"

"Yo quiero sacar a mi mamá de Durango, ¿me dejan traerla?"

"Mejor pregúntenle a la patrona ahí adentro, esos", anunció Atómiko, "¡ella es la mera mera aquí!"

"Me dijeron que se puede pescar allá, ¿es cierto?"

"¡Yo extraño bailar en la calle, hombre! ¡Extraño las corridas de toros!"

"¿Alguna vez tirastes cuetes la noche de El Grito?"

Algunos soltaron la risa.

"¿Tienen rodeos allá?"

"¿Hay cantinas?"

"¿Qué clase de trabajo es?, ¿hay jale para un carnicero?"

"¡Yo manejo el camión!"

"¡Más bién montarás un burro!"

A estas alturas todos se reían y bromeaban empujandose y pegandose en la espalda.

"¿Qué fregados sabes hacer tú, pendejo?"

"Yo no sé hacer ni madres, ¿por qué chingaos crees que me vine a los Yunaites?"

"¡Ay, güey!"

Los de la recepción estaban hablando por teléfono, consultando con la administración. Seguían llegando más hombres y el hotel ya se estaba llenando. No se podía caminar por los pasillos y en las esquinas había gente amontonada.

"¡Hey, calma jóvenes!", les dijo Atómiko, "¡no se me alboroten!". Levantó su garrote como si los estuviera guiando por una barranca peligrosa. "Calma", decía, "¡nomás soldados y policías, guachos y chotas! Los demás ya se pueden ir".

Atravesó la puerta del salón. Detrás de él, las múltiples voces retumbaban.

Agarró un panecillo de moras y lo olió. "¿Qué son estás chingaderas azules?", le preguntó al Brujo. Desenvolvió el pan y miró a La Osa.

"Tía", anunció solemne, "ya empezó la revolución".

Capítulo treinta y dos

No se sabían la historia de los llanos y las praderas pero tampoco les importó. El mundo parecía como si un enorme rollo de papel-cartón se hubiera ido desenrollado sobre una mesa. La tierra aquí era tan vasta y estaba tan vacía que bien podía explotar una bomba sin hacer eco. Las gasolineras tenían marquesinas de dos pisos de altura. Los camiones se mecían y rechinaban ante el embate del viento, mientras el humo del diesel que soltaban se apresuraba a escapar rumbo al norte. La Nayeli empezó a sentir como si se hubieran detenido y estuvieran flotando ahí quietos mientras que el suelo rodaba por debajo de ellos.

Sin que lo supieran, era una corriente de viento mexicano proveniente de Durango la que los estaba azotando, en su apresurado paso hacia Canadá. La lluvia sinaloense que caía sobre la ventana de la Nayeli impregnaba el cristal con sabor a Tres Camarones, mientras la miniván proseguía su camino.

"No me gusta cómo suena el motor", se animó a decir el Tacho.

Era difícil platicar. Se sentían pequeños y agotados. La Nayeli comenzó a decir algo pero su boca se negaba a abrirse. No podía dejar de pensar en su papá. Los demás pensamientos fueron quedando fuera de su mente.

El camino de Kanorado a la salida de Brewster era de tan sólo 40 millas, pero se sintió como si fueran mil. La Nayeli estaba empezando a sentir algo en su estómago, una lenta y pesada alarma. También se sentía hinchada y tenía cólicos.

Pasaron por Mingo. Aparecieron señales que anunciaban: BECERRO DE SEIS PATAS. VACA DE DOS CABEZAS. PERRO DE LA PRADERA DE 6,000 LIBRAS.

"¿Qué fregados es un perro de la pradera?", preguntó el Tacho.

La Nayeli buscó en su diccionario.

"No viene", le dijo. "¿Un perro?, ¿de la pradera?"

"¿De seis mil libras?", dijo el Tacho.

Nayeli sintió un cólico punzante.

"¿Tachito?" le dijo, "¿papito?".

"¿Y ahora qué?"

"Necesito parar, Tachito".

"¿Parar para qué?"

"Tengo un problemita en camino". Se sobó el abdomen.

"¡Aaah, eso!", meneó la cabeza, "otra vez".

"No seas gacho conmigo, estoy delicada".

"No soy gacho mija, pero tú eres tan delicada como un ladrillo".

Ella miraba por la ventana.

"A lo mejor a veces quiero ser delicada, Tacho".

Él la vio de reojo. Se inclinó hacia ella y la tomó de la mano.

¡TORO CON SEIS PIERNAS, OAKLEY, KANSAS!

"Hay que parar ahí, mi dulcesito", le dijo en tono apapachador. Curiosamente, se sentía demasiado avergonzado como para hacer bromas. "Ahí deben tener...eso, tú sabes".

Ella sonrió.

"Gracias", le dijo.

En la tiendita de la gasolinera el Tacho descubrió unas bolsitas de botana de granos de maíz condimentado, mientras la Nayeli se llevaba su compra al baño. El Tacho compró cuatro bolsas de esas de Corn Nuts y un raspado de hielo rosa y morado que se llama Slushee. Se puso de buenas.

"¿Dónde es?", le preguntó a la callada señora del mostrador, "¿el perro gigante de la pradera?".

"¿Qué?"

"Ese perro de la pradera que pesa seis mil libras".

"¿Cuál perro?"

"Hágame el favor, el anuncio decía seis mil libras de perro ¡de la pradera!"

La mujer dijo: "¡Aaah!, ¡el perro gigante de la pradera!". Se acercó al Tacho. "Son puras mentiras, es de cemento".

El Tacho se quedó ahí atónito, sorbiendo su Slushee. De repente lo bajó, "¡Ay!", dijo, "¡mi cabeza!".

"Te congelaste el cerebro", le explicó un camionero.

La mujer asintió.

"Sí mi vida, te congelaste el cerebro".

"Es el Slushee, compadre", agregó el camionero.

"¡Ay, ay, ay!"

Se regresó a la miniván sobandose la frente.

La Nayeli lo alcanzó y dijo: "Justo a tiempo".

No entendió cuando el Tacho respondió: "Todo es un cruel engaño".

De todos modos se siguieron hasta Prairie Dog Village. Había ahí varios carros viejos en el estacionamiento, así que concluyó que era una parada muy popular. Cuando se estacionó, miró las yerbas crecidas que sobresalían alrededor de las llantas de los decrépitos carros.

"Interesante", dijo la Nayeli.

"¡Pura carnada!", observó el Tacho, "¡usan los carros vacíos para engañar a los turistas!"

"¡Ah!, para hacer creer que es un lugar muy concurrido", agregó la Nayeli mientras trataba de morder un grano de maíz.

"A lo major se comen a la gente que entra ahí", dijo el Tacho.

"¡Uy que miedo!"

Entraron. La tienda estaba llena de *souvenires*. Un hombre estaba sentado al fondo del cuarto. Les sonrió, los saludó y levantó un palo.

"¿Quieren oír a las cascabeles?", les preguntó.

"¿Perdón?", respondió la Nayeli.

El hombre se estiró hacía su derecha y golpeó una caja de madera. El ruido de los cascabeles se escuchó desde el interior.

"¡Hay cincuenta víboras ahí adentro!", les confió.

El Tacho se acercó despacito y se asomó.

"¡Sopas!", exclamó.

El hombre dijo, "Oye, ¿sabes cómo se divierten las vacas los sábados en la noche?".

"¿Perdón?", le tocó ahora al Tacho preguntar.

"Dije vacas hijo, ¿que qué hacen para divertirse las vacas los sábados por la noche?".

El Tacho encogió los hombros.

"¡Pues van al Muuuu-seo!", gritó el tipo. Se rió de su propio chiste y sorbió café de una taza toda desportillada. "Buena, ¿verdad?"

"¡Sí, cómo no!"

A la Nayeli le sorprendió ver que algunas de las figurillas eran de estiércol de caballo laqueado, con unos ojos pegados. Estaban paradas sobre piernas de alambre y pies de plástico. Unos las mostraban jugando golf con palos de metal; otras tocando una guitarra. El letrero hecho a mano decía: PÁJAROS-BUÑIGAS, ORIGINALES, HECHAS A MANO.

El Tacho y la Nayeli mejor se devolvieron al carro y aquél lo condujo de regreso a la autopista, manejando hacia un horizonte de color marrón.

Pasaron por Quinter, Voda, Ogallah, Hays; casi sollozaban de aburrimiento y desesperación. Los graneros parecían enormes torres de ciencia ficción de 170 pisos.

Salina.

"Otra vez Salina", renegó el Tacho. "¿Pos qué no acabamos de pasar por ay?"

Frente a ellos se distinguía una mancha de humo. Pero no era humo, era una parvada de pájaros en vuelo. De repente, cual si fueran uno solo, giraron y desaparecieron en el aire como si Dios estuviera abriendo sus persianas y por ahí se hubieran escabullido las aves. Reaparecieron, volvieron a desaparecer, aparecieron otra vez; finalmente fueron barridos por el viento hacia los rugosos campos.

Llegaron atropelladamente a Topeka. Sentían como si trajeran lijas en los calzones y engrudo en la boca. Rentaron una habitación en un motel dirigido por una familia de la India. Se registraron como el Sr. P. Villa y la Sra. S. Hayek. Evitaban las miradas de los extraños. Decidieron ir al cine, a la matiné que costaba $3, se sentaron junto a una familia negra y vieron una película sobre una mujer llamada Madea. Caminaron de regreso al motel y el Tacho fue al negocio de al lado a comprar unas órdenes de tacos. La Nayeli encontró Kleenex usados bajo su cama.

"Siguen las fiestas de mayo", dijo el Tacho.

Pasaron por Kansas City, cruzaron la línea estatal y se sorprendieron al encontrarse nuevamente en Kansas, sólo que ahora se llamaba Kansas City. El Tacho pensó que había estado manejando en círculos, pero luego cayó en cuenta de que se trataba de otro estado, Missouri.

Salieron disparados de la ciudad y siguieron su camino hacia el este. Por lo menos Missouri ofrecía alguna variedad, había cerros y lomas. El motor del carro ahora chillaba además de hacer un ruido como de golpeteo. El Tacho se sentía medio mareado. "Este pinchi viaje", dijo, "perdóname que te lo diga, pero es una chingada tortura". Le dieron ganas de llorar.

Aguántate las lágrimas que no está el horno para bollos, pensó el Tacho secándose los ojos sin que la Nayeli se diera cuenta. Estaban lejos de cualquier lugar conocido. Estaban lejos del mundo que comprendían. Se sentía desnudo. Tú me hiciste esto, pensó.

Por fin se pudo ver St. Louis. El arco emblemático de la ciudad los aterrorizó por un segundo. Parecía un arma extraterrestre puesta ahí para vigilar a los terrícolas que hubieran sido presas del pánico.

El Tacho se le quedó viendo cuando se acercaron.

Por fin abrió la boca y dijo, "¡Inguiasú! ¡Mira nada más el tamaño de ese arco!, a de ser la sede mundial de McDonald".

El Tacho tuvo que parar cuando llegaron al río Mississippi. Caminaron alrededor de la base del arco con miedo de que se tratara de un robot gigante de una película de horror. Los guardabosques parecían agentes de la migra con sus sombreros planos. Las familias a su alrededor comían pretzels. "¿No te parecen como churros gordos?" preguntó la Nayeli.

Se pararon a la orilla del Mississippi y vieron cómo sus aguas de color café parecían pasar lentamente. Allá iba un barco con la pintura toda descolorida, el cemento estaba muy manchado en los muros de la ribera y un tren rechinante pasaba en la otra orilla. Un pato solitario que luchaba contra la corriente lanzó un graznido, se dio la vuelta y salió disparado río abajo.

El Tacho sintió un torzón en las tripas pero no dijo nada. Cuando la Nayeli se acercó a un bebedero le dijo él: "No tomes de esa agua". Ya sabía que estaba a punto de enfrentar *la venganza de Washington*, en forma de una diarrea fulminante. Pepto-Bismol, 7-Up, sándwiches de Subway y yogurt de un motel en las cercanías de Vandalia, Illinois. El muchacho del Subway había alarmado al Tacho cuando le platicó que, "aquí se ven OVNIs negros de una milla de anchos".

"Mañana se te va a hacer", le dijo el Tacho a la Nayeli cuando se acostaron.

A media noche vomitó su sandwich.

Capítulo treinta y tres

Para cuando llegaron a la carretera 57 Norte, el Tacho tenía calentura. Sentía los dedos inflamados como salchichas y la cabeza toda hinchada. Le agarró la temblorina. Se paraba a obrar en las gasolineras y en las zonas de descanso y se sorprendía de tener todavía algo adentro qué evacuar. La miniván de Ma Johnston también estaba enferma. Rechinaba, retumbaba y hacía ruidos raros. Cuando apagaban el motor salía humo y cuando lo encendían tosía y se quejaba.

"Ya casi Tachito", le decía la Nayeli cariñosamente. "Ya casi llegamos. Te me vas a acostar en cuanto lleguemos. No te preocupes. Mi papá se va a encargar de todo".

Siguió hablándole y alentándolo pero él nomás gemía, no le creía nada. Ni siquiera creía que el papá de la Nayeli estuviera en Kankakee. Eran unos idiotas enfrascados en un viaje idiota. Había sido una pendejada salir de Tres Camarones. Se habían unido a todos los otros indeseables pendejos que andaban por ahí escondidos en las sombras de los Estados Unidos. Pensó que iba rumbo a Beverly Hills, pero había terminado en esta pradera de mierda.

Pajaritos de buñigas, pensó.

Neoga. Mattoon. ¿Qué clase de nombres eran esos? ¿Arcola?

Se animó a decir: "¿Arcola?, me arde la cola".

Nayeli se rió. "¡Ay, Tacho!"

Champaign. Rantoul. A la izquierda de la carretera los acompañaban las vías del tren. A la Nayeli se le hacía que los vagones abandonados junto a las vías semejaban barcos varados en las playas de un amplio mar. Había también cadáveres de tráilers olvidados a la orilla de la carretera y esqueletos de granjas. Los oscuros campos parecían ir huyendo hasta desvanecerse en aquel cielo violento que los acechaba desde Iowa y Nebraska.

Paxton. Onarga. Chebanse.

"¡Chingado!", se quejó el Tacho, "¡ya, pues! ¿Dónde fregados queda Kankakee, por Dios? ¡Ya estoy hasta la madre!".

"Muy pronto, Tachito, vas bien; pronto, ya verás".

Y de repente se encontraron cruzando el río Kankakee.

"¡Mira, mira!", gritó la Nayeli. "¿No te dije?, ¡te lo dije!, ¡es bellísimo!"

"Hasta el río Baluarte está mejor que este", lloriqueó el Tacho.

El papá de la Nayeli estaba cerca, ella lo sentía. Seguramente se sorprendería al verla. A lo mejor hasta se enojaba. Pero ella lo conocía bién, sabía de su buen corazón. Se conmovería al enterarse de todo lo que había pasado para encontrarlo, para salvar su hogar. Sus rasgos se ablandarían, sonreiría y la abrazaría.

Después del río vieron el señalamiento, KANKAKEE A LA DERECHA.

El Tacho estaba débil por la calentura, le ardían los oídos. Los ojos los sentía como si fueran brasas. No confiaba en lo que veía; pensaba que estaba soñando.

Se detuvo en un alto y se quedó viendo el edificio frente a ellos.

"¿Está eso ahí o no?", preguntó.

"Sí, claro", le respondió ella. "Debe ser una señal del cielo". En el techo del edificio, la estatua de una mano gigante agarraba un globo y lo alzaba al cielo.

"Hemos estado en manos de Dios todo este tiempo", sonrió la Nayeli.

El Tacho pensó que parecía el poster de una de esas películas de monstruos que pasaban en el Cine Pedro Infante. Dio vuelta a la izquierda.

"Prepárate morra", le dijo, "vas a obtener lo que pediste".

"¡Estoy lista!", le contestó.

La miniván se tambaleaba como si estuviera atropellando 100 conejos. Miraban por las ventanas la triste ciudad de East Kankakee. Edificios viejos, moteles viejos. Vieron una cabaña victoriana increíble que alguna vez había sido una nevería pero que ahora era una taquería. El Gallito.

"Menudo", dijo la Nayeli.

El Tacho tragó para regresar la bilis que le subía por la garganta.

Pasaron por una carnicería.

"¡Carne!", exclamó la Nayeli cual si fuese una guía de turistas en un tour de destinos triviales. "Y venden frutas y verduras, ¡en español!, ¡en Kankakee hay mexicanos!, ¿ya ves?"

"Ay ya cállate", le contestó el Tacho.

De repente estaban en un centro más bonito con edificios de ladrillo rojo y de metal brillante. Lo atravesaron. Plazas comerciales, gasolineras y un edificio tan rosado como el Pepto Bismol que llevaba el Tacho. Más adelante vieron una tina plateada medio enterrada en un patio. Tenía una estatua de Cristo dentro de ella. Bendecía la caca de perro que casi cubría el patio.

"Tijuana, Estados Unidos", dijo el Tacho.

Dieron vuelta en U y regresaron por la parte bonita de la

ciudad para llegar con el carro cojeando al motel que habían visto cerca de la carnicería, mientras el motor terminaba de deshacerse en enormes columnas de vapor hediondo que los dejaban prácticamente invisibles.

"Nayeli", dijo dramáticamente el Tacho, "me matastes".

Estaban en la habitación 17 en el primer piso. La tormenta de Iowa los alcanzó y el cielo se desplomó. Los tremendos truenos sacudían el cristal de las ventanas. El viento era antiguo y frío.

El Tacho se sentía tan avergonzado por andar con el chorrillo suelto que obligaba a la Nayeli a salir de la habitación cuando iba al baño. Ella traía puesta todavía la sudadera que el pescador le había regalado. Se la ajustaba para sentirla más pegada y veía cómo el agua enlodada se deslizaba del estacionamiento a la calle. Unos gringos negros corrían del otro lado de la calle tapándose la cabeza con periódicos. Los carros levantaban abanicos de agua como de cebada que hacía un gran barullo al caer sobre la banqueta mojada. Se veían unas casas detrás de la carnicería. El carrito anaranjado de algún niño estaba volteado de lado en el lodo. La Nayeli temblaba.

Cuando el Tacho salió del baño se metió directamente en la cama y se durmió casi instantáneamente. Estaba ardiendo, la Nayeli le puso una toalla mojada en la frente. Se echaba tronantes eructos que olían a huevos podridos. Ella abrió un poco la puerta para que entrara aire fresco.

"Lo siento", decía él, "te defraudé".

"¡No digas eso, Tachito!, ¡aquí estamos!"

"Pero no creo que pueda... creo que me voy a tener que quedar encamado".

"No le hace. De todos modos tengo que encontrarlo yo sola".

"¿De veras?, ¿no estás enojada conmigo?"

Pero se durmió antes de que le pudiera responder.

～

Fereó uno de los billetes del Tacho y le compró un 7-Up de la máquina. Ella se compró un Dr Pepper y unas galletas de mantequilla de cacahuate. No era una gran cena pero peor era nada. La lluvia seguía golpeando la calle. La muchacha detrás del mostrador dejó por un momento el Sudoku que la tenía casi enviciada y le explicó a la Nayeli que podía hacer llamadas de larga distancia desde su habitación. "Marca primero el nueve", le dijo.

La Nayeli se apuró por el pasillo con sus sodas. El Tacho estaba roncando.

La Nayeli se comió sus galletas y se bebió su soda. Hizo un poco de café de motel en la cafetera eléctrica que había al lado del lavabo de la habitación. Sacó la postal de su papá. A través de todo lo ocurrido siempre la había cargado, doblada a la mitad, en el bolsillo de atrás de sus pantalones. La abrió con cuidado porque estaba a punto de romperse. El doblez que atravesaba la foto estaba blanco y el pavo paranoico parecía tener un relámpago a su lado. La Nayeli lo tomó como una profecía. Le quería preguntar al Tacho: ¿Acaso no están cayendo rayos ahorita?, pero mejor no lo despertó.

Se bañó. El champú venía en un pequeño sobre de aluminio. Lavó sus calzones con el jaboncito bajo el chorro de agua americana. Había notado que hasta eso era diferente aquí. El agua mexicana era más débil y tenía un olorcito distinto. El agua americana no se sentía tan *aguada* como el agua mexicana. Colgó sus calzones en la toallera y se puso los otros que traía junto con la sudadera y se envolvió en una toalla. El Tacho había pateado la cobija. Lo volvió a tapar y le dio un beso en la frente.

Entre sueños balbuceó, "No importa lo que hagas pinchi piruja, no me voy a acostar contigo".

La Nayeli se acostó en su cama y vio los destellos de los relámpagos por la ventana. Jaló el teléfono pero titubeó. Traía escrito en un pedazo de papel junto a la postal de su papá, el número del hotel donde estaba Irma.

"¿Bueno?", dijo Irma.

"¿Tía?"

"¿Sí?"

"Tía, habla Nayeli".

"¡Ay mi niña hermosa!, ¿cómo va la odisea?"

"Ay, Tía".

"¡Nada de llanto!"

"No estoy llorando".

"¡Esoo!" Una pausa. "¿Y cómo está mi otra niñita?"

"¿Cuál otra, te refieres al Tacho?, qué gacha tía".

"Nomás estoy bromeando mijita".

"Porque has de saber que es mi héroe".

Sintiéndose regañada, Irma chasqueó los labios.

"¿Cómo va todo?", preguntó la Nayeli.

"Ay, pues tengo mis broncas mija, ni te creas que todo es juego y diversión".

"¿Qué pasó?"

"¡Pues! Es la Yolo, te juro que anda diciendo que no se va a regresar con nosotros".

"¡Qué!"

"La bruta dice que se va a quedar en los Yunaites con Matt".

La Nayeli sintió punzadas a lo largo de su columna.

"¿Y qué dice Matt?", preguntó.

"¿Matt? ¡Ja! ¡Vino pa' acá y confesó que no quiere que la Yolo se quede!"

La Nayeli saltó con esa noticia.

"¿Qué le dijiste?"

"Le dije que le echara huevos al asunto y resolviera la bronca él mismo. Yo ya tengo suficiente con ser la tía Irma de los demás. ¡No pienso ser tía también de él!"

"Apenas se puede creer tía".

"Ahora cuéntame tú", dijo Irma. "Habla cara de tabla".

Esperó a escuchar lo que la Nayeli tenía que reportar.

"Ya llegamos a KANKAKEE, el Tacho está enfermo así que voy a ir a buscar a mi 'apá yo sola".

"Lo que has hecho es casi un milagro, Nayeli".

"¿Tú crees?"

Irma se quedó muy pensativa.

"¿Conseguiste a los hombres?", preguntó la Nayeli.

"¡Claro que sí!"

"Pues qué bueno, tía me da mucho gusto".

El Tacho se dio la vuelta y murmuró: "Vieja fea". La Nayeli no sabía si estaba dormido o no pero sonrió.

"Hubo muchos candidatos", dijo La Osa.

"¿Cómo cuántos?"

"Más de setenta".

"¡Ingueasú!"

"Pero eso fue antes de que cerráramos las puertas", se rió, "sabrá Dios cuántos tuvieron que regresarse".

"Pero entonces, ¿encontraste a los siete que queríamos?"

"Pues mira…" Irma se despegó del teléfono y dijo algo. La Nayeli escuchó una voz más baja, de hombre, pero no entendió lo que dijo. Apenas se aguantó de soltar la carcajada. ¡Era Chava Chavarín! ¡Chavarín estaba en el cuarto de la tía Irma! "Bueno", siguió ésta, "no aceptamos a setenta hombres, nomás buscábamos cuatro más".

"Pues sí".

"Así que después de pensarlo un buen rato agarramos a veintisiete".

La Nayeli gritó, "¿Cuáantooos?".

"¡Ya sabes que soy muy exigente!", respondió Irma, "¡ni modo que me llevara a los setenta!".

"Pero tía, tía, ¡si nomás estábamos buscando siete en total!"

"Si pueh, ¡se dice fácil pero era yo la que tenía a todos esos paisas enfrente rogando e implorando!" La Nayeli oyó cómo Irma encendía un cigarro y le daba una profunda chupada. Tosió. "¡Y pa' acabarla el güey de Chavarín se creía todas las historias de desgracia que le contaban! ¡Chingado, yo no me la trago!, ¿a poco todo mundo ha vivido una vida de tragedia? Si contáramos con el Yul Brynner la cosa cambiaría, tal vez bastaría con siete valientes para sacar a los narcos del pueblo, ¿pero con estos mamarrachos?, veintisiete de estos cabrones apenas van a alcanzar, ¡y quién sabe!"

"Pero...¿cómo vamos a llevarnos a veintisiete hombres?"

"Pos no sé, querida, ese es tu problema, yo me voy a volar con el Ronald Colman este". Ajetreo. Risitas. A Irma le encanta juguetear. La Nayeli se sintió mareada. "El satánico del Brujo tiene un camión y Matt nos va a dejar usar la miniván".

"Pero es que a la van ya le dimos en la madre".

Irma lanzó varias de sus famosas groserías. La Nayeli le comentó sobre el viaje y los problemas con el carro.

"¡Bueeeno!", renegaba Irma, "¡entonces ya estuvo!, regrésate en camión, a menos que el bueno pa' nada de tu padre te traiga. A ver qué inventamos para llevarnos a siete, ¡los otros veinte cabrones que se vayan como puedan!, ¡agarra la onda! ¡Ah!, por cierto que hablé con mi comadre Carmelita Tovar allá a Tecuala, dice que ellos van venir a entrevistar a los otros setenta".

"¿Cómo?"

"¡Síii! ¡Mira lo que empezaste, mijita! Yo estoy tratando de ver cómo le hago para organizar a las mujeres para que manden expediciones a Chicago y Los Ángeles, hay que llevar a esta gente de regreso a sus lugares de origen". Se escuchó el murmullo de un hombre hablando en el fondo. "Sí mi vida, ¡dice Chava que mi proyecto de repatriación me va a ganar la presidencia de México!"

La Nayeli frunció el ceño; se escuchó un beso tronado.

Hablaron un poco más sobre otros temas. Todos estaban bien, la Vampi estaba enamorada; la Yolo también estaba enamorada; Atómiko seguía siendo un perfecto inútil, dicho esto con amor porque nadie es perfecto; la mamá de la Nayeli estaba bien y recientemente había lanzado con mucho éxito un festival de películas de Godzilla.

"Estoy muy cansada", reconoció finalmente la Nayeli.

"No te desesperes", le dijo Irma, "ya cambiaste el mundo".

"Yo no hice nada, tía".

"Mira", dijo Irma, la Nayeli oyó que había sacado a Chava de la habitación. Se oyó movimiento y luego: "¿Sigues ahí?, qué bueno, oye, hiciste algo que yo nunca hubiera podido hacer, viniste aquí con una misión, ¿por qué crees que te dejé venir? ¿eeh?, ¿por qué?, porque tú eres el futuro, porque tenía que ponerte a prueba. Y pasaste con diez".

La Nayeli dijo, "Yo no soy fuerte como tú".

"Déjame decirte algo, Nayeli", respondió Irma, "y si lo repites lo voy a negar. Eres más fuerte de lo que yo jamás seré. ¡Sí, yo soy Irma! ¡Sí, soy *La Osa*! ¡Sí, soy la campeona sinaloense de boliche!, pero sólo soy esa persona en mi pueblo, ¿me explico?".

La Nayeli se quedó callada.

"Soy una cobarde, Nayeli, no puedo ser héroe afuera, en el gran mundo, me da miedo, me agota. Mi único lugar está en Tres Camarones. Allá necesitan que la tía Irma dirija las cosas, ¿pero en el resto del mundo? ¡Ay mija!... ¿por qué crees que necesité que tú fueras la guerrera? ¡'Ora ve con tu 'apá y rómpele la madre!"

Colgó.

En la oscuridad el Tacho dijo, "¿Nayeli? Ya me quiero ir pa' la casa".

Ella se sentó a su lado y le puso la toalla mojada en la frente.

"Tachito-Machito, mi flor", lo consolaba, "¿y Hollywood?, ¿y Beverly Hills?".

El Tacho meneó la cabeza bajo su mano.

"Mira queridita", le dijo, "gente como nosotros nunca se casa con Johnny Depp".

La Nayeli se quedó sentada con él hasta que se volvió a dormir.

Capítulo treinta y cuatro

———

En la mañana la Nayeli tapó bien al Tacho y puso el aviso de *NO MOLESTAR* en la puerta. Se puso sus tenis y la sudadera. Las nubes anaranjadas y negras se amontonaban por el rumbo de Indiana. Se guardó la postal en la bolsa. Se sentía absolutamente sola. Caminó a El Gallito y tocó en la ventana.

"Óyes", le dijo el muchacho desde adentro, "la ventana es para atender pedidos en carro, te van a atropellar".

"Quiubo", dijo ella.

"¿Qué onda?", le respondió él levantando la cabeza, "¿quieres un taco?".

"Ando buscando a mi 'apá", le dijo.

"¿Vives aquí?"

"No, vengo de Sinaloa".

"¡Ah!" Meneaba una olla de frijoles. Le hizo un burrito con queso.

"¿Cuánto te debo?", le preguntó cuando se lo ofreció.

"Me pagas con una sonrisa, Sinaloa".

Su sonrisa fue como un amanecer.

"Me llamo Nayeli".

"¿Ah sí, y cómo se llama tu jefecito?"

"Pepe Cervantes".

"No lo conozco".

"Se vino pa' acá hace unos años".

"Chance y lo he atendido aquí, pero como nunca le pregunto a nadie su nombre, pos tú sabes".

Un carro se acercó al lado del negocio.

"Tengo chamba", le dijo "busca en la biblioteca".

"¿La biblioteca?"

"Es el edificio plateado en el centro, ahí le ayudan a todo mundo".

"Pero... es que soy, digo, somos...".

Él se rió.

"¡Estás en Kankakee, morra, aquí les caen bien los mexicanos!"

Se fue para la biblioteca. La calle Court era larga y se notaba vieja. Detrás de ella estaba el boliche Marycrest Lanes; se imaginó a La Osa aniquilando a sus contrincantes ahí dentro. City Housing Authority. Youth for Christ City Life. Aunt Martha's Youth Service Center. Trendz Beauty. King Middle School. Se sorprendió cuando se dio cuenta de su mala condición física; le dolían los pies y las piernas. Allá en su pueblo hubiera corrido toda esta distancia sólo para calentar antes de un juego.

"Me estoy haciendo vieja", dijo en voz alta.

Cuando llegó al centro, se acercó con temor a aquel monolito plateado. Siguió por la banqueta bajo una lomita y se dirigió a las puertas inferiores de la biblioteca. Jamás había entrado a un edificio tan bonito. Pensándolo bien, nunca había entrado a una biblioteca pública. En una banca afuera de la biblioteca estaba sentado un grupito de niños mexicanos cuchicheándose y riéndose. La Nayeli los saludó y entró por las puertas de vidrio.

¡Cuántos libros! Se quedó allí parada, mirando a su alrededor. Había mesas con computadoras, elevadores, un gran escritorio con unos güeros a su derecha. Se sentía tonta y ranchera. Se encaminó hacia la salida pero le dio vergüenza volver a pasar frente a los niños mexicanos, ¿qué iban a pensar? Se devolvió y se sentó en una silla suavecita observando el cuarto iluminado.

Uno de los güeros de la recepción la miró y le dijo algo a una mujer blanca y delgada. Ésta volteó a ver a la Nayeli. La mujer tenía el cabello castaño corto y usaba lentes. A la Nayeli le gustaron las grandes arracadas que pendían de sus orejas. Esperaba un regaño, así que bajó la cabeza. Pero la mujer le sonrió cuando levantó la mirada. La Nayeli le correspondió con su propia sonrisa. La mujer la saludó inclinando ligeramente la cabeza y regresó a su trabajo.

La Nayeli revisó todos los rostros. Obviamente no reconocía a nadie. Se preguntó si reconocería a su papá cuando lo viera. ¿Habría cambiado mucho? Se fue a sentar en las mesas de las computadoras y se conectó a Internet. Empezó a matar el tiempo. Abrió Google y buscó Tres Camarones.

"*Need any help?*", dijo una voz.

Volteó y vio a la señora sonriente. Su gafete decía: MARY-JO.

"¿Habla español?", preguntó la Nayeli.

Mary-Jo se rió y apartó los dedos como en un pequeño pellizco.

"¡Poquitou!", le dijo.

La Nayeli se rió.

"Busco a mi papá".

El hombre de la recepción pasó y dijo, "¡La señorita Mary-Jo maneja esta ciudad!", Mary-Jo lo auyentó con un gesto. "Estás en buenas manos", agregó.

"¿Tú eres...la alcalde?", preguntó la Nayeli.

Mary-Jo se volvió a reir y sacudió su cabeza.

"Mi tía es alcalde", le explicó la Nayeli, "allá en mi pueblo".

"¿Dóunde es esou?"

"En Sinaloa".

Mary-Jo se puso un dedo en su barbilla y pensó.

"Ven conmigo", le dijo.

La Nayeli marchó a paso acelerado detrás de Mary-Jo. Se sentía insegura, como si todos la estuvieran mirando. Pero por supuesto nadie le prestaba ni la menor atención. Mary-Jo señaló el respaldo de una silla con los dedos. La Nayeli se sentó.

"Creo que tenemos algunos sinaloenses en esta ciudad, trabajan en los invernaderos, pero la mayoría de tus paisanos viene de Guanajuato".

Agarró el teléfono.

"Es nuestra ciudad hermana".

"¿De veras?"

"Claro que sí".

Mary-Jo oprimió unos botones.

"Voy a llamar a la policía".

La Nayeli pegó un brinco pero Mary-Jo la tomó de la muñeca.

"Siéntate", le dijo. "No te preocupes".

Sonreía mientras hablaba por teléfono.

"Hola, soy yo, sí, siempre necesito algo, las bibliotecarias nunca descansamos, ¿no lo sabías?, ¿puedes venir un segundo?, si vienes te regalo una galletita, ¡perfecto!, bye!" Le sonrió otra vez a la Nayeli. "¿Y tú no quieres una galletita?", le preguntó.

Completamente confundida la Nayeli aceptó la galleta dulce que le ofrecía envuelta en una servilleta rosa. Pasados unos minutos entró un detective méxico-americano. Vestía de traje pero la Nayeli alcanzaba a ver las esposas que colgaban de su cinto. Traía una placa de policía en el saco.

Mary-Jo dijo: "Nayeli está buscando a su papá, son de Sinaloa".

"Se llama Cervantes", le dijo la Nayeli, "Pepe Cervantes".

"¿Viniste desde Sinaloa?", preguntó el policía.

"¿Perdón?", preguntó la Nayeli.

"¿Viniste desde Sinaloa?"

"Pues sí".

El policía lanzó un silbidito de admiración.

"Es un largo viaje".

Tomó el teléfono de Mary-Jo e hizo varias llamadas. Mary-Jo le sonreía a la Nayeli. "Yo adoro México", le dijo, "¡es un país fascinante!".

"Sí", balbuceó la Nayeli.

Mary-Jo la tomó del brazo.

"Los mexicanos", le dijo en español, "son nuestros hermanos, en Kankakee todos son bienvenidos". Se mostraba orgullosa de sí misma, la Nayeli también.

El policía marcó y marcó durante casi media hora, tomando nota, por fin colgó el teléfono y revisó sus apuntes.

"Hay un caballero", le dijo, "por el norte de la ciudad, frente al Donna's, que pudiera ser nuestro hombre".

"Donna's es nuestro edificio rosa", dijo Mary-Jo, "vale la pena verlo".

"Sí, ya lo vi, ¡parece estar hecho con Pepto Bismol!"

La bibliotecaria y el policía soltaron la carcajada.

El policía apuntó la dirección en un papelito.

"¿Traes carro?"

"No".

"Ah", dijo Mary-Jo, "yo no he salido a almorzar hoy, ¿por qué no la llevo?".

"¿Segura?, porque yo la puedo llevar".

"¡No, no!, lo hago con mucho gusto".

"En serio, a mí no me importaría llevarla".

"No hombre, está bién".

Estaban discutiendo quién iba a darle una manita a la Nayeli, ésta ya adoraba KANKAKEE, era el lugar más hospitalario que jamás hubiera conocido.

∿

No queda lejos", le dijo Mary-Jo mientras entraban a su carro, "en un minuto llegamos".

Salieron del estacionamiento y dieron vuelta hacia la lomita; apenas alcanzaron a pasar el semáforo en amarillo.

"Nuestro pueblo", le dijo Mary-Jo, "está pasando por un mal momento, pero es un lugar maravilloso, lo estamos reviviendo".

Manejó su auto por la parte norte del pueblo, frente al Cristo de la tina, hasta llegar a la callejuela del emporio rosa Donna's.

"Esta es la calle", le dijo Mary-Jo. Desaceleró para dar vuelta y paró el auto.

"Aquí está bién, desde aquí puedo irme caminando".

"¡Ah no querida!, no puedo dejarte aquí así nomás".

"Sí, por favor, tengo que irme sola, ¿sí?, es que es mi papá...ha pasado mucho tiempo y, usted sabe, me resulta muy difícil".

Mary-Jo la observó detenidamente. Asintió. La abrazo brevemente.

"Bueno pues entoces buena suerte", le dijo.

La Nayeli salió del carro.

"Gracias", le dijo, no pudo decir más.

Miss Mary-Jo la despidió con un movimiento de mano, sonrió, dio vuelta en U y se regresó. La Nayeli se quedó parada ahí viéndola partir. Tenía la dirección en la mano, suspiró profundamente, dio la media vuelta y empezó a caminar.

∿

La Nayeli entrecerraba los ojos para mirar con más atención las casas. Algunas tenían estatuas de gansos en el patio. Los gansos llevaban vestidos largos y sombreros, u overoles. La Nayeli no entendía esa obsesión por los gansos. Aparentemente se había pasado de la dirección porque terminó en un callejón sin salida. Se encontraba frente a una cerca entre dos arboles. Más adelante había un tractorcito verde que hacía rizos en el lodo color chocolate como si fuera el pastel de cumpleaños de Dios. Más allá del sembradío, una corriente interminable de camiones planchaba la carretera 57. A lo mejor comería pastel de chocolate cuando festejara el reencuentro con su padre.

Se regresó por la misma calle buscando el número. ¿Estaría ahí?, ¿compartiría casa con otros?, ¿estaría bién? Seguramente se reiría cuando la viera, correría hacia ella, la levantaría en vilo y le daría vueltas en el aire como cuando estaba chiquilla. Olería a Old Spice, los bigotes le picarían la cara y ella sólo diría, *¡Papá!*

¿Qué le contaría?, ¿por dónde empezaría?, ¿la elección de Irma?, ¿lo de Yul Brynner? Se rió abiertamente. ¡Ay, tía Irma! ¡Yul Brynner! Se tapó la boca con la mano, no quería que la gente pensara que estaba loca. Rebuznó al tratar de contener la risa. El viaje, la migra, el basurero… todo valió la pena si el resultado era llevarse a su papá para la casa. Nomás por ver la cara de su mamá. Brincaba y rebotaba sobre los adoloridos pies.

Pasó un cruce y siguió caminando. Una camionetota nueva se detuvo en el cruce detrás de ella y dio vuelta a la izquierda. Se escuchaba la música retumbar desde la cabina mientras se acercaba y la pasaba lentamente. Música de banda con acordeón. Música vaquera, norteña y locochona. La troca era una Dodge de doble cabina color azul eléctrico. Tenía cuatro llantas en el eje trasero y una caja de herramientas plateada en la caja. Dos banderines se meneaban en el aire, eran una bandera de Estados Unidos y la otra de México. La Nayeli se rió otra vez cuando vio que traía pegada en el vidrio de atrás una caricatura de un chamaco orinando.

El camionetón se estacionó y apagó el motor. La música también se apagó. La puerta se abrió y del lado del pasajero salió una mujer gordita que traía unos pantalones amarillos elásticos. Se estiró para agarrar unas cosas de la parte de atrás de la cabina. Le quitó el cinturón de seguridad a un niño y lo cargó. La Nayeli alcanzó a oír su voz pero no entendió lo que decía. Se apuró a acercarse con el fin de preguntar si conocía a su papá. El chofer salió de su lado de la camioneta, azotó la puerta y le dio vuelta para llegar al lado de la mujer. Vestía sombrero vaquero, botas y pantalones de mezclilla ajustados. La Nayeli se quedó congelada en su lugar.

Era don Pepe.

"¿Papá?", alcanzó a decir en voz baja.

Estaba más gordo. Las nalgas redondas, la panza caía sobre la hebilla de su cinto. Lanzó sus brazos sobre la mujer y la abrazó mientras giraban hacia la casa. Abrió la puerta mientras la Nayeli los miraba fijamente.

Se quitó el sombrero, se rió de algo que dijo la mujer y le dio un beso en la boca mientras le pegaba una nalgada. Ella gritó algo y se apresuró a entrar a la casa. Él paseó la mirada sobre la cuadra, sus ojos se posaron brevemente en la Nayeli, antes de entrar y cerrar la puerta con fuerza. La calle quedó en silencio. No había muchos pájaros y los que sí había no cantaban, se limitaban a hacer ruidos. La Nayeli podía escuchar el tractor y los crujidos que emitía el motor de la camioneta mientras se enfriaba. Después oyó, como, entre nieblas, el sonido de sus propias suelas y de su respiración agitada mientras se alejaba apresuradamente del lugar.

Corrió hasta el final de la cuadra, junto a la cerca en la que terminaba la calle. Saltó la división y corrió por los campos arados. El hombre del tractor la ignoró como si viera todos los días mujeres en el sembradío. Ella se sacudió, suspiró profundamente y gritó lo más fuerte que pudo.

"¡PAPAAAAÁ!"

Una y otra vez. No había palabras para describir lo que sentía.

Después de una hora volvió a cruzar la barrera. Caminó por la calle hasta llegar a la entrada de la casa de don Pepe. Alcanzaba a oír al bebé llorar. Metió la mano al bolsillo, sacó la postal. La alisó con cuidado. La puso bajo el limpiaparabrisas de la camionetota y se fue.

Capítulo treinta y cinco

—————

La van estaba muerta. La abandonaron en el estacionamiento. La señorita Mary-Jo los llevaría a la terminal de autobuses Trailways.

"Solos nunca hubieran encontrado la estación", les dijo Mary-Jo.

"Gracias", respondió la Nayeli.

Un anuncio prometía: MARTES - NOCHE DE TACOS.

Vieron un parque de tráilers. Un edificio ofrecía PESCADO AHUMADO. Siguieron, pasando por el motel Economy Inn.

"¿Qué le vas a decir a tu mamá?", preguntó Mary-Jo.

"Nada. Que no lo encontré porque ya se había ido".

BIENVENIDOS A SU HOGAR EN LA CARRETERA.

"Lo siento mucho", dijo Mary-Jo.

SCHLITZ. EL BAR DEL CAPITÁN. BUDWEISER.

"Aquí es la terminal".

Ella los siguió hasta la ventanilla. Tres hombres voltearon y se les quedaron viendo. Fachada antigua. Escalones de cemento. Olor a viejitos, a humo viejo y a aliento viejo.

"Qué tal", dijo el hombre en el escritorio.

"Dos", dijo Mary-Jo.

"Muy bien. ¿A dónde?"

"¿A dónde van?", preguntó Mary-Jo.

"A San Diego".

"Listo".

Pagaron los boletos.

El canal de CNN estaba mostrando un video casero y tembloroso de una multitud de mexicanos que saltaban una reja y se internaban carrereados a Arizona. Los tres se quedaron parados viendo. El vendedor se dio la vuelta y se sonrojó. Apagó la televisión. Les sonrió avergonzado. Los dientes eran café con amarillo.

A la Nayeli le encantaron.

El hombre dijo: "Lo siento".

El Tacho estudiaba el gran mapa de rutas que estaba en la pared. Su autobús bajaría y pasaría por Saint Louis. Kansas City.

"¡Noo, por favor!", dijo, "esa película ya la vi".

El camión iba llegando. Se salió de la autopista y viró a la izquierda para entrar a la terminal. La grava y la tierra comprimida crujían bajo sus pesadas llantas. Gruñía y silbaba. La puerta se abrió. El chofer se bajó, sacudió una pierna y los saludó inclinando la cabeza ligeramente.

"¡Pasajeros!", dijo, "estaré con ustedes en un minuto, tengo que ir a regar el mingitorio". Les guiñó un ojo y entró a la estación.

El viento estaba soplando fuerte. La Nayeli abrazó a Mary-Jo.

"Adiós", le dijo en voz baja.

El chofer regresó, tomó sus boletos y se volvió a subir al autobús. El Tacho subió apresurado y despareció. La Nayeli lo siguió. Mary-Jo se quedó parada en el viento frío mientras los despedía moviendo su mano de un lado a otro. La puerta se cerró. El autobús eructó, tembló y salió del estacionamiento. Viró a la derecha justo cuando empezaba a llover otra vez. Mary-Jo corrió a su carro. Cuando volteó a ver, el autobús ya había desaparecido tras la curva.

Capítulo treinta y seis

Caléxico

Arnie Davis había regresado de San Diego y se estaba asando en su uniforme nuevo. Todavía era un agente, representando esta semana a una dependencia cuyo nombre era otra ensalada de palabras, la... ¿cómo era que se llamaba? Refuerzo de Aduanas y Fronteras, o algo parecido. Lo que fuera. El gobierno justificaba chambas así. Se separó la empapada camisa del pecho. Se preguntó por enésima vez por qué si invariablemente los lugares que patrullaban eran unos hornos, el gobierno los hacía usar estos gruesos uniformes verdes. No sabía qué era peor, las cañadas de Tijuana o este tramo brutal de la I-8. Asomándose a los carros de turistas en el retén. Subiéndose a algunos autobuses buscando mojados. Horror. Le dolía la rodilla. Decididamente ya era tiempo de retirarse, irse a las Rocallosas y dedicarse a pescar.

Dejaba pasar a los carros. Hacía gestos de dolor. Venía un autobús de Trailways. Revisó los documentos, vio la pantalla de la computadora. "Hora de despertar a los viajeros, Bob", dijo. Su compañero asintió. Ni pensar en abrir la boca para hablar y gastar humedad en el ardiente aire. Hizo un ademán invitando silenciosamente a Arnie a subirse y checar el autobús mientras él se replegaba a la sombra a esperar que pasara un convertible conducido por una hermosa estudiante.

Arnie se paró en el acotamiento a un lado de la fila lenta. Había unos conos naranja acomodados para parar el tráfico. Todo era automático. Tan aburrido como trabajar todo el día en una fábrica de esas de banda continua. Le hizo la señal al autobús para que se parara de ese lado. Se subió.

"Esta es una revisión de rutina", les dijo a los pasajeros. "¿Cómo está?, se dirigió al chofer".

"Estoy bien, gracias".

Arnie saludó al estudiante de la primera fila. Una gordita mexicana sentada en la tercera fila ya había sacado su tarjeta verde y la sostenía en alto para que se viera. La agarró y la revisó; se la regresó.

"Gracias, señora".

Todos en el camión necesitaban bañarse. Llegó a la última fila y vió a la Nayeli y al Tacho. Se les quedó viendo.

"No way", dijo.

"¿Te estár diciendo güey?", preguntó el Tacho.

La Nayeli levantó la vista. Estaba demasiado cansada como para sonreír.

"Hola", dijo.

Arnie se recargó en el respaldo del asiento enfrente de ella.

"¿Cómo dijiste que te llamabas?"

"Nayeli".

Movió la cabeza.

"Apenas lo puedo creer". "*Hey, you*", al Tacho.

"Hey".

"Tú eres el amigo de Nayeli, el de Al Qaeda".

El Tacho asintió y tímidamente extendió las manos para que lo esposara. Arnie volteó a ver a todas las cabezas que miraban cuidadosamente por las ventanas pero que no se perdían lo que estaba pasando hasta atrás del autobús.

"El mundo es muy pequeño", le dijo a la Nayeli.

"Estamos en manos de Dios", le contestó ella.

Estos muchachos estaban tan amolados que era casi cómico.

"OK", les dijo.

Les hizo una seña con el índice.

"Vámonos".

Avergonzados, caminaron por el pasillo. Todos se les quedaban viendo. El chofer sacó sus velicitos y se los entregó. No los vio a los ojos. Se quedaron ahí parados viendo como el autobús se alejaba.

Arnie abrió la puerta de atrás de su camioneta.

"Adentro".

Se subieron. Cerró la puerta.

"Bob, tengo dos clientes, los voy a llevar".

Bob asintió.

"Groovy", le dijo a Arnie y le hizo la seña de amor y paz. Estos agentes de la migra eran chistosos.

Arnie se subió a la autopista y puso el aire acondicionado en lo máximo.

"¿Están bien allá atrás?", les preguntó.

"Sí".

Vio a la Nayeli por el retrovisor.

"¿Dónde dejaste tu sonrisa?"

"Se me acaba de terminar".

Manejó un poco más.

"¿Qué no ibas a buscar a tu papá?"

"Sí".

"¿Y qué pasó?"

"Lo encontré".

"Ah".

El radio hizo ruidos.

"¿No estuvo muy bien, eh?"

"No estuvo muy bien".

Arnie se hizo a un lado y prendió las luces intermitentes.

"Me acuerdo que me contaste una historia descabellada. Ibas a pasar mojados de regreso a México, ¿no?".

Los dos asintieron.

"Pues no veo a nadie".

"En San Diego. Veintisiete".

"No te creo".

"Es verdad", le dijo el Tacho.

"¿En serio?"

La Nayeli estaba muy cansada.

"Hay veintisiete hombres esperándome en San Diego. Vamos de regreso a Sinaloa".

Arnie se rió. Se quedó ahí sentado viendo hacia el desierto.

"¿Tienen sed?"

"Sí".

Sacó su termo. Se bajó y cerró la puerta. Caminó por un lado. Abrió la puerta de atrás.

"No intenten nada", les dijo.

Les dio el termo. Se tomaron el agua fría.

"Gracias".

Arnie se sentó, con la puerta abierta y un pie en el suelo.

"A ver, a ver, cuéntenme otra vez la historia".

La Nayeli empezó por don Pepe. Los narcos. Las elecciones. El viaje.

Arnie nomás meneaba la cabeza.

Finalmente, les preguntó: "¿No me estarán echando mentiras?".

"No".

"¿Me está diciendo mentiras?", le preguntó al Tacho.

"No".

Era lo más extraño que Arnie hubiera oído jamás. Agachó la cabeza y se quedó pensando por unos minutos. Suspiró. Se talló la cara. Estos no la iban a hacer. Los iban a pescar y procesar de nuevo. *Al diablo con el dinero*, pensó. ¿Total qué le podían hacer?

"Me caen bien, muchachos. De veras que sí".

Cerró la puerta de atrás. Se fue a su asiento y habló por el radio. El Tacho y la Nayeli no entendieron lo que decía. Se regresaron a la autopista, dio vuelta en U y se fue en la dirección opuesta. Se salió de la carretera y los llevó a una casita en una colonia de Yuma. Les cocinó huevos y calentó tortillas.

Al caer la noche, los subió otra vez a la camioneta y los llevó al oeste, sin parar hasta que llegaron a San Diego.

Epílogo

Los narcos habían estacionado sus camionetas en la esquina más importante del pueblo. Cherokees, Suburbans y Tahoes con vidrios polarizados. Estaban ahí, con los motores encendidos, vibrando con la música a todo volumen. Las viejitas tenían a sus niñas encerradas. Irma, de regreso de los Yunaites, había mandado a Chava a Mazatlán por su propia seguridad, pero les había prometido a las mujeres de Tres Camarones que las cosas iban a cambiar muy pronto.

Sensei Grey daba dos clases nuevas de judo a todas las mujeres que se habían cansado de esperar a los hombres que no llegaban.

Una Cherokee, negra como la noche, estaba estacionada frente a La Mano Caída, pero igual el sol salió esa mañana y el día la ignoró. Los zenzontles insultaban a los chanates desde los cables del teléfono y las chuparrosas no se distinguían entre las enormes abejas negras que bajaban de las laderas de El Yauco para arrasar con los rojos obeliscos y las enredaderas de trompetilla.

Los puercos y los burros pasaban las noches escapándose de sus corrales. Los perros y las gallinas se negaban a contribuir a que las mañanas fueran silenciosas. Enormes jaibas de cocotero llegaban al pueblo a cortar cocos. Los cocos caían al suelo y se abrían, sonando como solitaria pisada de caballo en empedrado. Las enormes jaibas inmediatamente se agachaban a sacar de las cáscaras rotas la blanca carne y se alimentaban con ella con las tenazas al aire escandalosamente presumidas.

Los lanchones con bultos cubiertos con lonas habían empezado a llegar a la orilla de la playa, donde unos hoscos hombres descargaban la mercancía y la acomodaban en las planas cajas de las camionetas, sin decir ni una palabra amable a las mujeres y los niños que los observaban en silencio.

El día se calentó casi inmediatamente.

Las mujeres ya estaban torteando en el mercado. Otras acomodaban pirámides de queso oreado y bateas de quesos frescos. Las mujeres llegaban de las afueras con jarrillas de peltre a vender leche bronca. Otras hacían fila para comprar dos huevos, tres papas, uno o dos bolillos, un botecito de mermelada. Todas estaban calladas. Con las cabezs gachas. La única música que se oía era la de las negras camionetas.

El loco del Pepino empezaba a trabajar temprano. Todos los días llegaba hasta la plazuela en su bicicleta cuando el sol apenas iba saliendo. Barría la banqueta del Cine Pedro Infante, limpiaba la puerta de vidrio con una esponja. Esa noche estaban pasando *Taras Bulba* y *El Rey y Yo*. La ventana de una Tahoe se abrió y la colilla de un cigarro salió volando y le rebotó en la cabeza al Pepino. Risotadas.

Cuando acabó en el cine, se fue en su bicicleta hasta La Mano Caída. Estaba bien cerrada. El Pepino barrió el portal. Revisó los candados y las ventanas. Cuando terminó, se escurrió más allá de la Cherokee de los sicarios que hacían guardia en la esquina, volteando para todos lados para asegurarse de que no lo vieran. Dio la vuelta y se subió por la canaleja a un lado del edificio. Llegó al techo. Todos los días hacía esto, sin falta. Se sentaba en las láminas hasta que no podía soportar el calor. Veía hacia el este. Observaba por entre los árboles. Desde el techo podía ver una pequeña curva de la carretera. El camino a Mazatlán, que nunca había recorrido. En esa dirección todo era árboles: Sauces, nogales, mangos y arbustos de jamaica. También bambú, plátano y caña.

Al Pepino le gustaba estar en el techo. Le gustaba la brisa, excepto cuando venía del río y olía a lodo y a podrido. Y le gustaba ver a los pericos volar hasta las ruinas de la iglesia vieja, admirar las mariposas y la visión ocasional por la ventana de Ivette García, en camisón por el insoportable calor. Además, aquí arriba los narcos no le podían pegar ni quemar.

Pero más que nada, al Pepino le gustaba ver hacia la carretera.

Las viejas lo regañaban desde abajo. "Pepino, plebe loco, ¡ya bájate del techo del Tacho!"

Pero él andaba en lo suyo y las ignoraba. Ellas apuntaron hacia el ominoso Jeep negro, advirtiéndole con las barbillas y los gestos. *Te van a matar.*

Las mujeres se alarmaron cuando lo oyeron gritar.

Se apuraron hasta el frente de la taquería y lo vieron con ojos entrecerrados. ¿Le habría picado un alacrán? ¿O una abeja? ¿Por qué gritaba? Han de ser abejas, dijo alguien, tienen que ser las abejas. Las puertas de la Cherokee se abrieron y los tipos voltearon a verlo. Eran pistoleros flacos, con cuellos delgaditos y expresiones de maldad en los rostros. Voltearon a su alrededor tratando de ver de qué se trataba el mitote.

El Pepino se acercó a la orilla del techo y se golpeó la cabeza con la mano.

"¡Pepino, Pepino! ¿Te picaron las abejas?"

Brincaba y brincaba. Gritaba y apuntaba hacia el este.

"¡La Nayeli!"

"¿Qué tiene la Nayeli?"

"¡La Nayeli! ¡La Nayeli y el Tacho vienen con un chango!", se dio toda una vuelta.

"¿Qué? ¿Cuál chango?"

"Vienen caminando, con un chango grandote". Levantó los brazos. "¡El chango trae un garrote grandote!"

Los bandidos se salieron de su vehículo. El Pepino se rió y les hizo gestos.

"¡La Nayeli y el Tacho trajeron un ejército!"

Todos voltearon a ver el lugar donde el camino del mundo exterior cruzaba la oscura arboleda y entraba al pueblo.

"¡Nayeli!", gritó el Pepino. Apuntó y agitaba los brazos como si fuera a volar desde el techo. En la distancia se oían voces por entre los árboles, el Pepino parecía ahora como un loco conductor de orquesta animando al coro.

Todos escucharon una voz que se elevaba por encima de las otras.

"¡Yo soy Atómiko!"

"¡El chango habla!", gritó el Pepino.

Ahora sí, las mujeres de Tres Camarones empezaron a sonreír.

Agradecimientos

Me encontré por primera vez con el nombre de Nayeli cuando realizaba trabajo social en los basureros de Tijuana. Así se llamaba la hija de mi amiga "La Negra". La familia trazaba sus raíces hasta el Estado de Michoacán, en la región Tarasca. Para ellos, Nayeli significaba *Flor de la Casa*. La descripción física de la Nayeli ficticia coincide con la figura de la joven real, a quien espero le guste el libro.

En cambio el sentido del humor y la agilidad mental de las chicas protagonistas de la novela lo tomé de un grupo de amigas de mi hija Megan que nos visitaban frecuentemente y quienes en algún tiempo fueron conocidas como "Las Siete Sensacionales". Guardo una deuda de gratitud para con ellas. Como padre, me divertía escuchar sus discusiones, sus risas y sus preocupaciones. Siempre hice mi mejor esfuerzo por no andar husmeando, pero no pude evitar escuchar algunos comentarios. A pesar de que ninguna de ellas sirvió de modelo para las chicas de la narración, de todos modos su energía vital me acompañó siempre al sentarme a escribir. Va mi agradecimiento especial para nuestra alegre vecina Elizabeth Biegalski, así como para las voces de Mariah Landeweer, Jamie Schertz y Emma DeGan.

Como siempre, le debo un especial agradecimiento a mi amigo Stewart O'Nan. En esos momentos en que la vida de un escritor se adentra en las tinieblas, tú me encaminas siempre de nuevo al sendero de la luz. Lector voraz, buen crítico, eres el más intenso trabajador en el área de los espectáculos.

Gracias a todo el mundo en Little, Brown, en especial a Geoff Shandler. Me da la impresión de que mis libros entonan un armonioso dueto con los mejores editores del ramo. Ustedes me elevan, me hacen mejor. Mucha de la luz pública que he disfrutado en estos últimos años se debe a los esfuerzos sobrehumanos de Bonnie Hannah, publicista sin par. Aunque Bonnie tomó nuevo rumbo, gajes del oficio, sé que lo que puso en movimiento seguirá impulsándonos.

Como de costumbre debo darle las gracias a la agencia de Sandra Dijkstra. Para Sandy, Taryn, Elise, Elizabeth, Kelly y todo el mundo allá en las oficinas de Del Mar: mi amor y mi agradecimiento. Especiales gracias a Trinity Ray y la pandilla de APB. A Mike Cendejas de la Agencia Pleshette, el maestro de la cinematografía: Gracias de nuevo, eres un verdadero amigo. Nos vemos en Barney's.

Aunque todos los personajes de la novela son ficticios, cualquier vecino de El Rosario, Sinaloa y sus alrededores seguramente reconocerá nombres, personas, lugares y domicilios. Tres Camarones no existe, lo cual no significa que no lo puedan encontrar por ahí. El Cine Pedro Infante sí existió, pero no en Tres Camarones. La tía Irma no es MI tía Irma y ojalá existiera un personaje como Atómiko. Una vez, en alguna noche cercana a la Navidad, me fui con un grupo de muchachas a la casa del Tacho, a ver qué novedades en calzado tenía para el baile. De veras, si no me creen pregúntenle a mi primo y brillante traductor de Tres Camarones Enrique Hubbard Urrea, Cónsul General de México. La señora Mary-Jo y la buena gente de Kankakee sí existen, así como su excelente disposición y la proverbial hospitalidad de esa ciudad. Las descripciones son mías, seguramente muchos detalles están mal, pero hay que entender que escribo ficción. Lo que sí es indudablemente cierto es que la biblioteca pública de Kankakee es una maravilla, así como que la heroína de la ciudad es Mary-Jo Johnston (sin parentesco familiar con el ficticio Matt Johnston). Este libro se lo dedico a ella como modesto reconocimiento en su honor. Descanse en paz.

Y a Cinderella: Todo; Siempre.

Acerca del autor

Luis Alberto Urrea nació en Tijuana, México, hijo de madre americana y padre mexicano. Su novela más vendida, *La Hija de la Chuparrosa*, resultado de veinte años de investigación, cuenta la historia de la vida de Teresa Urrea, "La Santa de Cabora".

Ha recibido el Premio Literario Lannan, Premio al Libro Americano, Premio al Libro de los Estados del Oeste, y el Premio al Libro del Estado de Colorado y ha sido inducido al Salón de la Fama Literaria Latina.

Sus trabajos en el género de ensayo incluyen *The Devil's Highway*, que fue finalista del Premio Pulitzer en 2005; *Across the Wire*, ganador del Premio Christopher; y *By the Lake of Sleeping Children*.

Su poesía ha formado parte de colecciones en *The Best American Poetry* y una colección de cuentos cortos, *Six Kinds of Sky*, ganó el Premio Libro del Año de *Foreword Magazine*, escogido por el director en el área de ficción.

Es maestro de escritura creativa en la Universidad de Illinois en Chicago.

The Devil's Highway
A True Story por Luis Alberto Urrea

"Maravillosa...una saga de la escala del Éxodo y una prueba penosa tan conmovedora como la Pasión....*The Devil's Highway* vibra con una riqueza de lenguaje y una maestría de detalle que sólo los más dotados escritores pueden lograr."
— Jonathan Kirsch, *Los Angeles Times Book Review*

"El extraño poder del libro es que tiene un alcance épico—un trecho a través de lo salvaje en búsqueda de la 'tierra prometida'—y a la vez es intensamente personal....Urrea describe la cultura del borde México–Estados Unidos con una intimidad hermosa que no tiene comparación." — Tom Montgomery-Fate, *Boston Globe*

"La escritura de Urrea es maliciosamente buena—atrocidad templada con preocupación canalizado en hábil prosa."
— Kathleen Johnson, *Kansas City Star*

"Irresistible, lúcido y lírico....Urrea parte a través de las mitologías prevalecientes alrededor del borde y revela sin sentimentalismo, pero con compasión, como una simple política de limites logra mezclarse con la humanidad básica de todas aquellas vidas que divide y define."
— Marc Cooper, *Atlantic Monthly*

Back Bay Books
Disponible en todos los negocios de venta
de ediciones de bolsillo

TAMBIÉN DISPONIBLE IN EDICIÓN DE BOLSILLO

La Hija de la Chuparrosa
Una Novela por Luis Alberto Urrea

"Inmensamente entretenida."
—David Hellman, *San Francisco Chronicle*

"Este libro es asombroso, un lugar embriagador donde te perderás....La historia estelar y sustanciosa te hará recordar los placeres de *Cien Años de Soledad*." —Karen Long, *Cleveland Plain Dealer*

"Una novela luminosa....Un libro lleno de sorpresas y tesoros."
—Joanne Omang, *Washington Post Book World*

"Una obra extendida, mágica....*La Hija de la Chuparrosa* constantemente nos asombra."
—Larry McCaffery, *San Diego Union-Tribune*

"Las maravillas nunca cesan en esta novela, un extraordinario ejemplo de lo que puede ocurrir cuando una historia excepcional se concede a un escritor dotado." —David Hiltbrand, *Philadelphia Inquirer*

"Una belleza, conmovedora, devoradora y agradable....Una obra maestra." —Lynda Sandoval, *Denver Post*

Back Bay Books
Disponible in todos los negocios de venta
de ediciones de bolsillo